大师谈生命

THE MASTER'S INTELLIGENT SERIES

董瑞光／编著

时代文艺出版社
SHIDAI WENYI CHUBANSHE

图书在版编目（CIP）数据

大师谈生命 / 董瑞光 编著. —长春：时代文艺出版社，2011.4（2023.7重印）

（大师智慧书系）

ISBN 978-7-5387-3566-6

I. ①大... Ⅱ.①董... Ⅲ.①散文集—世界 Ⅳ.①I16

中国版本图书馆CIP数据核字（2011）第054573号

出 品 人　陈　琛

选题策划　朱凤媛

责任编辑　苗欣宇　田　野

装帧设计　孙　俪

排版制作　陈　萍

大师谈生命

董瑞光 编著

出版发行 / 时代文艺出版社

地址 / 长春市福祉大路5788号　龙腾国际大厦A座15层　邮编 / 130118

总编办 / 0431-81629751　发行部 / 0431-81629758

官方微博 / weibo.com/tlapress

印刷 / 永清县晔盛亚胶印有限公司

开本 / 710×1000毫米　1 / 16　字数 / 235千字　印张 / 15

版次 / 2012年1月第1版　印次 / 2023年7月第3次印刷　定价 / 58.00元

图书如有印装错误　请寄回印厂调换

目录

CONTENTS

大师智慧书系

大师谈生命

达·芬奇

列奥纳多·达·芬奇（1452—1519），意大利文艺复兴时期最伟大的美术家、自然科学家、工程师。其绘画把科学知识和艺术想象有机地结合起来，使当时绘画的表现水平发展到一个新阶段。代表作有壁画《最后的晚餐》、油画《蒙娜丽莎》等。

※ 生与死

啊，你睡了。什么是睡眠？睡眠是死的形象。唔，为什么不让你的工作成为这样：死后你成为不朽的形象；好像活着的时候，你睡成了不幸的死人。

每一种灾祸在记忆里留下悲哀，只有最大的灾祸——死亡，不是这样；死亡把记忆和生命一股脑儿毁灭。

正像劳累的一天带来愉快的睡眠一样，勤劳的生命带来愉快的死亡。

当我想到我正在学会如何去生活的时候，我已经学会如何去死亡了。

年岁飞逝，它偷偷地溜走，而且相继蒙混；再没有比时光易逝的了，但谁播种道德，谁就收获荣誉。

废铁会生锈；死水会变得不清洁，在冷空气里还会冻结；懒惰甚至会逐渐毁坏头脑的活动力。

勤劳的生命是长久的。

河川之水，你所触到的前浪的浪尾也就是后浪的浪头：因此，对于时间要珍惜。

人们错误地痛惜时间的飞逝，抱怨它去得太快，看不到这一段时期并不短暂；而自然所赋予我们的好记忆使过去已久的事情如同就在眼前。

我们的判断，不能按照事情的精确的顺序，推断不同时期所要过去的事情；因为发生在许多年前的许多事情和现在仿佛是密切关联的，目前的许多事情到我们后辈的遥远年代将视为邈古。

对眼睛来说也是如此，远处的东西被太阳光所照的时候仿佛就近在眼前，而眼前的东西却仿佛很远。

唔，时间！你消蚀万物！唔，嫉妒的年岁，你摧毁万物，而且用坚利的一年一年的牙齿吞噬万物，一点一点地、慢慢地叫它们死亡！海伦，当她照着镜子，看到老年在她脸上留下憔悴的皱纹时，她哭泣了，而且不禁对自己寻思：为什么她竟被两次带走。

唔，时间啊，你耗蚀万物！唔，嫉妒的年岁，万物因你而消逝！

蒙田

米歇尔·德·蒙田（1533—1592），法国散文家。
他因论述当代思想与人格的《散文集》而闻名。
这本书采用一种新的文学体裁，在世界文学史上有很大贡献。

※ 热爱生命

　　我对某些词语赋予特殊的含义。拿"度日"来说吧，天色不佳，令人不快
的时候，我将"度日"看作是"消磨光阴"，而风和日丽的时候，我却不愿意去
"度"，这时我是在慢慢赏玩、领略美好的时光。

　　坏日子，要飞快去"度"，好日子，要停下来细细品尝。"度日"、"消磨
时光"的常用语令人想起那些"哲人"的习气。他们以为生命的利用不外乎在于

将它打发、消磨，并且尽量回避它，无视它的存在，仿佛这是一件苦事、一件贱物似的。

至于我，我却认为生命不是这个样的，我觉得它值得称颂，富有乐趣，即便我自己到了垂暮之年也还是如此。

我们的生命来自自然的恩赐，它是优越无比的，如果我们觉得不堪生之重压或是白白虚度此生，那也只能怪我们自己。

糊涂人的一生枯燥无味，躁动不安，却将全部希望寄托于来世。

不过，我却随时准备告别人生，毫不惋惜。这倒不是因生之艰辛或苦恼所致，而是由于生之本质在于死。因此，只有乐于生的人才能真正不感到死之苦恼。

享受生活要讲究方法。我比别人多享受到一倍的生活，因为生活乐趣的大小是随我们对生活的关心程度而定的。尤其在此刻，我眼看生命的时光无多，我就越想增加生命的力量。我想靠迅速抓紧时间，去留住稍纵即逝的日子；我想凭时间的有效利用去弥补匆匆流逝的光阴。

剩下的生命越是短暂，我越要使之过得丰盈饱满。

布封

乔治·布封（1709—1788），法国博物学家，作家。

1733年进入法国科学院，1739年担任皇家御花园总管。

1748年开始，穷40年之精力完成巨著《自然史》，

其中包括《地球形成史》《动物史》《人类史》《鸟类史》《爬虫类史》等几大部分，

是一部博物志。

大师谈生命

※ 马

　　人类所曾做到的最高贵的征服，就是征服了这豪迈而剽悍的动物——马：它和人分担着疆场的劳苦，同享着战斗的光荣；它和它的主人一样，具有无畏的精神，它眼看着危急当前而慷慨以赴；它听惯了兵器搏击的声音，喜爱它，追求它，以同样的兴奋鼓舞起来；它也和主人共欢乐；在射猎时，在演武时，在赛跑时，它也精神抖擞，耀武扬威。但是它驯良不亚于勇毅，它一点不逞自己的烈

性，它知道克制它的动作：它不但在驾驭人的手下屈从于他的操纵，还仿佛窥伺着驾驭人的颜色，它总是按照着从主人的表情方面得来的印象而奔腾，而缓步，而止步，它的一切动作都只为了满足主人的愿望；这天生就是一种舍己从人的动物，它甚至于会迎合别人的心意，它用动作的敏捷和准确来表达和执行别人的意旨，

人家希望它感觉到多少它就能感觉到多少，它所表现出来的总是在恰如人愿的程度上；因为它无保留地贡献着自己，所以它不拒绝任何使命，所以它尽一切力量来为人服务，它还要超出自己的力量，甚至于舍弃生命以求服从得更好。

以上所述，是一匹所有才能都已获得发展的马，是天然品质被人工改进过的马，是从小就被人保育、后来又经过训练、专为供人驱使而培养出来的马；它的教育以丧失自由而开始，以接受束缚而告终：这种动物的奴役或驯养已太普遍、太悠久了，以至于我们看到它们时，很少是处在自然状态中：它们在劳动中经常是披着鞍辔的；人家从来不解除它们的羁绊，纵然是在休息的时候；如果人家偶尔让它们在牧场上自由地行走，它们也总是带着奴役的标志，并且还时常带着劳动与痛苦所给予的残酷痕迹：嘴巴被衔铁勒出的皱纹变了形，腹侧留下一道道的疮痍或被马刺刮出一条条的伤疤，蹄子也都被铁钉洞穿了。它们浑身的姿态都显得不自然，这是惯受羁绊而留下的迹象：现在即使把它们的羁绊解脱掉也是枉然，它们再也不会因此而显得自由活泼些了。就是那些奴役状况最和婉的马，那些只为摆阔绰、壮观瞻而喂养着、供奉着的马，那些不是为装饰它们本身，却是为满足主人的虚荣而戴上黄金链条的马，它们额上覆着妍丽的一撮毛，项鬣编成了细辫，满身盖着丝绸和金碧，这一切之侮辱马性，较之它们脚下的蹄铁还有过之而无不及。

天然要比人工更美丽些；在一个动物身上，动作的自由就构成天然的美丽。你们试看看那些繁殖在南美各地自由自在地生活着的马匹吧：它们行走着，它们奔驰着，它们腾跃着，既不受拘束，又没有节制；它们因不受羁勒而感觉自豪，它们避免和人打照面；它们不屑于受人照顾，它们能够自己寻找适当的食料；它们在无垠的草原上自由地游荡、蹦跳，采食着四季皆春的气候不断提供的新鲜产品；它们既无固定的住所，除了晴明的天空外又无任何庇荫，因此它们呼吸着清新的空气，这种空气，比我们压缩它们应占的空间而禁闭它们的那些圆顶宫殿里的空气，要纯洁得多：所以那些野马远比大多数家马来得强壮、轻捷和遒劲；它

们有大自然赋予的美质，就是说，有充沛的精力和高贵的精神，而所有的家马则都只有人工所赋予的东西，即技巧与妍媚而已。

这种动物的天性并不凶猛；它们只是豪迈而狂野。虽然力气在大多数动物之上，它们却从来不攻击其他动物；如果它们受到其他动物的攻击，它们并不屑于和对方搏斗，仅只把它们赶开或者把它们踏死。它们也是成群结队而行的，它们之所以聚集在一起，纯粹是为着群居之乐；因为，他们无所畏惧，原不需要团结御侮，但是他们互相眷恋，依依不舍。由于草木足够作它们的食粮，由于有充分的东西来满足它们的食欲，又由于它们对动物的肉毫无兴趣，所以它们绝不对其他动物作战，也绝不互相作战，也不互相争夺生存资料；它们从来不发生追捕一只小兽或向同类劫夺一点东西的事件，而这类事件正是其他食肉类动物通常互争互斗的根源：所以马总是和平生活着的，其原因就是它们的欲望既平凡又简单，而且有足够的生活资源使它们无需乎互相妒忌。这一切，我们只要看看人家放在一块儿饲养、并且成群放牧着的那些小马，就可以观察得很清楚；它们有温和的习性和合群的品质；它们的力量和锐气通常只是在竞赛的表现中显露出来；它们跑起来都要努力占先，它们争着过一条河，跳一条沟，练习冒险，甚至于眼看危险当前便更加起劲；而凡是在这些自发的练习中奋勇当先，肯做榜样的马，都是最勇敢、最优良的，并且，一经驯服，常常又是最驯顺、最温和的……

在所有的动物中间，马是身材高大而身体各部分又都配合得最匀称、最优美的；因为，如果我们拿它和比它高一级或低一级的动物相比，就发现驴子长得太丑，狮子头太大，牛腿太细太短，和它那粗大的身躯不相称，骆驼是畸形的，而最大的动物，如犀牛，如象，都可以说只是些未成形的肉团。颚骨过分伸长本是兽类头颅不同于人类头颅的主要一点，也是所有动物的最卑贱的标记；然而，马的颚骨虽然很长，它却没有如驴的那副蠢相，如牛的那副呆相。

相反的，它的头部比例整齐，却给它一种轻捷的神情，而这种神情又恰好与颈部的美相得益彰。马一抬头，就仿佛想要超出它那四足兽的地位；在这样的高贵姿态中，它和人面对面地相觑着；它的眼睛闪闪有光，并且目光十分坦率；它的耳朵也长得好，并且不大不小，不像牛耳太短，驴耳太长；它的鬃毛正好衬着它的头，装饰着它的颈部，给予它一种强劲而豪迈的模样；它那下垂而丰盛的尾巴覆盖着、并且美观地结束着它的身躯的末端：马尾和鹿、象等的短尾，驴、骆驼、犀牛等的秃尾都大不相同，它是密而长的鬃毛构成的，仿佛这些鬃毛就直接从屁股上生长出来，因为长出鬃毛的那个小肉桩子很短。它不能和狮子一样翘起尾巴，但是它的尾巴虽然是垂着的，却于它很适合；由于它能使尾巴左右摆动，它就有效地利用尾巴来驱赶苍蝇，这些苍蝇使它很苦恼，因为它的皮肤虽然很坚实，并且满生着厚密的短毛，却还是十分敏感的。

（范希衡 译）

※ 天鹅

在任何社会里，不管是禽兽的还是人类的社会，从前都是暴力造就霸主，现在却是仁德造就贤君。地上的狮、虎，空中的鹰、鹫，都只以善战称雄，以逞强行凶统治群众；而天鹅就不是这样，它在水上为王，是凭着一切足以缔造太平世界的美德，如高尚、尊严、仁厚等等。它有威势，有力量，有勇气，但又有不滥用权威的意志、非自卫不用武力的决心；它能战斗，能取胜，却从不攻击别人。

作为水禽界里爱好和平的君主，它敢于与空中的霸主对抗；它等待着鹰来袭击，不招惹它，却也不惧怕它。它的强劲的翅膀就是它的盾牌，它以羽毛的坚韧、翅膀的频繁扑击对付着鹰的嘴爪，打退鹰的进攻。它奋力的结果常常是获得胜利。而且，它也只有这一个骄傲的敌人，其他善战的禽类没有一个不尊敬它的，它与整个的自然界都是和平共处的：在那些种类繁多的水禽中，它与其说是以君主的身份监临着，毋宁说是以朋友的身份看待着，而那些水禽仿佛个个都俯首帖耳地归顺它。它只是一个太平共和国的领袖，是一个太平共和国的首席居民，它赋予别人多少，也就只向别人要求多少，它所希冀的只是宁静与自由。对这样的一个元首，全国公民自然是无可畏惧了。

天鹅的面目优雅，形状妍美，与它那种温和的天性正好相称。它叫谁看了都顺眼。凡是它所到之处，它都成了这地方的点缀品，使这地方美化；人人喜爱它，人人欢迎它，人人欣赏它。任何禽类都不配这样地受人钟爱：原来大自然对于任何禽类都没有赋予这样多的高贵而柔和的优美，使我们意识到它创造物类竟能达到这样妍丽的程度。

俊秀的身段，圆润的形貌，优美的线条，皎洁的白色，婉转的、传神的动作，忽而兴致勃发，忽而悠然忘形的姿态，总之，天鹅身上的一切都散布着我们欣赏优雅与妍美时所感到的那种舒畅、那种陶醉，一切都使人觉得它不同凡俗，一切都描绘出它是爱情之鸟；古代神话把这个媚人的鸟说成为天下第一美女的父亲，一切都证明这个富有才情与风趣的神话是很有根据的。

我们看见它那种雍容自在的样子，看见它在水上活动得那么轻便、那么自由，就不能不承认它不但是羽族里第一名善航者，并且是大自然提供给我们的航行术的最美的模型。可不是吗，它的颈子高高的，胸脯挺挺的，圆圆的，就仿佛是破浪前进的船头；它的宽广的腹部就像船底；它的身子为了便于疾驶，向前倾着，越向后就越挺起，最后翘得高高的就像船艄；尾巴是地道的舵；脚就是宽阔的桨；它的一对大翅膀在风前半张着，微微地鼓起来，这就是帆，它们推着这艘活的船泊，连船带驾驶者一起推着跑。

天鹅知道自己高贵，所以很自豪，知道自己美丽，所以很自好。它仿佛故意摆出它的全部优点：它那样儿就像是要博得人家赞美，引起人家注目。而事实上它也真是令人百看不厌的，不管是我们从远处看它们成群地在浩瀚的烟波中，像有翅的船队一般，自由自在地游着，或者是它应着召唤的信号，独自离开船队，游近岸旁，以种种柔和、婉转、妍媚的动作，显出它的美色，施出它的娇态，供人们仔细欣赏。天鹅既有天生的美质，又有自由的美德；它不在我们所能强制或幽禁的那些奴隶之列。

它无拘无束地生活在我们的池沼里，如果它不能享受到足够的独立，使它毫无奴役俘囚之感，它就不会逗留在那里，不会在那里安顿下去。它要任意地在水上遍处遨游，或到岸旁着陆，或离岸游到水中央，或者沿着水边，来到岸脚下栖息，藏到灯芯草丛中，钻到最偏僻的湾汊里，然后又离开它的幽居，回到有人的地方，享受着与人相处的乐趣——它似乎是很喜爱接近人的，只要它在我们这方

大师智慧书系

面发现的是它的居停和朋友，而不是它的主子和暴君。

　　天鹅在一切方面都高家鹅一等，家鹅只以野草和籽粒为食，天鹅却会找到一种比较精美的、不平凡的食料；它不断地用妙计捕捉鱼类；它做出无数的不同姿态以求捕捉的成功，并尽量利用它的灵巧与气力。它会避开或抵抗它的敌人：一只老天鹅在水里，连一只最强大的狗它也不怕；它用翅膀一击，连人腿都能打断，其迅疾、猛烈可想而知。总之，天鹅似乎是不怕任何暗算、任何攻击的，因为它的勇敢程度不亚于它的灵巧与气力。

　　驯天鹅的惯常叫声与其说是响亮的，毋宁说是浑浊的；那是一种哮喘声，十分像俗语所谓的"猫咒天"，古罗马人用一个谐音词"独楞散"表示出来。听着那种音调，就觉得它仿佛是在恫吓，或是在愤怒；古人之能描写出那些和鸣铿锵的天鹅，使它们那么受人赞美，显然不是拿一些像我们驯养的这种几乎喑哑的天鹅作蓝本的。我们觉得野天鹅曾较好地保持着它的天赋美质，它们充分自由的感觉，同时也就有充分自由的音调。可不是吗，我们在它的鸣叫里，或者宁可说在它的嘹唳里，可以听得出一种有节奏、有曲折的歌声，有如军号的响亮，不过这种尖锐的，少变换的音调远抵不上我们的鸣禽的那种温柔的和声与悠扬朗润的变化罢了。此外，古人不仅把天鹅说成为一个神奇的歌手，他们还认为，在一切临终时有所感触的生物中，只有天鹅会在弥留时歌唱，用和谐的声音作为它最后叹息的前奏。据他们说，天鹅发出的这样柔和、这样动人的声调，是在它将要断气的时候，它是要对生命作一个哀痛而深情的告别；这种声调，如怨如诉，低沉地、悲伤地、凄黯地、构成它自己的丧歌。他们又说，人们可以听到这种歌声，是在朝暾初上，风浪既平的时候；甚至于有人还看到许多天鹅唱着自己的挽歌，在音乐声中气绝了。

　　在自然史上没有一个杜撰的故事、在古代社会里没有一则寓言比这个传说更被人赞美、更被人重述、更被人相信的了；它控制了古希腊人的活泼而敏感的想象力：诗人也好，演说家也好，乃至哲学家，都接受着这个传说，认为这事实在太美了，根本不愿意怀疑它。我们应该原谅他们杜撰这种寓言；这些寓言真是可爱，也真是动人，其价值远在那些可悲的、枯燥的史实之上；对于敏感的心灵来说，这都是些慰藉的比喻。无疑地，天鹅并不歌唱自己的死亡；但是，每逢谈到一个大天才临终前所作的最后一次飞翔、最后一次辉煌表现的时候，人们总是无限感慨地想到这样一句动人的成语："这是天鹅之歌！"

亨利

佩特瑞克·亨利（1736—1799），杰出的演说家，美国革命的领袖人物之一。他反对英国的统治，出席大陆会议，联系各州力量反英。曾两次担任弗吉尼亚州州长。

※ 不自由毋宁死——在弗吉尼亚议会上的讲演

主席先生：

我个人对刚才在议会上讲过话的各位先生们的忠诚与才能实在非常重视，不减他人。但是不同的人对同一问题的看法却往往会有所不同；因此，如果由于我个人对一些问题持有相反看法，因而不能不和盘托出、毫不保留时，但愿这一番话不致视为对前面各位先生的一种不敬。目前已不是雍容揖让的时候。议会所面临的问题乃是一个非同一般的严重问题。而依照个人看法，它其实就是要自由还是要奴役的问题；既然问题是这么重大，讨论这项问题时的自由也就不能不更多一些。惟有这样，我们才有可能认清事态真相，以便使我们无负于对上帝和对这片土地所肩负的重大责任。处在这种时刻，如果我因为畏惧开罪于人便把该说的话按下不说，那才真是对自己乡国的最大不忠，对天上上帝的最大不忠，而我对上帝的钦崇则远在对世间的一切帝王之上。

主席先生，人们往往容易沉溺于虚妄的希冀之中而心存幻想。我们往往紧闭双眼而不敢正视痛苦的现实。而就在我们被妖女（指希腊神话里的塞壬海妖）的艳歌弄得飘飘然的时候，我们早已不再是我们自己，而被化为牲畜。这难道是亲自参加为自由而战这场伟大而艰巨的战斗的有识之士所应有的行事吗？

难道我们在这件与自己世间得救关系极密切的事情上，竟属于那种有眼而不能见，有耳而不能闻的糊涂人吗？对我来说，不管这件事在精神上的代价是如何惨重，我都要求得知事情的全部真相和最坏后果，并对这一切作好思想准备。

指引我前进步伐的明灯只有一盏，那便是经验之灯。帮助我判断未来的方法只有一件，那便是过去的事。因此，如果鉴往可以知来的话，那么我很想知道，过去十年来英政府的所作所为又有哪一桩一件足以使我们各位先生与全体议员稍抱乐观和稍可自慰？是最近我们请愿书递上时接受人的那副狞笑吗？不可相信它啊，先生；那只会是使我们坠入陷阱的圈套。不可因为人家给了你假惺惺的一吻便被人出卖。

请各位好好想想，一方面是我们请愿书的蒙获恩准，一方面却是人家大批武装的暗我水陆，这两者也是相称的吗？难道战舰与军队也是仁爱与修好所必需的吗？难道这是因为我们存心不肯和好，所以不得不派来武力，以便重新赢得我们的爱戴吗？先生们，我们绝不可再欺骗自己了。这些乃是战争与奴役的工具；是帝王们骗人不过时的最后一招。请让我向先生们提一问题，如果这些阵容武备不是为了迫我屈从，那么它的目的又在哪里？各位先生还能另给它寻个什么别的理由吗？难道大不列颠在这片土地上还另有什么可攻之敌，因而不得不向这里广集军队，大派舰船吗？不是吧，先生，英国在此地并没有其他敌人。这一切都是为着我们而来，而不是为着别的。这一切都是英政府长期以来便已打制好的种种镣铐，以便把我们重重束缚起来。而我们又能用什么来抵御他们呢？靠辩论吗？先生们，辩论我们已经用过十年。在这个问题上我们还能提出什么新的东西来吗？

提不出的。我们已经把这个问题从各个可能想到的方面都提出过，但却一概无效。靠殷殷恳请和哀哀祈求吗？一切要说的话不是早已说尽了吗？

因此我郑重敦请各位，我们再不能欺骗自己了。先生们，为了避免这场行将到来的风暴，我们确实已经竭尽了我们的最大努力。我们递过申请；提过抗辩；做过祈求；我们匍匐跪伏过国王阶前，哀告过圣上制止政府与议会的暴行。但是我们的申请却只遭到了轻蔑；我们的抗辩招来了更多的暴行与侮辱；我们的祈求根本没有得到人家的理睬；我们所得到的不过是在遭人百般奚落之后，一脚踢到阶下了事。在经过了这一切之后，如果我们仍不能从那委屈求和的迷梦当中清醒过来，那真是太不实际了。现在已不存在着半点幻想的余地。如果我们仍然渴望得到自由——如果我们还想使我们这么多年一直在奋斗谋求的那些重大权利不遭侵犯——如果我们还不准备使我们久久以来便辛苦从事并且矢志进行到底的这场伟大斗争半途而废——那么我们就必须战斗！我再重复一遍，先生们，我们必须战斗！我们要诉诸武力，诉诸那万军之主（指上帝），这才是留给我们的唯一前途。

有人对我们讲了，先生们，我们的力量太弱；不足以抵御这样一支强敌。那么请问要等到何时才能变强？等到下月还是下年？等到我们全军一齐解甲，家家户户都由英军来驻守吗？难道迟疑不决、因循坐误，便能蓄积力量、转弱为强吗？难道一枕高卧、满脑幻想、直至敌来、束手就缚，便是最好的却敌之策吗？先生们，我们的实力并不软弱，如果我们能将上帝赋予我们手中的力量充分发挥出来，三百万军民能够武装起来，为着自由这个神圣事业而进行战斗，而且转战于我们这么辽阔的幅员之上，那么敌人派来的军队再大再强，也必将无法取胜。再有，先生们，我们绝非是孤军奋战。主宰着国家命运的公正上帝必将为我们做主，他必将召来友邦，助我作战。而战争的胜利，先生们，并不一定属于强者；它终将属于那机警主动、英勇善战的人们。更何况，先生们，我们已经被逼得走投无路。即使我们仍想很不光彩地退出斗争，现在也已为时过晚。除了屈服与奴役之外，我们再也没有别的退路！我们的枷锁已经制成！镣铐的丁当声已经响彻波士顿的郊原！一场杀伐已经无可避免——既然事已如此，那就让它来吧！我再重复一遍，先生们，让它来吧！

先生们，一切缓和事态的企图都是徒劳的。有些先生们也许仍在叫嚷和平和平——但现在已经没有和平。战火实际上已经爆发！兵器的轰鸣即将随着阵阵的北风而不绝地传来我们的耳边！我们的兄弟们此刻已经开赴战场！我们岂可在这里袖手旁观，坐视不动？请问一些先生们到底心怀什么目的？他们到底希望得到什么？难道性命就是那么值钱，求和就是那么美妙，因而只能以镣铐和奴役为代价来换取吗？全能的上帝啊，但愿你能出来制止！我不知道其他人在这件事上有何高策，但是在我自己来说，不自由则毋宁死。

（高健 译）

威廉姆·赫兹里特（1778—1830），英国评论家、散文家、画家。

赫兹里特著述面较广，有历史、哲学、政论等著作。

代表作有《拿破仑传》《论人的行为准则》《回答马尔萨斯》《论青春的不朽之感》

《时代的精神》《燕谈录》等。

※ 论青年的不朽之感

生命是一股纯净的火焰，我们依靠自己身体内某个看不见的太阳而生存。

——托马斯·勃朗爵士

年轻人不相信自己会死。这是我哥哥说的话，可算得一句妙语。青年有一种永生之感——它是能弥补一切的。人在青年时代好像是一尊不朽的神明。诚然，生命的一半已经消逝，但蕴藏着不尽财富的另一半并没有明确的下限，因此，我们对它也就抱着无穷的希望和幻想。我们把未来的时代完全据为己有——无限辽阔的远景在我们面前展现。

死亡，老年，不过是空话，毫无意义；我们听了，只当耳旁风，全不放在心上。那些事，别人也许经受过，或者将要经受，但是我们自己，"在灵符护佑下度日"，对于诸如此类脆弱的念头，统统付之轻蔑的一笑。像是刚刚走上一场愉快的旅程，我们兴高采烈，极目眺望——向远方的美景欢呼致敬！

——此时，但觉好风光看之不尽，而且，前程更有美不胜收的新鲜景致。在这生活的开端，我们听任自己兴趣泛滥，放手给它们一切满足的机会。到此时为止，我们还没有碰上过什么障碍，也没有感觉到什么疲惫，因而觉得可以一直这样向前走去，直到永远。我们放眼四望，但见一派新天新地，生机盎然，变动不居，日新月异；我们觉得自己活力充盈，精神饱满，可与宇宙并驾齐驱，而且，眼前也无任何迹象可以表明，在大自然的发展过程中我们自己也会落伍、衰老、进入坟墓。由于年轻人天真无知，想事情大大咧咧，我们把自己跟大自然划上等号，并且，由于经验少而感情盛，误认为自己也能和大自然一样垂之久远。

我们一厢情愿，痴心妄想，竟把自己在世界上暂时栖身，当作是千古不变、万世长存的结合，好像一种永不冷淡、永不生分、永不离异的蜜月似的。像婴儿带着微笑入睡，我们躺在用自己任性的幻想所编织成的摇篮里，让大千世界的万籁之声催哄我们安然入梦；我们急切切、兴冲冲地畅饮生命之杯，不怕把它喝干——不但不会喝干，它好像永远是满淌淌的：森罗万象，纷至沓来，七情六欲，交集于心，使我们腾挪不出工夫去想死亡。我们正活得充实丰满，怎么会一下子化灰成尘？我们无法想象："这副聪明伶俐、热情洋溢的机体竟会变成一团泥块。"

——在这场清醒的梦境中，我们被四周的辉煌景象弄得眼花缭乱，顾不得去看一眼坟墓中的黑暗。我们前不见生命的开端，后不见生命的结局：开端已被遗忘在一片空旷之中，结局也被那纷纷扰扰、蜂拥而至的世象所遮蔽。虽然那个不祥的暗影偶或在地平线上游移，我们却命里注定无法把它赶上；再不然，它那最后一闪、幽光熹微的轮廓迫近苍穹，又把我们引向九天之上！而且，即使我们有意，那人生羁绊也不容许我们把心思用到与当前目标、身边事务无关的地方去。人正当年轻力壮，谁去想三灾六病；人正当雄姿英发，谁去想衰朽残年、奄然物化；人正当兴致勃勃、钻研学问，谁去想身后的浑浑茫茫？而且，拦住死神，不许它这么咄咄逼人，也自有一定的好处——让希望女神拿一层纱幕从中遮掩，免得让人看出自己念兹在兹的宏图远志终将一朝戛然中止。

当我们青春年少、元气未亏，当"生命之酒尚未喝干"，我们就像酒意陶然或者热病昏昏，总不免被种种强烈感受所左右。只有当我们对于现实事物的感觉冷淡下去了，当心爱的事业受到了挫折，当至亲好友一个个弃我而去，当热情不能再支配自己的胸怀，这时，我们才一点一点地把尘缘割断，容许自己"朦朦胧胧地，像隔着一面镜子"，看一看那个要与世界永远分手的可能事实。他人的先例，经验的呼声，对我们是全然不起作用的。横祸则可以避免。至于那慢慢悠悠而来的老年，我们可以跟它玩"捉迷藏"——我们自恃身强力壮，步履轻捷，那个眼神不好的糟老头子休想抓住我们。

我们就像斯泰恩书里说的那个傻呵呵的胖厨娘——她听说鲍贝老爷死了，唯一的感想就是："我可没有死。"这时候，死亡的概念不但不会动摇我们的信心，看来反而巩固了我们对生命的占有，提高了我们对生命的兴趣。在我们周围，不管有多少人像树叶似的落下，像花朵似的被时间老人拿大镰刀收割，在没有耳性、目空一切的青年看来，这些统统不过是一种辞藻、一种比方。只有当我们自己眼睁睁看着爱情、希望和欢乐的鲜花在身边一朵朵地凋谢，我们的生之乐趣也被连根刈除，我们才会去认真想一想生死问题，把自己恣肆狂妄的心胸稍稍加以收敛；这时，眼见得景物寥落，一片萧条，我们才勉强接受了坟墓中的寂静！

生命之为物，力量何神奇：

自身既有感，他人亦可知。

诗人用对生命如此热情洋溢的呼唤，当作开篇，来愤愤谴责那种公然以毁灭生命为其目标的技艺。这是理所当然的。生命的确是一种神奇的天赋，它所包含的好处是说不尽的。所以，毫不奇怪，当我们刚刚享受这种美好的恩赐，我们的感激、我们的惊叹、我们的欢喜不允许我们再去想想自己原来是一无所有，或者去想想这个礼物以后还是要收回的。我们对于世界最初、最强烈的印象来自展现在我们面前的壮丽的景观，但我们天真地把天地之永久和壮丽转移到自己的身上。我们初来乍到，自然不想离开，至少把这件事推迟到遥遥无期的未来。我们像乡下人来到集上，看见什么都稀罕，看见什么都欢喜，根本就没想到要回家，更不去管天很快就要黑了。

我们只能通过外界事物来认识自己的生命，来衡量自己的生命。宇宙之大，使我们目不暇接，而宇宙也需要我们去观赏、去赞美。不然的话，这尘世的繁华，"这理性的盛宴，灵魂的美酒"，巴巴地邀我们来品尝，岂不是一场嘲弄，一场残酷的侮辱？我们既来看戏，总要看到剧情结束，灯火阑珊方肯罢休。但是，好戏还在灯火辉煌地搬演，幕布还未落下，我们还没有看清台上到底在演些什么，难道就非要把我们召唤而去吗？我们像小孩子，被造化这个晚娘抱起来观看花花世界，刚刚看了一眼，她似乎就嫌我们累赘，忽地一下把我们扔了下来。

然而，在这短短的时刻，我们看到了多少"绚丽的地上奇观"呀！那就像一个气泡，在一瞬间映照出大千世界，立刻又在空中迸散！我们看到金色的太阳，蔚蓝的天空，广阔的海洋；我们漫步在绿油油的大地之上，做万物的主人；我们俯视令人目眩心悸的悬崖峭壁，远眺鲜花盛开的山谷；我们把地图摊开，任意指点全球；我们把星辰移到眼前观看，还在显微镜下观察极其微小的生物；我们学历史，亲自目睹帝国的兴亡、时代的交替；我们听人谈论西顿、推罗、巴比伦和苏撒的勋业，如同听一番往昔的盛会，听了以后，我们说：这些事确实发生过，但现在却是过眼云烟了；我们思考着自己生活的时代、生活的地区；我们在人生的活动舞台上既当观众、又当演员；我们观察四季更迭、春秋代序；我们听见了——

野鸽在浓密的树林中哀诉，

树林随微风的叹息而低语；

我们横绝大漠；我们倾听子夜的歌声；我们光顾灯火辉煌的厅堂，走下阴森森的地牢，或者坐在万头攒动的剧院里观看生活本身受到摹拟；我们亲身感受炎热和寒冷，快乐和痛苦，正义和邪恶，真理和谬误；我们钻研艺术作品，把自己的美感提高到极其敏锐的程度；我们崇拜荣誉，梦想不朽；我们阅读莎士比亚，或者把自己和牛顿爵士视为同一族类；——正当我们面临这一切、从事这一切的时候，自己却在一刹那之间化为虚无，眼前的一切，像是魔术师手中的圆球，像是一场幻影，一下子全都消失得无影无踪；这样一种转变，叫人感到有点太可恶，太难以置信，难怪我们长时间鄙弃它、厌恶它，把它当作一种荒诞绝伦、不可思议的谎言，仗着自己的青春、热血、洋溢的热情，千方百计地加以抵制；这也就像一只猴子站在屋顶上，正为自己的新奇发现而高兴得手舞足蹈，当然不愿意一个倒栽葱摔在大街上，跌得粉身碎骨，惹得大家开心，哈哈一笑！

从生命的开端到结束的这种演变，既经发生之后，看去像是一篇神话；在它尚未发生以前，我们除了把它当作一件咄咄怪事，再也没有别的办法。有些过去发生的事情，我们从前去过的地方，见过的人，由于年代久远，只留下非常淡漠的印象，我们简直说不清这些事发生的时候自己究竟是在睡着还是清醒——它们像是生命里的梦中之梦，像一片雾霭，像笼罩在"回忆的眼睛"上的一层薄薄的云翳，我们越是要把它们记个清清楚楚，它们越是逃跑得无影无踪。那寂寥的生命历程，在回顾之际，既是这么一副形容，在前瞻之时，它自然也就显得漫长悠远、绵绵不尽了。

另有一些印象却是历历在目，记忆犹新，如昨日之事，它们那栩栩如生的特点也许足以保证它们能够垂之久远。而且，不管我们追忆多么遥远的过去，我们总能发现更为古老的事件（因为，我们在青年时代的岁月，是要乘上许多倍来计算的）：比如说，我们读过的书里所描写的场面和往昔的人物，如普赖姆和特洛伊之战；那时候，涅斯托也老了，爱絮絮叨叨谈起自己年轻时候的事，一提就是昔日的英雄家族如何如何，然而，俱往矣；——既然如此悠久的历史都能够历历如绘地保存在我们的记忆里，甚至可以说是在我们身上得到了复活，那也就难怪我们不知不觉地自以为得天独厚，能够无限期地活下去了。

在圣彼得堡的大教堂里，有一座苏格兰玛利女王的纪念碑，我少年时代常去瞻仰，一边看，那个时代的历史以及从那时以来所发生的种种事件就一边在我眼前重新出现。假如说，这么短短一瞬间就可引发出如此丰富的感触和想象，那么，人的一生又该具有多么大的容量？我们是过去的继承者，我们把未来也看作是自己的当然财产。此外，还有我们某些早年的印象，经历时间愈久，愈发显得美妙无比，它们那芳香和纯净是增一分则多，减一分则少，理当永世长存的——例如，春天初来的信息，带露珠的风信子花，金星的柔和光芒，暴风雨之后的彩虹——只要我们还能充分领略这些良辰美景，我们就永远年轻，在这方面难道还有什么东西能够使我们改变吗？真理，友谊，爱情，书籍，也能抗住时间的侵袭——我们活着，只要不失去它们，也就永远不会衰老。

对于某些事物，我们倾注了自己的爱，为之入迷，并因而得到了宁静和不朽，这也就是取得了另一种新的生命。我想象不出，自己胸中的某些感情怎会衰退、怎会冷却；为了保持它们那种新生的、青春的光芒和朝气，必须让生命的火焰燃烧得灿烂夺目；不仅如此，还要用这些感情来点燃起一盏神灯，发出"红彤彤的爱的光辉"，在我们头顶上升起一道金色的彩霞！还有，我们不仅能在爱情中使红颜永驻、青春长葆（在这方面，我们不承认任何变化的可能性，正像我们不愿知道自己所爱的女人脸上也会出现皱纹），我们还能在我们心爱的学术和事业上，以及在它们的不断发展之中，取得抗拒死亡的保证。我们觉得，既然艺术的生命长在，人的生命也应该长在。

在艺术创作中，我们所要面对的困难是没有止境的；达到完美无缺，更要日积月累，必须拥有足够的时间，方能进入此种境界。鲁本斯曾经抱怨说，他刚刚学会自己这门艺术，就被死神挟持以去了——我们自信比他要幸运得多！一幅老人头像上的一条皱纹，几天时间总可画得妥帖。但是要想捕捉"拉斐尔的优美，圭多的气势"，所需下的工夫可就无从计算了。我们的目标何等远大！我们的任务何等艰巨！为什么要让我们功业未半就中途撒手呢？这并不是说，我们把时间这样用掉是浪费，我们的辛苦是徒劳，我们的进展微不足道——我们也没有垂头丧气、表示厌倦，而是"工作无穷期，意志更昂扬"。难道时间老人竟不肯给我们提供方便，让我们把幸已着手，并且可以说是经过造化默许的事业进行到底、加以完成吗？我们热忱仰慕那些伟大人物的不朽令名，难道我们自己就不能受到他们那神圣火焰的感染，吸收一点点他们那不灭的"天赋灵异之才"吗？

我记得，自己曾经一连几个小时盯住伦勃朗的一幅版画出神，忘记了时间的流逝，推敲画中各部分的细节，综观它那强烈、鲜明的层次，想要弄清它那折光的奥秘，结果发现我这种探索是难有结果、也是永无止境的。我看过的这幅版画是要长留天地之间了，那么，我心中获得的意象既然比它更微妙、更难以捉摸，为何反要在它之前消灭呢？因此，我就加倍努力探讨。我想，我这种细致入微、精益求精的钻研精神，似乎应该取得某种豁免权，不受死神的侵袭和粗暴支配。

我们接触任何事物，最初的印象总是单纯而完整的；这种印象铭刻、固定在我们的头脑里，似乎什么东西也不能把它销毁、抹去。我们对此信以为真、毫不怀疑，也就安于荒唐、怠惰的日子，不是安于现状，便是重走老路，把青春年华荒废不少，还自以为时间多得用不了。这时，似乎处处都有一种乡土情调，流连不去：我们徘徊在幽暗的修道院里，对着那些若明若暗的拱形走廊心迷神醉；面前一条弯弯曲曲的小路，在我们眼里看来就像生命的路程一样迂回多变。只有时间和经验才能驱散诸如此类的幻梦，把我们的雄心壮志压缩成为种种小事，还要给它划出一定范围。只有当人生的壮丽行列从我们身边走过，只有那些戴着假面的演员转过身去、把背对着我们，我们才能看出真相，才明白人生行程终有到头之时。但是，当我们涉世未深、还没有卷入种种杂事，迂缓的生活步子，单调的生活气氛，常常会滋长前面说的那种情绪。特别当我们孑然独处，一无书看，二无娱乐，我们无法"排遣这慢腾腾蠕动的时光"，这时不免担心：万一生命总这样像蜗牛似的慢慢爬行，何时才到尽头？我们对这种毫无意义的迟缓急不可耐，恨不得跳过一些岁月，好让我们称心如意的事情一个接一个连在一起发生。年轻人春秋正富，把光阴任意挥霍，毫不在乎；老年人在这方面却斤斤计较，因为他们余年无几，而且就连这有限的余年也未必能够安然度过。

就我个人来说，我的生命路程是和法国革命一同开始的；那个事件对我早年感情的培养，正像对于别人一样，起了很大作用。当时正处在一个新时代的黎明，人的思想有了新的动力，青年人更是加倍地得其所哉：在这一天，自由的太阳和生命的太阳同时升起，互相比赛，争放娇艳的光芒。我怎么也没有想到，当我少年时代的希望正和全人类的希望亲亲热热手拉手地一同前进，当我这双眼睛还远远不该闭上的时候，那黎明的天空却已经阴云密布，大地又陷入了专制暴政的沉沉黑夜之中——"太阳全蚀了！"想不到——这是我的幸运。在我最宝贵的生命岁月里，我觉得自己对于那一历史壮举（指法国革命）完全是"一片童贞"；人类的敌人被打败了，我是多么兴高采烈！在那时候，人的形象还未受到污损，人的心灵还未被恣意糟践，哲学为人类开拓了广阔的视野，诗歌为人类描绘了深远的前景，人类灵魂中最美好的憧憬眼看就要得到实现。这时，读一读《强盗》实在妙不可言。在这希望充满人间，权势者的堡垒纷纷倒塌，人类的自由事业欢天喜地、大喊大叫、勇往直前的时刻，哪怕听见了在那风雨剥蚀的古堡地牢中一个饥饿的老人发出的凄厉的惨叫，也能够忍受得住。《堂·卡洛斯》中死亡一场曾经在我们灵魂深处激起了何等样的感情！在那热情奔放、义无反顾的崇高事业中，在那人类和个人幸福前景的开端，横插进来一个死亡的概念，叫人心里格外觉得冰凉——叫人产生一种受到重压和囚禁似的窒息之感，产生一种对于目前人类知识的不满，产生一种愿望，要对人的生命进行一次全面的了解，要探索生死的秘密，以便消除这由疑惧所产生的苦恼，直至打出人类的牢房，冲出死神的阴森森的宫殿，与那恐怖之王面面相对！——我写这一段文字的时候，恰好面对着放在壁炉架上的我儿童时代的一幅肖像，我把它取下来细看。从那画像上我几乎找不出自己的影子了，不过还可以认出我那安详的前额，带笑窝的嘴，和那怯生生的、爱寻根问底的眼神。而且，我还从它那无忧无虑的微笑中看出：它似乎没有责备我什么时候背离过早年在我心中播下的思想种子，或者曾经写过哪一句话惹得这位天真的小伙子为我脸红！

"一去不返了，那目迷神醉、欢欣欲狂的日子。"既然通向未来的道路已被隔断，我只好回过头来，从过去当中寻求一点安慰，打点一下早年的回忆片断，笔之于文，以便传之久远。这样，当我们看到自己的本体即将消失，就竭力运用自己头脑的思考，为自己造出一个影像和替身，为的是不愿完全销声匿迹，至少让自己的名字能够留传后世。只要我们生平心血所注的思想、安身立命的事业能够在世人心中存活，哪怕我们的躯体化成了飞灰、散入太空，我们看起来总算还没有完全退出人生舞台，在世人口碑中还占有一席之地，还能对于人类产生一定的影响。只要我们心爱的思想继续受到人们欣赏、支持，在子孙后代的眼里我们总算还是挺不错的人物，说不定比我们生前还要体面哩。论好处，这是其一——我们自爱自重的心愿总算满足了。不但此也，别人还说，只要我们确有高风亮节，德行为人楷模，冰心纤尘不染，值得传之后世，那就一定能够在身后获得永生，受到人神共赞：

> 沉沉古坟中，造化发大声；
>
> 身虽化灰烬，生命无时停。

我们年事既长，对于光阴之可贵也就日益敏感。别的什么全不值得计较，只有在这一方面我们悭吝异常。

我们竭力抓住自己的风烛残年，想尽量让它在坟墓边缘上多停留一些时日。我们总在纳闷：过去耳濡目染、习以为常的一切，怎么会一下子烟消云散？"生命的春天像鸟儿一样飞去了"，我们却还仍然活着，对着自己往日的影子怅惘不已，靠着回忆过去来抒发日子。与此相伴随的是对于既得之物的一种机械性的执著不放，以及对于眼前事物的一种猜疑和迷惘空虚之感。青年时代的那种充实、饱满之感早已不存在了，这时看见一切都觉得单调、没趣儿。世事像是一个涂脂抹粉的女妖精，专门拿虚假的、迷惑人的外表来蒙混我们。青年时代的那种轻轻松松、快快活活、安然自得的心情完全没有了。我们与平庸的实际朝夕相对，若要希冀从生命的最后余烬之中，取得青春焕发的岁月所不曾给予的东西自然是不可能的。这时候，在我们进入那种无知无觉混沌状态之前，只要能够尽量应付住自己身体上的毛病，想法培养出准备变成"静物"的那种泰然自若的心情，然后无灾无难地从尘世悄悄溜掉，这差不多也就可以说是我们最大的福气了。而且，按照通常的自然演变过程，我们是不会一下子就死掉的——我们多半是渐渐朽坏：在我们还活着的时候，我们的身体功能，我们对生命的依恋之情，早就一点一点、零敲碎打地从我们身上剥夺去了；那年复一年的岁月不断地从我们身上拿走一些东西，直到死亡把我们最后剩下的零头归总收拾一下，送进坟墓里去。变化并不是那么惊人的。一种安安静静的"无痛苦死亡"把人生这一出好戏了结——这算不得什么伤天悖理的事。

因此，我们在某种意义上可以说是活过了头，不知不觉地衰老退化，最后归入虚无之境，这并不足为怪。

即使在我们的壮盛之年，哪怕再深刻的生活印象，也往往因为旧事方去、新事又来，前后推移的结果，竟难留下什么痕迹了。我们读过的书、经过的事、受过的苦难，究竟能在我们身上产生多大的作用呢？那就想想我们读一部有趣的传奇小说，或是看一出好戏时所经历的感情变化吧。开始，我们觉得它何等优美，何等崇高，何等令人欣慰，何等叫人伤心！我们心想这些印象将会永远铭记在心，至少也会把自己的心灵陶冶得和它们完全合拍一致。当我们正掀着书页，当戏正在我们眼前上演，我们觉得从此以后无论天大的事再也动摇不了自己的决心："祸乱起于萧墙，兵衅生自域外，均不足拂朕之意也。"然而，刚刚走出街门，衣服角溅上了一点点泥浆，或者去买东西，让一个刁钻的商店老板多要去两便士，刚才那一派心境立刻消失得无影无踪，我们又变成了受最卑琐的烦恼所支配的可怜虫了。可见，人的心灵尽管奋发向上，飞向壮丽的高空，但它所习以为常的却是地面上的那些卑微可怜的小事。在人生的鼎盛时期，情况业已如此，只不过那时新鲜事物尚能激荡人的热血、占据人的头脑而已（我还记得，那时看过一次图画展览之后，激动的心情曾经维持了半日之久）——然而，人到老年，性情变得脆弱，又爱埋三怨四，但见"世事转烛，无非空虚二字"；而且，这时欲望又高又多，脾气又怪又躁，似乎天堂、人间加在一起也无法叫他满意！只有少数高人达士，生性不受鸡虫小事所扰，凡事乐观，恬淡自守，俯仰天地之间，总觉有一种天人和谐的圣乐（不管别人是否听见）常在身边演奏。这才叫宁静度日。若无此种心性，纵然避尘嚣于沙漠之中，筑蜗庐于高山之上，其奈患得患失之心、尴尬乖僻之性，亦随其身而至，终究无济于事，切不可贸然尝试。心如止水，方能隐退；七情俱寂，才得闲适。人能如此，则历青壮以至垂老，无往不适；坦然顺应自然之道，生由乎是，死亦由乎是也。

※ 时间

　　随着年岁的增多，我们越来越深切地感到时间的宝贵。确实，世上任何别的东西，都没有时间重要。对待时间，我们也变得吝啬起来。我们企图阻挡时间老人的最后的蹒跚脚步，让他在墓穴的边缘多停留片刻。不息的生命长河怎么竟会干涸?我们百思不得其解。也许当"生活的所有生机已逝"，我们就只能沉浸在对往事的回忆中，到了这一步，我们不管抓到什么，都会固执地紧抓不放；不管看到什么，我们都会感到空虚；不管听到什么，我们都会不再相信。我们不再有青年的丰富感情，觉得一切都单调乏味。世界是一个涂脂抹粉的巫婆，她乔装打扮，摆出一副诱人的面孔，让我们蹉跎岁月。无忧无虑的青春赋予我们的轻松、欢乐与幸福都像过眼烟云般的消失了。除非我们公然违反常识，否则也休想"在日薄西山的暮年，收获豆蔻年华无法奉献的鲜果"。如果我们能免遭横祸，悄然离去，能战胜垂死时身体的虚弱和痛苦，能泰然自若地跨入另一个世界，我们就别无他求了。按照一般的自然规律，我们并不死于一旦：因为长期以来，我们就一直在逐渐地消耗生命的活力。在生命的历史中，我们的器官功能丝丝缕缕地丧失，我们的依恋也被一个一个地逐渐放弃。岁月，每年都从我们身上剥夺一些东西；死亡，仅仅是把残存之躯交托给坟地。这种归宿并没有什么了不起，平静地死去就像戏中的情节——合情合理，无可非议。

　　这样，我们在某种意义上竟会虽生犹死。最终无声无息地化为乌有，这是毫不奇怪的。即使是在我们的黄金时代，印象最强烈的东西也没有留下多少痕迹，事物后浪推前浪地接踵而来，一个取代一个。不管在什么时候，我们看过的书，见过的事，受过的苦，给我们的影响是多么微乎其微啊！想一想，当我们读一本妙趣横生的传奇文学，看一场引人入胜的戏剧时，我们是怎样地百感交集、心潮澎湃，充满了多少美妙、庄严、温柔、断肠的感情波澜。那一刻，你也许会以为它们将会长驻脑海，永世不忘，或至少使我们的思想和它们的格调和谐，和它们的旋律一致。当我们一页页读下去，一幕幕看过去时，觉得似乎从今以后，再也没有什么能动摇我们的决心，"不管是内乱，还是外患，再也没有什么能影响我们"。

然而，只要我们一走上街道，身上被人溅上第一滴污泥，被第一个诡计多端的店主骗去两便士，我们脑海中这一切纯净美好的感情便统统消失得无影无踪，我们的精神支柱便完全崩溃。我们成了这卑劣、讨厌的环境的牺牲品。我们的思想还囿于生活的小圈子里，前后不一，卑劣渺小，要想让思想插上翅膀，飞向庄严、崇高的境地，我们就得做出巨大的努力。这一切发生在我们生命的极盛时期。那时，我们思想敏锐，一切新鲜事物都会使我们冲动，使我们热血沸腾。不管是人间还是天国，都不能满足我们难填的欲壑和过分的奢望。然而，世上也有那么几个幸运儿，他们天生一个好性格，不会因任何琐事而烦恼，这种态度使他们心境恬适，安之若素，使他们周围荡漾着神圣的和谐之声。这才是真正的和平与安宁，否则的话，如果让懊悔和烦恼的心情缠身，即使是飞入荒凉的沙漠，隐居于乱石林立的山巅也无济于事；有了这种宁静之心，就根本无需去进行这些尝试。唯一真正的退隐是心灵的安宁，唯一真正的悠闲为心境的平静。对于这种人来说，处于青春年华和处于风烛残年毫无区别。他们体面地辞别人世，悄然而去，就像他们活着的时候那样无声无息。

※ 永生

处于青春年华的人仿佛觉得自己似神仙长生不老。不错，光阴荏苒，人生的一半已流逝，但满载无穷珍珠的另一半人生正向我们招手。面对锦绣前程，我们充满无限的希冀和神奇的幻想，未来属于我们！

对于我们，死亡和衰老是毫无意义的字眼，就像耳边轻风吹过，我们不屑一顾。别人也许承受过生老病死的痛苦，也许还要忍受它们的折磨。而我们的生命"却有魔法保护"，它无情地嘲笑着所有那些病态的幻境。犹如在开始愉快的旅行时，我们热切地极目远眺，欢呼着远方美好的景象。

我们阔步向前，一路上看到的是无尽的壮丽风光和新鲜气象。因此，在生命的开端，我们无羁无绊，尽情欢乐，不失良机地满足情趣。我们面前没有艰难险阻，我们意志昂扬，我们仿佛能一往无前，永不停息。我们举目环视：清新的大千世界生机盎然，变化无穷，不断向前。看看我们自己：情绪振奋，精力旺盛，与这世界同步合拍。现有的种种情形使我们无法设想，我们也会按照客观规律而为时代所淘汰，也会走向桑榆暮景，也会坠入坟地墓穴。天真无知以及对青春的抽象感觉使我们把自己与天长地久的大自然视为一体；缺乏经验而又感情丰富使我们认为人类像大自然一样永不衰败。我们沾沾自喜，错把短暂的生命，当作和大自然牢不可破的永恒结合，当作不知地冻天寒，不谙风云变幻，没有离愁别绪的蜜月。我们像含笑入睡的婴孩在任意遐想的摇篮中晃晃悠悠，在天地万物的喧闹声中进入安恬的梦乡。

我们迫不及待地畅饮着生活的美酒，但不仅无法喝干，而且更多的美酒已满溢而出。生活中无穷的事物纷至沓来，填满了我们的心房，满足了我们的欲望。因而，我们无暇考虑死亡，无暇考虑我们这千千万万灵魂与肉体可能在顷刻之间统统化作灰尘，"让这有知觉的、温暖的、活跃的生命化为泥土"。周围的一切如画似梦，使我们眼花缭乱、头晕目眩，无法窥视墓地的阴森。我们前不见起点，后不见终线，空白的昔日几乎已从记忆中消逝，丰富多彩的未来被匆匆云集而来的事件所遮掩。我们或许能看见讨厌的死亡阴影在地平线上徘徊，但我们却永远也到不了那地平线上……我们觉得，那位两眼昏花、老态龙钟的时间老人，对我们这些精力充沛、灵活敏捷的青年人只能望尘莫及，永远追赶不上。斯泰恩笔下曾生动地描述过一个又笨又胖的厨房帮手，当她听到博比先生去世时，她当即的反应是："我没死！"我们像她那样，他人的死讯丝毫动摇不了我们的信心，反而增强了我们永生的信念，增添了我们对生活的热爱。他人也许像落叶飘零，也许像鲜花遭时间的刀锋摧残而凋谢。然而，目空一切、傲慢至极的青年人对这些充耳不闻，视而不见。直到我们目睹周围爱情的鲜花凋谢，快乐的良辰消逝，希望之火熄灭，一切美好的东西被连根拔去，我们才能领悟到其中的寓意，宏伟的抱负才可能减弱，这时，我们才会正视直逼而来的空虚和沉闷，从而心安理得地去受用墓穴的宁静。

※ 谈怕死

　　或许，死亡恐惧症的最好疗法是对生命开端与终结的思索。对此，人们曾毫无认知，因而也未予以关注，于是时而受到这样的问题困扰——为何人的生命会到尽头?我并不希望生活在一百年前，或是安妮女王时代，那为何要为不能长命百岁而烦恼呢?

　　死亡如同出生。没人会因思索这一永恒的主题而倍感懊恼、悔恨或质疑。反之，这样的思索是一种心灵的慰藉，头脑的放松，仿佛度假一般——不会因生活而烦忧，挣扎于窘境，悲喜交缠，也不会被他人贬赞;我们会逃避许久，远离伤害，裹于最轻柔细密的沙尘之中沉睡千百个世纪而不愿醒来，并希望一直处于孩童时期的安逸无忧，睡得更为深沉平静。然而，人们最怕的是：瞬间躁动后的狂热，在无望和无意义的畏惧后又沉浸于长眠状态，而忘记了苦苦追寻的梦想!

华盛顿·欧文（1783—1859），生于富商家庭，
是美国杰出的散文家和历史学家，是第一个为美国文学赢得欧洲甚至世界声誉的作家。
学过法律，曾任美国驻伦敦使馆秘书和美国驻西班牙公使。
后经商，失败后，遂专事著述。其代表作品有：
历史著作《纽约史》，短篇小说集《亚斯托里亚》，
散文作品《见面杂记》《华盛顿传》等。

※ 大草原猎野牛

　　向南前行大约两小时，我们一下子走出了克罗斯·提姆贝的阴郁地带。一眼
瞥见"大草原"在我们面前左右两边舒展开来，满心喜悦，难以言喻。借着水边
青葱的林带，美因·加拿大河以及各种各样的小溪流蜿蜒曲折的踪迹清晰可辨。
这里景色浩瀚，风光绮丽。游目纵览这无垠的沃野，本来就令人心旷神怡。而我
们刚从"树丛无尽的窒闷地牢"钻出来，对此我也就感触倍深了。

在一片高地上，比特指出他和同伴打死过野牛的地方。我们看到远处有几个黑点在移动，他说那地方就是牛群。队长把路线定了下来，决定到大约一里开外的茂林尽头，在那儿扎营一两天，以便正儿八经地打一次野牛，补充一点食物。部队排成一路纵队，沿着小山坡向驻营地进发。这时，比特提议充当我和伙伴们的向导，他保证把我们带到猎物多的地方。于是我们离开了行军的队列，转向大草原穿过一个小山谷，登上一块微微隆起的高地。到达最高处，我们看见了大约一英里外有一群野马。比特立刻警惕起来，打野牛的事也不再放在心上了。他跨上那匹野性未驯的壮马，把绳索卷起放在马鞍前桥上，开始追赶起来。而我们却留在高地上凝望他的演习，心焦之至。借助一条林带的有利条件，他暗然潜行，于是接近了马群而未被发觉。马群一见他，立刻狂奔起来。我们眺望着他沿地平线奔突，就像一艘私船开足马力追赶一艘商船一样。最后，他翻过山脊，奔下一个浅谷，一会儿又到了对面一座小山上，逼近了一匹野马。他很快地节节前进，仿佛在设法套住猎物。但他和那匹马又一次消失在小山背后，我们再也看不见了。后来才知道，他套住了那匹烈马，但抓不住它，七搞八搞把绳索都丢了。

正当等待比特回来时，我们看到两头野牛正从斜坡下来，向蜿蜒流过绿树掩映的峡谷中的一条小溪走去。

我和那位年轻伯爵极力想利用树木的掩护逼近它们。还差三、四百码远，野牛发现了我们，转身又退上隆起的高地。我们驱马穿过峡谷，追赶起来。野牛头大肩宽，其重无比，上坡颇为费劲，但下坡却能加速前进。这样我们就占了优势，很快就接近了那两头亡命的野牛。不过要使我们的马靠近野牛却颇为艰难，因为光是野牛的气味就使马感到害怕。伯爵带着一支子弹上了膛的双筒枪，他开了枪，但没有命中。两头公牛改变了路线，莽莽撞撞地飞速奔下山去。因为它们逃跑方向不同，我们就各选一头，分道扬镳。我备有一对铜管老手枪，那是从福特·吉布逊那儿借来的，显然已用过许多回。打野牛时手枪很管用，因为马上的猎手对野兽可以靠得很近，并可在全速奔跑时向野兽开火。而用在边疆的又长又重的来复枪却操纵不便，在马背上放枪也不易瞄准。因此，我的目的就是让野牛进入我的手枪射程之内。但这殊非易事。我骑的是很出色的马，速度快，臀部又好，仿佛很爱追逐，它很快就追上了猎物。可是马儿每只耳朵岔开向前倾，作出种种厌恶和惊恐的表示。这毫不奇怪。在所有野兽中，野牛被猎手紧追时，会现出一种凶暴至极的神情。它的一双黑色短角从毛茸茸的巨大前额翘起，两眼像煤块一样燃烧；嘴巴大张；焦干的舌头向上伸成半月形；尾巴直竖，毛茸茸地在空中摇动。那完全是一副又狂怒又恐怖的样子。

我把马赶到够近的地方已很费劲，等到举枪瞄准，两支手枪都打不响，真叫人恼火。很不幸。这两支老枪的枪机破旧不堪，纵马驰骋时起爆药竟从药池晃了出来。我喀哒一声扳开最后一支手枪的扳手，靠近了野牛。野牛在绝望中突然喷响鼻子转身向我冲来。我的马好像依着轴心转了一个身，痉挛地跳起。因为我一直伸出手枪趴在马的一侧，所以差一点被甩到了野牛的脚跟前。

马驮着我跳了三四步，野牛碰不着我们了。那牛原来只不过要拼死自卫，这时又连忙飞奔起来。一旦稳住那匹惊惶失措的马，重新装好手枪的火药，我又踢马追赶那头放慢脚步喘息一下的野牛了。到我追上它时，它又开始竭尽全力向前猛冲，响起一阵轰隆声，蹿过矮树丛和峡谷，几头鹿、几只狼被雷鸣般的奔跑声吓得从隐身之处狼狈地穿过原野左右逃窜而去。

奔驰在大草原去追赶猎物，绝非是只知道开阔平原的人所想象的那般顺当。的确，大草原的狩猎场不像草原低处那样花木丛生、牧草丰茂。这里主要覆盖着短短的野牛草，但景色也随小丘和峡谷的不同而变幻迷离，而且最平坦的地方也被雨后水流冲出的深深的裂缝和峡谷所截断。这些裂缝和峡谷在平坦的地面张开大口，简直像猎人脚下的陷阱，在他们飞速奔驰时突然阻断去路，或者使他们蒙受折肢、丧命之虞。平原上也布满小动物掘的洞穴，往往使马蹄陷进去，致使连人带马摔倒在地。刚下过雨使大草原一些坚实的地面积上一层浅水，马要啪哒啪哒地溅着水跑上一路。另一些地方有无数八英尺或十英尺见方的浅坑，那是野牛像猪一样在沙泥里打滚弄出来的。这些坑也积满了水，像一面面镜子一样闪亮，于是马要不停地跃过这些水坑，或者在边上跳起来。我们也到了大草原一些破烂不堪、支离破碎的崎岖之地。野牛只顾仓皇逃命，不留心看路，一头栽下危险万分的峡谷。那些地方要安全地走下去是必须沿着峡边走的。最后，我们来到一条由冬天的水流冲刷出来、贯穿整个大草原的深深的陷窟，那儿裸露着参差的巉岩，形成一条长长的溪谷，两边是陡峭、参差的石头和黏土混杂的悬崖。野牛就这样连滚带蹦地栽下这样一处悬崖，接着就沿着谷底奔逃，而我看到再往下追赶已属徒劳无益，于是勒马不前，在悬崖边上寂然凝视着它，直到它消失在蜿蜒的溪谷中。

此刻已无事可干了，我唯有调转马头，找伙伴汇合，起初倒有点麻烦。追逐猎物的热忱使我沉溺在长久的奔驰中无心它顾，现在我发现自己置身于凄清的荒原，天边是光秃秃的、均匀起伏的高地。由于缺乏地物和显著的特征，缺乏经验的人在那儿会搞得胡里糊涂，就像在汪洋大海中那样容易迷失方向。天色也是晦暗的，因此我不能靠太阳指引。我的唯一办法是追寻马儿来时踏出的足迹，尽管在枯草覆盖的地面我常常连马蹄印迹也看不到。

大草原的荒凉地会使不习惯的人感到难以言喻的寂寞凄清。相比之下，森林中的寂寞就微不足道了。在森林中，视野也被林木遮断，而人们还可自由自在地想象出森林外面生龙活虎的景象。可是在这儿，景色一望无际，但却荒无人迹。我们意识到远远地置身于人烟之外，感到踏进了荒凉世界之中。当我的马儿拖着缓缓的脚步走回我们刚才蹦跳奔驰的地方，追赶的狂热又已消失，我对这一带的环境就感触尤深了。荒原的寂静时而被打破，——那是远处一群在浅水塘周围像鬼魅一样潜行的鹈鹕的叫喊；有时是空中的大乌鸦的恶叫声；偶尔会有一只无赖恶狼在我面前奔走，走到安全的距离会坐下来号叫哀泣，那声调使周围的荒凉更添一层凄楚。

赶路有顷，遥见远处山边有一位骑手，我立刻认出他是伯爵。他和我一样两手空空。不一会儿，我们又和可敬的伙伴维托索汇合。他鼻子上架着眼镜，马背上放了两三支空枪。

我们决定暂不去找营地，而要再作一次努力。向荒原纵目四望，我们远远看到大约两英里外有一群野牛，星星点点地散开，静静地在一小片树丛附近吃草。无须多少想象力即可想见这么多牛在一块空地边上吃草的情景，也可想到树丛可能遮住了某幢孤零零的农舍。

我们作出包抄牛群的计划，准备走到牛群的另一头，朝我们认为营地所在的那个方向猎取它们，否则追赶野牛会使我们走得太远，无法在日落前找到归路。于是我们慢慢地、小心谨慎地兜一个大圈，不时看到有牛不吃草了，我们也停下步来。幸亏风从它们那边吹来，否则它们会闻到我们的气味而惊慌起来。就这样，我们绕到了野牛的背后，没有惊动它们。这群牛大约有四十头，有公牛、母牛，也有小牛犊。我们彼此拉开一定距离，排成一横排缓缓前进，想逐步潜近野牛，不引起它们注意。不过它们也开始悄悄地走开，每走一两步就停下来吃草。突然间，一直在我们左边一丛树下打盹而没被我们看到的一头公牛从窝里站了起来，急匆匆地跑回牛群中去。我们还有相当距离，但猎物已惊慌起来。我们加快脚步，它们撒腿就跑，于是一场全力以赴的追逐就开始了。

因为地面平坦，所以野牛向前冲的速度极快。它们鱼贯而行，由两三头公牛垫后。最后一头野牛身躯硕大，前额高昂，毛髯枯焦，看似一群之主，仿佛能长久统治大草原王国一般。

这些巨兽的样子既可怕又可笑，回为它们要拖着巨大的躯体向前冲，笨重的脑袋和肩膀要颠上颠下，翘起的尾巴像哑剧丑角的发辫，尾巴尖既凶狠又滑稽地摇来晃去，两眼闪着凶光，神情既惊悸又暴怒。

我和牛群并排冲了一阵子，没能让我的马驰入射程之内，因为在先前一次追逐中，野牛的冲击使它受惊不小。最后我让马靠近了，可是又一次受挫：手枪又打不响。我的伙伴们，他们的马本来就跑得慢些，再加上劳累，所以追不上牛群。最后，排在最末尾要失去优势的 L 先生举起他的双筒枪扫了一长串子弹。他打中了一头野牛的腰部正上方，打断了它的脊骨，把它打倒在地。他停步下马去收拾猎物了，我把他那膛上还剩一发弹药的枪借了过来。我驱马尽了全速，又追上了在伯爵追赶下正轰隆隆地向前冲的牛群。有了现在这支枪，我不必把马赶得那么近了，于是我和牛群拉平，先中其中一头。很幸运，一枪就把它当场击倒。子弹打中致命部位，野牛一倒下就再也爬不起来，只能躺在那儿，在垂死的痛苦中挣扎，而其余的野牛则四蹄不停地穿过大草原向前冲去了。

我下了马，系上缰绳以免马儿走失，上前审视我的牺牲品。我绝不是猎手。驱使我作出这非常之举的，是猎物的庞大和冒险追逐的激动。既然激情已经过去，我低头俯视着躺在我面前挣扎流血的可怜动物，不禁动了恻隐之心。它的硕大身躯和活现的神气曾激起我的热望，现在却使我滋长了内疚之情。我仿佛觉得我所造成的痛苦和我的牺牲品的躯体一样大，仿佛觉得所造成的生命浪费较之毁灭一只小点的动物要大上一百倍。

这可怜的动物在痛苦中苟延性命，使这种事后的良心谴责益发加深。它显然受了致命伤，但死亡的来临恐怕为时尚早。把它留在这里，让它被那早已闻到它的血腥，正在远处躲躲闪闪地号叫，等着我离去的狼活活地撕成碎片；让它被在空中振翅盘旋、阴郁地叫号的大乌鸦撕成碎片，都不是合适的。让它死去，结束它的苦难，现在已经变成一种慈悲的善行。于是我把一支手枪装上弹药，走近那头野牛。我觉得这样心平气和地伤害它，和在激烈追逐中开枪完全是两回事。不过瞄准它的背脊开枪时，我的手枪只有这一次是打响了。子弹准是穿过了它的心脏，因为这只动物剧痛地痉挛了一下就断了气。

我任由马儿在我身边吃草，自己对着如此放肆地造成的尸骸伫立沉思，从中吸取着教训。这时，我的猎伴维托索来到了我身旁。他这个人样样机灵，而对"狩猎"技艺尤为资深老练。他很快就把野牛舌头挖出来递给我，让我当作战利品带回营地。

（樊培绪 译）

叔本华

亚瑟·叔本华（1788—1860），德国哲学家。
主要著作《作为意志和表象的世界》。

※ 痛苦与厌倦之间

　　生命剧烈地在痛苦与厌倦的两端摆动，贫穷和困乏带来痛苦，太得意时，人又生厌倦。所以，当劳动阶层无休止地在困乏、痛苦中挣扎时，上层社会却在和"厌倦"打持久战。在内在或主观的状态中，对立的起因是由于人的受容性与心灵能力成正比，每个人对痛苦的受容性，又与对厌倦的受容性成反比。

　　人的迟钝性是指神经不受刺激气质不觉痛苦或焦虑。无论后者多么巨大，知识的迟钝是心灵空虚的主要原因。唯有经常兴致勃勃地注意观察外界的细微事物，才能除去许多人在脸上流露的空虚。心灵空虚是厌倦的根源，好比兴奋过后的人们需要寻找某些事物填补空下来的心灵，但人们寻求的事物又大多类似。试看人们依赖的消遣方式，他们的社交娱乐和谈话内容多是千篇一律的。有多少人在阶前闲聊，在窗前凝视窗外，由于内在的空虚，人们寻求社交、余兴、娱乐和各类享受，因此产生奢侈浪费与灾祸。

人避免祸患最好的方法，就是增加自己的心灵财富，人的心灵财富越多，厌倦所占的空间就越少。那不衰竭的思考活动在错综复杂的自我和包罗万象的自然里，寻找新的材料，从事新的组合，这样不断鼓舞心灵，除了休闲时间以外，厌倦是不会乘虚而入的。

另外，高度的才智基于高度的受容性、强大的意志力和强烈的感情之上。这三者的结合体使各种肉体和精神的敏感性增高。不耐阻碍，厌恶挫折——这些性质又因高度想象力的作用更为增强，使整个思潮都好像真实存在一样。

人的天赋气质决定人受苦的种类，客观环境也受主观倾向的影响，人所采用的手段总是对付他所忍受的苦难，因此客观事件对他总是具有特殊意义。聪明的人首先努力争取的无非是免于痛苦和烦恼的自由，求得安静和闲暇，过平静和节俭的生活。减少与他人的接触，所以在他与同胞相处了极短的时间后就会退隐，若他有极多的智慧，他就会独居。

一个人内在所具备的越多，求助于他人的就越少——他人能给自己的也越少。所以，智慧越高，越不合群。倘使智慧的"量"可以代替"质"的话，人活在大千世界中的自由度就会多一些。人世间一百个傻子无法代替一个智者。更不幸的是人世间傻子又何其多。

雪莱

珀西·比希·雪莱（1792—1822），英国诗人、评论家。
1792年出生于苏塞克斯郡一个乡村地主家庭。
雪莱的主要作品有：《仙后麦布》《莱昂和西丝娜》（又名《伊斯兰的反叛》）
《解放了的普罗米修斯》《西风颂》等。雪莱散文主要是文学评论和游记。
前者有《诗辨》，其结论部分的三段以诗一般的语言盛赞诗歌。
雪莱的散文始终保持着抒情诗般的韵味，具有明快的节奏感。

※ 西风颂

一

哦，犷野的西风，秋之实体的气息！

由于你无形无影的出现，万木萧疏，

似鬼魅逃避驱魔巫师，蔫黄，黝黑，

苍白，潮红，疫疠摧残的落叶无数，

四散飘舞；哦，你又把有翅的种子

凌空运送到他们黑暗的越冬床圃；

仿佛是一具具僵卧在坟墓里的尸体，

他们将分别蛰伏，冷落而又凄凉，

直到阳春你蔚蓝的姐妹向梦中的大地

吹响她嘹亮的号角（如同牧放群羊，

驱送香甜的花蕾到空气中觅食就饮）

给高山平原注满生命的色彩和芬芳。

不羁的精灵，你啊，你到处运行；

你破坏，你也保存，听，哦，听！

二

在你的川流上，在骚动的高空，

纷乱的乌云，那雨和电的天使，

正像大地凋零枯败的落叶无穷，

挣脱天空和海洋交错缠接的柯枝，

漂流奔泻；在你清虚的波涛表面，

似酒神女祭司头上扬起的蓬勃青丝，

从那茫茫地平线阴暗的边缘

直到苍穹的绝顶，到处散布着

迫近的暴风雨飘摇翻腾的发卷。

你啊，垂死残年的挽歌，四合的夜幕

在你聚集的全部水汽威力的支撑下，

将构成他那庞大墓穴的拱形顶部。

从你那雄浑磅礴的氛围，将迸发

黑色的雨、火、冰雹；哦，听啊！

三

你，哦，是你把蓝色的地中海

从梦中唤醒，他在一整个夏天

都酣睡在贝伊湾一座浮石岛外，

被澄澈的流水喧哗声催送入眠，

梦见了古代的楼台、塔堡和宫闱，

在强烈汹涌的波光里不住地抖颤，

全都长满了蔚蓝色苔藓和花卉，

馨香馥郁，如醉的知觉难以描摹。

哦，为了给你让路，大西洋水

豁然开裂，而在浩淼波澜深处，

海底的花藻和枝叶无汁的丛林，

哦，由于把你的呼啸声辨认出，

一时都惨然变色，胆怵心惊，

战栗着自行凋落；听，哦，听！

四

我若是一朵轻捷的浮云能和你同飞，

我若是一片落叶，你所能提携，

我若是一头波浪能喘息于你的神威，

分享你雄强的脉搏，自由不羁，

仅次于，哦，仅次于不可控制的你；

我若能像在少年时，作为伴侣，

随你同游天际，因为在那时节，

似乎超越你天界的神速也不为奇迹；

我也就不至于像现在这样急切，

向你苦苦诉求。哦，快把我曳起，

就像你曳起波浪、浮云、落叶！

我倾覆于人生的荆棘！我在流血！

岁月的重负压制着的这一个太像你，

像你一样，骄傲、不驯，而且敏捷。

五

像你以森林演奏，请也以我为琴，

哪怕我的叶片也像森林的一样凋谢！

你那非凡和谐的慷慨激越之情，

定能从森林和我同奏出深沉的秋乐，

悲怆却又甘洌。但愿你勇猛的精灵

竟是我的魂魄，我能成为剽悍的你！

请把我枯萎的思绪播送宇宙，

就像你驱遣落叶催促新的生命，

请凭借我这韵文写就的符咒，

就像从未灭的余烬迸出炉灰和火星，

把我的话语传遍天地间万户千家，

通过我的嘴唇，向沉睡未醒的人境，

让预言的号角奏鸣！哦，风啊，

如果冬天来了，春天还会远吗？

（江枫 译）

济

约翰·济慈（1795—1821），英国浪漫主义时期的杰出诗人。
主要作品有六首颂诗及长诗《恩弟米安》《海披里安》《圣亚尼节前夕》等。

※ 夜莺颂

我的心疼痛，困倦和麻木使神经

痛楚，仿佛我啜饮了毒汁满杯，

或者吞服了鸦片，一点不剩，

一会儿，我就沉入了忘川河水：

并不是嫉妒你那幸福的命运，

是你的欢乐使我过分地欣喜——

想到你呀，轻翼的林中天仙，

你让悠扬的乐音

充盈在山毛榉的一片葱茏和浓荫里，

你放开嗓门，尽情地歌唱着夏天。

哦，来一口葡萄酒吧！来一口

长期在深深的地窖里冷藏的佳酿！

尝一口，就想到花神，田野绿油油，

舞蹈，歌人的吟唱，欢乐的骄阳！

来一大杯吧，盛满了南方的温热，

盛满了诗神的泉水，鲜红，清洌，

还有泡沫在杯沿闪烁如珍珠，

把杯口也染成紫色；

我要痛饮呵，再悄悄离开这世界，

同你一起隐入那幽深的林木：

远远地隐去，消失，完全忘掉

你在绿叶里永不知晓的事情，

忘掉世上的疲倦，病热，烦躁，

这里，人们对坐着互相听呻吟，

瘫痪者颤动着几根灰白的发丝，

青春渐渐地苍白，瘦削，死亡；

这里，只要想一想就发愁，伤悲，

绝望中两眼呆滞；

这里，美人保不住慧眼的光芒，

新生的爱情顷刻间就为之憔悴。

去吧！去吧！我要向着你飞去，

不是伴酒神乘虎豹的车驾驰骋，

尽管迟钝的脑子困惑，犹豫，

我已凭诗神无形的羽翼登程：

已经跟你在一起了！夜这样柔美，

恰好月亮皇后登上了宝座，

群星仙子把她拥戴在中央；

但这里是一片幽晦，

只有微风吹过朦胧的绿色

和曲折的苔径才带来一线天光。

我这里看不见脚下有什么鲜花，

看不见枝头挂什么温馨的嫩蕊，

只是在暗香里猜想每一朵奇葩，

猜想这时令怎样把千娇百媚

赐给草地，林莽，野生的果树枝；

那白色山楂花，开放在牧野的蔷薇；

隐藏在绿叶丛中易凋的紫罗兰；

那五月中旬的爱子——

盛满了露制醇醪的麝香玫瑰，

夏夜的蚊蝇在这里嗡嗡盘桓。

我在黑暗里谛听着：已经多少次

几乎把安宁的死神当作了恋人，

我用深思的诗韵唤他的名字，

请他把我这口气化入空明；

此刻呵，无上的幸福是停止呼吸，

趁这午夜，安详地向人世告别，

而你呵，正在把你的精魂倾吐，

如此地心醉神迷！

你永远唱着，我已经失去听觉——

在你安慰的歌声中，我变成一堆土。

你永远不会死去，不朽的精禽！

饥馑的世纪也未能使你屈服；

我今天夜里一度听见的歌音

在往古时代打动过皇帝和村夫：

恐怕这同样的歌声也曾经促使

路得流泪，她满怀忧伤地站在

异国的谷田里，一心思念着家邦；

这歌声还曾多少次

迷醉了窗里人，她开窗面对大海

险恶的浪涛，在那失落的仙乡。

失落！呵，这字眼像钟声一敲，

催我离开你，回复孤寂的自己！

再见！幻想这个骗人的小妖，

徒有虚名，再不能使人着迷。

再见！再见！你哀怨的歌音远去，

流过了草地，越过了静静的溪水，

飘上了山腰，如今已深深地埋湮

在附近的密林幽谷：

这是幻象？还是醒时的梦寐？

音乐远去了：——我醒着，还是在酣眠？

（屠岸　译）

维尼

艾尔弗雷德·德·维尼（1797—1863），法国杰出的浪漫主义诗人。
他的诗作充满激情而富于哲理，思考人与自然，
人与上帝及人与人之间的关系，流露出悲观主义的色彩和坚韧顽强的意志。
诗作有《命运集》等。
《牧羊人之屋》《狼之死》等是他的名篇。

※ 狼之死

一

乱云匆匆驰过火红火红的月亮，

好像团团浓烟飞越熊熊的火场。

大地昏昏冥冥，林中乌黑如漆。

——我们悄然无声，走过林中草地，

披荆斩棘出没在参差高低的灌木丛，

接着走进一片低矮的青枫林中。

这时我们发现几道深深的爪印，

这是狼迹，我们正一直在找寻。

我们连忙细听，屏住我们的呼吸，

踮起脚尖不敢落地——可林外林里

却听不到一点声响和动静，只有

阴森森的风信鸡对着苍天哀鸣悠悠；

因为远离地面的阵风，在高空吹刮，

只稍稍掠过一座座兀然孤立的高塔，

长得低矮的橡树靠在岩石上面，

好像舒坦地躺着，已经静静安眠。

——真是万籁俱寂。我们中最老的猎人

一直在耐心查勘，这时更低头细侦，

乃至于伏倒地上。他有丰富的经验，

我们从来没见他有过错误的判断；

只听他低声说道：这爪印留下不久，

说明一对大狼和两只小狼刚走，

爪印苍劲有力，切不可掉以轻心。

听罢我们人人都握紧猎刀的刀柄，

又把擦得亮亮的猎枪细心藏严，

我们拨开枝杈，一步一步向前。

前面三人忽然停下，我望过去，

猛不防看见两只眼睛亮得出奇，

再往前看有影影绰绰四个身影

在月下草木丛中蹦跳得多欢欣，

简直像看到主人回家的几条猎狗

天天欢叫着围住主人跳跃转悠。

外形相似，跳跃的步姿一模一样，

只不过狼崽子跳呀蹦呀并不叫嚷，

它们知道离这里不远的房子里，

人警觉地睡着，人可是它们的仇敌。

公狼挺然伫立，在它身后的树旁，

躺着一条母狼，模样像尊石像，

像罗马人膜拜的神狼，因为它曾哺乳

雷姆斯和罗姆勒斯这两位传说中的远祖。

公狼朝前走了几步，旋而蹲下

前腿笔直，紧紧抵住铁钩般的前爪。

它明知身陷绝境，猝不及防被围，

肯定已无退路，想逃终究枉费；

于是当机立断，张开血盆大口

咬住最先窜来的那条猎狗的喉头，

不顾弹落如雨，颗颗射进皮肉，

它只死死咬住，绝不松开猎狗。

我们的几把猎刀，像几把巨大的铁钳，

交叉地一齐插进它那壮硕的肋间，

最后我们的猎狗，喉管被它咬断，

早已咽气死掉，倒在狼的脚前，

这时狼才松口，抬头把我们望望，

两肋的几把猎刀还都插在身上，

它精疲力竭地倒下，草上血流如柱；

我们的几管猎枪把狼三面围住。

——它又抬头看看，终又踣然倒下，

舐着嘴边的鲜血，默默地边舐边咂，

明知必死无疑，它神情异常峻冷，

阖上一双大眼，到死都不哼一声。

二

我把头靠着那支已经打空的猎枪，

不禁沉入冥想，不禁游移彷徨，

决不定是否再去追逐母狼小狼，

刚才它们都想等公狼一起逃亡，

我相信，要没有两条小狼随身，

母狼绝不会丢下公狼独自逃遁；

但母狼的责任要救出幼小的狼崽，

还要教会它们忍受饥寒和祸灾，

永远藏身山林，绝不同市镇妥协，

人类收养奴性的走狗用来狩猎，

为求栖身之地，那些残忍的猎狗

赶在前面追逐山林中最早的走兽。

三

呜呼！人类枉有这样崇高的名字，

我为人类的渺小感到无比的羞耻。

应当如何结束多灾多难的一生，

狼呀，你是榜样，你有崇高的精神！

细想碌碌一世，生前身后多少事，

唯有沉默伟大，其余都渺小不值。

——啊，出没山林的走兽，我了解你，

你临终前的目光，一直射到我心里。

这目光明明在说："就看你能不能

让思想境界也这样刻苦、这样深沉，

以达到我这种骄傲坚韧的高度，

虽然我只是一头生于山林的走兽。

哀叹，悲泣，祈求都是软弱卑怯。

应当坚忍不拔，不顾命运恶劣，

不辞任重道远，刚毅地奋斗到结局。

然后像我一样，默默地忍痛而死去。"

（李恒基 译）

布朗

约翰·布朗（1800—1859），激进的白人废奴主义者。

生于康涅狄格州，曾在堪萨斯州领导反奴隶制运动。

1859年带领19人袭击弗吉尼亚州哈帕斯渡口的军械库，试图发动一场奴隶起义。

3天后，政府军夺回军械库，袭击者绝大部分血战阵亡。

布朗被捕，以叛逆煽动罪被处绞刑。

※ 临刑前夕致家人绝笔书

我最亲爱的妻子、儿子、女儿及所有亲人：

当我提笔写这封也许是给你们的最后一封信时，我决定把它同时写给你们每一个人……我正以坦然而愉快的心境等候对我的公然杀戮。我深信再没有比这更好的方式使我来推动上帝及人类的事业，而我和我的家人为之牺牲奋斗的一切绝不会损失分毫。

一个大智大悲的、正义和神圣的上帝不但统治着这个世界，而且统治着所有的世界。这样的信念是我们赖以驻足的基石——无论在何种情况下，包括我们由于自身的谬误而陷入的比这更为严酷的情形。如今，我深信我们所谓的灾祸最终会带来最为辉煌的胜利。因此，我亲爱的、惨遭打击的家人，你们务心振作，以你们全部的身心来相信上帝，因为他将善断一切。不要为我而感到羞愧，万不可有片刻的失望和心灰意冷。我祝福上帝。自我身陷囹圄以来，我从未像现在这样坚信一个明亮的早晨和灿烂的白天即将来临。

我像一个"可怜的浪子"正努力回到慈父上帝的怀抱。对他，我深感罪孽深重。我渴望他能宽恕我，接受我，尽管我离他还相当遥远。我亲爱的妻儿，只有皈依上帝，你们才可能了解我———直在为你们而踏上通往上帝的行程，使你们中的每个人，通过耶稣基督，都能蒙受上帝的福泽，使你们中的每个人都会看到他语录的真理以及照彻生命与永恒的光芒。

我恳求你们每个人把《圣经》作为你们日夜的必修课，出于对你的丈夫和父亲的尊重与热爱，以一种孩子般的真诚，以一种孜孜不倦的精神去读。我恳求父辈的神灵帮助你们睁大双目去发现真理。不久，你们就会发现你们是如此需要基督教的安慰。

一个多月来的遭遇使我相信，在偏见盛行，虚荣肆虐之时，我们需要用别的什么来寄托我们的希望，而不仅仅是我们苍白的理论。

在没有一个船舵或指南针来帮你航行时，万不可把一切都托于狂暴的海洋。我并不是要你们放弃理智，我只是要你们清醒地运用理智。我亲爱的年幼的儿女们，你们会聆听一个除了爱你们别无他图的人的最后忠告么？果断地将你们全部的身心献给上帝吧！要义无反顾，矢志不移。

不要自负或放弃思想，而要有清醒的头脑。让我来恳求你们以一种纯洁的热忱来爱人类大家庭中的每一个人。最大限度地利用你捡起的一砖一石，来重构那残破的院墙。爱别人，被人爱，爱每一个陌生者——没有什么比这种意识更能使你的生活幸福而有意义。想着你们都有这种机会并且能证明你们对人类大家庭的忠诚，是我心灵的最大宽慰。

忠心耿耿，至死不移。从习惯性地爱人，再来爱人类的创造者，这应该不是什么困难的事，我有必要在这里说说我坚信《圣经》神圣启示的理由，尽管我（也许很自然）也存有疑虑（但绝不是怀疑）：我希望你们都能认真仔细地思考这个问题，当你阅读《圣经》时，你是否能自己发现此类的证明。圣经以它随处可见的对心灵、情感、动机、语言及行动纯洁性的苛求而区别于其他教义，并且深深打动我，无论我的心灵是否愿意服从。它所产生的感召力是使我相信其真理性的另一个原因，我在这为《圣经》最后的辩解中，万不能不提到这一点。

永生，是我的灵魂此时此刻所追求的。我提到这个，是想要留下一部珍贵的《圣经》，而不是别的什么，给我的子孙，你们要用心保存，作为对我的纪念。

我恳求你们要清心寡欲，知足常乐，并言传身教于你的子子孙孙。尽快地去体验《圣经》的教诲"永不欠人，只要爱人"是否真的是神的旨意。约翰·罗切斯要他的后人憎恶"罗马的臭婊子"，约翰·布朗要他的子孙以刻骨的仇恨来憎恨"一切罪恶的魁首"——奴隶制。

切记，"脾气最小的人力气最大，自己精神的统治者胜过一个城市的统治者"。切记，拥有智慧者及使众多人踏上正道者必将像星辰一样永远闪耀。永别了，我的亲人们，愿你们得到上帝及他的真言的福佑！

你们的亲爱的丈夫、父亲：

约翰·布朗

1859年11月30日

于弗吉尼亚州杰斐逊县查尔斯监狱

（天波 译）

雨果

维克多·雨果（1802—1885），法国作家。

早期政治上保守，文学上受古典主义和夏多布里昂影响。

他以丰富的戏剧、诗歌以及小说创作显示出浪漫主义文学的实绩，

主要代表作品有《悲惨世界》《笑面人》《九三年》等。

※ 石头下面的一颗心

把宇宙缩减到唯一的一个人，把唯一的一个人扩张到上帝，这才是爱。

爱，便是众天使向群星的膜拜。

上帝在一切的后面，但是一切遮住了上帝。东西是黑的，人是不透明的。爱一个人，便要使他透明。

某些思想是祈祷。有时候，无论身体的姿势如何，灵魂却总是双膝跪下的。

相爱而不能相见的人有千百种虚幻而真实的东西用来骗走离愁别恨。别人不让他们见面，他们不能互通音信，他们却能找到无数神秘的通信方法。他们互送飞鸟的啼唱、花朵的香味、孩子们的笑声、太阳的光辉、风的叹息、星的闪光、整个宇宙。这有什么办不到呢?上帝的整个事业是为爱服务的。爱有足够的力量可以命令大自然为它传递书信。

啊，春天，你便是我写给她的一封信。

未来仍是属于心灵的多，属于精神的少。爱，是唯一能占领和充满永恒的东西。对于无极，必须不竭。

上帝不能增加相爱的人们的幸福，除非给予他们无止境的岁月。在爱的一生之后，有爱的永生，那确是一种增益；但是，如果要从此生开始，便增加爱给予灵魂的那种无可言喻的极乐的强度，那是无法做到的，甚至上帝也做不到。上帝是天上的饱和，爱是人间的饱和。

如果你是石头，便应当作磁石；如果你是植物，便应当作含羞草；如果你是人，便应当作意中人。

深邃的心灵们，明智的精灵们，按照上帝的安排来接受生命吧。这是一种长久的考验，一种为未知的命运所做的不可理解的准备工作。这个命运，真正的命运，对人来说，是从他第一步踏出墓穴时开始的。到这时，便会有一种东西出现在他眼前，他也开始能辨认永定的命运。永定，请你仔细想想这个词儿。活着的人只能望见无极，而永定只让死了的人望见它。在死以前，为爱而忍痛，为希望而景仰吧。不幸的是那些只爱躯壳、形体、表相的人，唉！这一切都将由一死而全部化为乌有。应当知道爱灵魂，你日后还能找到它。

切特切夫

费多尔·伊凡诺维奇·切特切夫（1803—1873），俄罗斯杰出的浪漫主义诗人。

主要作品有《沉默》《夜风啊，你为什么哀号？》等。

※ 秋天的黄昏

秋天的黄昏另有一种明媚，

它的景色神秘、美妙而动人：

那斑斓的树木，不祥的光辉，

那紫红的枯叶，飒飒的声音，

还有薄雾和安详的天蓝

静静笼罩着凄苦的大地；

有时寒风卷来，落叶飞旋，

像预兆着风暴正在凝聚。

一切都衰弱，凋零；一切带着

一种凄凉的，温柔的笑容，

若是在人身上，我们会看作

神灵的心隐秘着的苦痛。

1830年

（查良铮 译）

霍桑

纳撒尼尔·霍桑（1804—1864），美国小说家。
主要有《红字》，《七个带尖顶的房子》《福谷传奇》和《玉石雕像》等作品。

※ 烦扰的心灵

当你第一个从午夜梦中惊起，在半梦半醒之间挣扎时，那是多么奇异的一刻呀！突然睁开双眼，你似乎惊奇于梦中的角色已全部汇集到你的床边，在其迅速变模糊之前，你放眼扫视过他们。或者，换一种比喻，一瞬间你发现自己在幻觉的王国里（睡眠是通往该王国的通行证）完全清醒着，看到了王国中幽灵般的居民和美丽的风景，感受着他们的奇妙，仿佛只要梦境被扰，你就永不会得到。

遥远的教堂钟声在风中微弱地飘来。你半严肃地问自己，是否有人从某座伫立在你梦境里的灰塔中为你那只醒着的耳朵偷来这钟声。悬而未决中，越过沉睡的城镇，另一座钟又发出了巨大的鸣响，声音如此洪亮清晰，在周遭的空气中留下长长的、低沉而连续的回声，你确信它一定是发自最近角落的一座教堂尖塔。你数着钟鸣———下——两下——然后它们停在那儿，伴随着一声沉重的回响，就如同这座钟拼尽全力又敲响了第三下。

如果你能从一整夜中选出清醒的一小时，那就是此刻。你有合理的入睡时间（十一点钟），所以你的休息已足以消除昨日疲惫的重压；一直到来自"遥远的中国"的阳光照亮你的窗口，你面前呈现的几乎是整个夏夜的空间；一个小时陷入沉思，将心门半掩，两个小时在快乐的梦中流连，再留两个小时沉浸在那些最奇妙的享受中，快乐和忧愁同样健忘。起床属于另一段时间，而且显得如此遥远，带着灰心沮丧想从暖暖的被窝里爬出来置身于寒冷的空气中，简直是不可能的。昨天已经消失在过去的影子里；明天还未从未来中显现。你发现了一个中间地带，生活的琐事还未侵扰它的安宁；眼前的时刻在这里徘徊不去，真正地变成现实；时间老人发现在这儿无人注视他，便在路边坐下来喘口气。哈，他会沉沉睡去，让人们长生不老！

迄今你一直极安静地躺着，因为哪怕是最轻微的动作也会使人断续的睡眠消失无踪。现在，你感到一种无法回避的清醒，透过拉到一半的窗帘向外偷瞥，看到玻璃上装饰的满是冰霜的杰作，而每块窗玻璃都代表着一种类似于冻结的梦一样的东西。等待吃早饭的召唤时会有足够的时间找出其中的相似。透过玻璃上未结霜的部分看去，被冰雪覆盖的银白色的山峰并没有上升，最触目的东西是教堂的尖顶；白色的塔尖引你望向风雪交加的天空。你几乎可以辨别出刚刚报过时的那座钟上的数字。如此寒冷的天空，覆满皑皑白雪的屋顶，冰冻的街道那长长的远景，到处都是耀眼的白色，远处的水已凝成冰岩，尽管身上裹着四床毛毯和一条毛制盖被，这一切仍会使人不寒而栗。但是，你看那颗光彩夺目的星！它的光束不同于所有其他的星星，竟然用深于月光的一束光芒将窗影洒在床上，尽管轮廓如此的模糊。

你将身体缩进被窝，蒙住头，一直颤抖着，但来自体内的寒冷远逊于直接想到极地空气所带来的寒冷。实在是冷极了，连思想都不敢外出冒险。用尽了床上所有的御寒物，你思索着自己的奢华和舒适，如同一只壳中牡蛎，满足于一种无行动的懒散的沉迷，除了那诱人的温暖，就像你现在重新感觉到的一样，你昏昏沉沉地意识不到任何东西。啊！那个念头带来了可怕的后果。想到那些死人正躺在他们冰冷的裹尸布和狭窄的棺木中，想到墓地那阴郁窒闷的冬天，当雪花不断吹积在他们的墓丘上，刺骨的冷风在墓穴的门外怒号时，你无法说服自己不去想象他们正在瑟缩发抖。这种阴郁的想法会越积越重，最终扰乱你清醒的那一小时。

每颗心灵的深处都有一座墓穴和地牢，尽管外界的光、音乐及狂欢可能使我们暂时忘却它们和它们中所掩埋的死者及关押的囚犯。但有时，最经常的是在午夜，那些黑暗的藏身之所的大门会砰然大开。在像这样的一小时中，心灵会产生一种消极的敏感，但却没有任何活力了；想象就如同一面镜子，没有任何选择和控制的力量，而使思维变得栩栩如生；然后祈求你的悲伤睡去，祈求悔恨的兄弟不要打碎其锁链。太晚了！一辆灵车滑到你的床边，"激情"与"感情"以人形出现在车中，而心中的一切则在眼中幻化成模糊的幽灵。这里有你最早的"悲哀"，一个年轻的苍白的哀悼者，具有一个与初恋相似的姐妹，那是一种哀绝的美，忧郁的脸上现出一种神圣的甜蜜，黑貂皮外衣中流露着典雅。接着出现的是被毁坏了的可爱的幽灵，金发中带着尘土，鲜艳的衣服都已褪色且破烂不堪，她低垂着头不时地偷看你一眼，像是怕受责备；她就是你多情而虚妄的"希望"；现在人们叫她"失望"。然后又出现了一个更严厉的影子，他双眉紧锁，表情和姿态中显出铁样的权威；除了"灾难"再无其他名字更适合于他，他是控制你命运的不祥之兆；他是个魔鬼，在生活的开端你也许会因犯了某些错误受制于他，而一旦屈从于他，你就会永远受他奴役。看哪！那些刻在黑暗中的凶残的脸，那因轻蔑而扭歪的唇，那只活动的眼中流露出的嘲弄，那尖尖的手指，触痛着你心中的疮疤！还记得某件即使躲在地球上最偏僻的山洞里你也会为之脸红的大蠢事吗？那么承认你的"羞耻。"

走开，这帮讨厌的家伙！对一个清醒而又极悲惨的人来说，没有被一群更凶残的家伙围住就算不错了。那群家伙是藏在一颗负罪的心中的魔鬼，而地狱就筑在那颗心中。假如"悔恨"以一个被伤害的朋友的面目出现会怎样？假如魔鬼穿着女人的衣裙，在罪恶和孤寂中带着一种苍白凄恻之美慢慢躺在你身边，又会怎样？假如他像具僵尸一样站在你的床脚，裹尸布上带着血迹，那又会怎样？没有这样的罪行，心灵的梦魇也就足够了，这灵魂沉沉的堕落；这心中寒冬般的阴郁；这脑海里模糊的恐惧与室内的黑暗融合在一起。

通过绝望的努力，你终于坐直了身子，从一种神智清醒的睡眠中挣扎出来，疯狂地盯着床的四周，仿佛除了你烦扰的心灵外魔鬼们无处不在。同时，炉中昏昏欲睡的炉火发出一道光亮，把整个外间屋映得一片灰白，火光透过卧室的门摇曳不定，但却未能完全驱散室内的昏暗。我的双眼搜寻着任何能够提醒你有关这个活生生的世界的东西。你热切而细密地注意到炉旁的桌子，桌上的一本书，书页间一把象牙色的小刀，未折的书页，帽子及掉落的手套。很快，火焰就熄灭了，整个景象也随之消失，尽管当黑暗吞噬了现实时，其画面还片刻存留于你心灵的眼中。整个室内一如从前的模糊暗淡，但在你心中却已不再是相同的阴郁。当你的头又落回枕上的时候，你想（小声地说了出来），在这样的夜的孤寂感受一种比你的呼吸更轻柔的呼吸起落，一个更柔软的胸脯的轻轻触压，一颗更清洁的心灵静静的跳动，并把它的和平宁静传给你那烦扰的心灵，就如同一位多情的睡美人正在将你拖入她的黑甜乡，那是怎样的一种至乐呀！

她感染了你，尽管她只存在于那幅转瞬即逝的画面中。在梦与醒的边界，你深深陷入一片繁花似锦的地方，这时你的思想便走马灯般以图画的形式出现在眼前，彼此毫无关联，但却被一种弥漫着的喜悦和美好全部同化了。那些美丽的回忆在阳光下闪闪发光，不停地旋转飞舞，伴着教室门旁、老树下隐约闪现的斑驳树影中及乡间小路的角落里孩子们的欢笑。你在太阳雨中伫立，那是一场夏季阵雨，你在一片秋天的森林中阳光辉映下的树木间漫步，抬头仰望那道最灿烂明亮的彩虹，如一道弯弓架在尼亚加拉大瀑布在美国境内的那片完整的雪被子上。一位年轻人刚刚娶了新娘，幸福的喜悦正在洞房中跳荡，春天里鸟儿们在为它们新筑的巢兴奋地飞来飞去，不停地在鸣啭歌唱，而你的心却在跳动；灯光斑斓的舞厅中，当玫瑰花似的少女在她们最后的，最欢快的二者之间快乐地挣扎。封冻之前你感受到一只船在欢快的舞曲中旋转时，你发觉自己正盯视着她们极富韵律感的双脚；当大幕落下，遮住那优美活泼的一幕场景时，你发现自己正置身于一家拥挤不堪的剧院中灯火辉煌的二楼厅座。

你不情愿地开始抓住意识，通过在人的生活及现在已消逝的那一小时之间所做的模糊的比较，你证明自己处于半梦半醒之间。在这二者之中，你都是从神秘中出现，通过一种你能够产生却不能完全控制的变化，向上进入到另一神秘。现在远处的钟声又传了过来，声音越来越弱，而此时你却更深地陷入了梦中的旷野。这是为暂时的死亡而鸣响的丧钟。你的灵魂已经出发，像一个自由公民到处流浪，置身于朦胧世界的人群中，看到奇异的风景，却没有一丝惊异或沮丧。那最后的变化或许会如此平静，那灵魂通向永恒的家的入口处或许会如此毫无干扰，就像置身于熟识的事物之中！

（杨晓红 译）

马志尼

朱塞佩·马志尼（1805—1872），意大利资产阶级革命家，
民族解放运动中的民主共和派领袖、青年意大利党创建人。
1848年参加意大利革命，成为1849年罗马共和国三头政治的领导人之一。
因为抵制国际工人协会对意大利工人运动的影响，
对巴黎公社进行诽谤，遭马克思、恩格斯批判。

※ 致意大利青年

年轻人，你们要我在这圣殿里讲几句话，纪念班迪耶拉弟兄及其在科森扎一起蒙难的战友。我想，听众当中可能会有人激于义愤，拍案而起："哀伤逝者有什么用？对于为自由而献身的烈士，最好的悼念莫过于为完成他们未竟的事业继续战斗，直至胜利。现在，烈士们殉难的地方科森扎还在遭受奴役，烈士们出生的城市威尼斯尚在外敌包围之中。让我们去解放这些地方吧！在此之前，除了战争动员，什么也不要说！"

但是，有人提出了另外的想法："为什么我们还没有战胜敌人？为什么我们在意大利北方为独立而战的时候，南方的自由却在丧失？为什么一场本该雄狮般一举迅猛推进到阿尔卑斯山麓的战争，却拖延了四个月之久，宛若一只被火圈围困的蝎子蹒跚而行？一个刚刚走向新生的民族，为什么她那敏锐有力的洞察力消失殆尽，却似一个辗转反侧的病人，在作孤苦无助的挣扎？"啊！假如我们所有人都已在烈士们为之献身的圣洁信念中奋起；假如烈士信仰的神圣旗帜已指引

我们的青年奔赴疆场；假如我们已像烈士们那样精诚团结，同心同德，使每一个行动都化作思想，每一个思想都化为行动；假如我们虔诚地将他们的遗言铭记在心，并向他们学习，认识到自由与独立本是一回事，认识到对于任何一个为立国而奋斗的民族来说，上帝和人民、祖国和人类两者是不可分的，认识到意大利若不统一，若不崇尚平等、爱护人民、信奉永恒真理、献身于崇高使命，成为欧洲各民族的道德表率，意大利就不可能获得真正的生命——假如我们认识到这一切，战争早已结束，我们早就胜利了。科森扎用不着秘密地悼念自己的烈士，威尼斯也可以公开为他们立碑了。我们聚集在这里，可以欢欣鼓舞地呼唤他们的英名，而不用为我们未来的命运忧心忡忡，愁眉不展了。我们会告慰先驱者的英灵："在九泉之下欢笑吧！因为你们的精神已经溶入弟兄们的血液，他们无愧于你们。"

然而，我们为最初几次胜利所陶醉，目光短浅，不考虑未来，忘记了上帝对受苦受难者的启示；因此上帝延缓我们的胜利，以惩戒我们的健忘。根据上天的意旨，我的同胞们，意大利的运动就是欧洲的运动。人类通过信仰而生，通过信仰而行动；伟大的原则是欧洲走向未来的指路明灯。让我们面对烈士的坟墓，寻求为我们大家献身的志士对我们的启示吧，我们将会发现，胜利的奥秘在于热爱信仰。

班迪耶拉弟兄的信仰过去是、现在还是我们的信仰，这一信仰建立在几个简单而又无可置疑的真理的基础上。诚然，这些真理很少有人敢于宣布为谬误，但大多数人却忘记了或是背叛了它们：

上帝和人民。

上帝居于社会大厦的顶端，人民、全体弟兄位于底层。上帝是圣父和育人者，而人民是上帝戒律的不断进步的解释者。

没有共同的信仰和共同的目标，政治通过实现那一信仰而治理社会，并为达到那一目标而准备手段。宗教代表原则，而政治意在应用。天上只有一个太阳照耀着整个人间。人间的全体居民只有一个戒律。人类的法律就是全体居民的法律。我们被安置在这尘世间，不是为了任性地运用我们自己的个人才能——我们的才能和自由是手段，不是目的——不是为了在人世间锻造我们自己的幸福，因为幸福只可能在上帝为我们操劳的地方得到；而是为了奉献我们的一生去发现上帝的戒律，竭尽全力去实施它，并将它的知识和慈爱传播到弟兄们中间。

为了帮助我们追求真理，上帝赐予我们传统和我们自己良心的声音。在任何情况下，一旦违背传统和自己的良心，我们就会犯错误。为了达到个人良心与人类良心的协调一致，任何牺牲都微不足道。家庭、城市、祖国和人类，只不过是为达到这一伟大目的而发挥我们的主动性和运用我们的奉献能力的不同场所。

班迪耶拉弟兄及其蒙难战友无穷的精神力量来自炽热的爱，这炽热的爱增强了他们的信仰。假如现在他们能够从坟墓里站起来对你们讲话，相信我，他们会对你们提出同样的忠告，与我的忠告没有什么两样，虽然其效果要比我的大得多。

爱吧！爱是心灵飞向上帝的翅膀，飞向伟大、崇高和完美的双翼，这伟大、崇高和完美乃是上帝垂顾人世的身影。爱你们的家庭、伴侣和你们周围甘愿与你们同甘共苦的人吧；爱你们故去的至爱亲朋吧。但要像但丁所教导的那样去爱，用共同追求的精神去爱；不要卑躬屈膝地去追求尘世间凡夫俗子不可企及的那种幸福；不要被谬见蒙住你们的双眼，那必然会使你们堕入自私自利的泥坑。爱就是奉献和对未来作出承诺。上帝赐予我们爱，使困顿的心灵在人生旅途中能够作出奉献和得到支持。用爱来净化你们的灵魂，坚定你们的信仰，完善你们的品格吧。要永远正直地做人，即使以增加爱侣的尘世磨难为代价。这样，与你心心相印的她无论如何都用不着由于你或者为了你而脸红。总有一天，你们将欢聚一堂，从新生活的顶端俯视整个过去，领会它的奥秘，笑谈你们遭受的悲伤痛苦和你们克服的艰难险阻。

热爱你们的祖国吧。祖国是你们的先辈长眠的地方，是说那种语言——你们的心上人害羞地、悄悄地第一次对你们倾诉爱情所使用的那种语言的地方，是上帝赐给你们的故乡。将你们的才思、你们的智慧、你们的热血奉献给她吧。让她伟大富强，繁荣昌盛，像我们的伟人所预言的那样。要努力做到：当你们离开祖国的时候，不让她受到谎言或奴役的丝毫玷污，不让她遭受被肢解的亵渎。你们有2500万人，有充沛杰出的才能，有欧洲各族人民羡慕的光荣传统。无限光明的前途展现在你们面前；展望一下最美丽的天空吧，欧洲最美丽的土地在你们周围微笑；阿尔卑斯山和大海环抱着你们，是上帝亲手为这巨人的民族划定了四周的疆界——你们必须是巨人，否则便是废物。我们有2500万人！不要让任何一个人留在注定将你们联结在一起的友爱纽带之外；不要让任何投向上苍的目光不是自由人的目光。在那之前，你们要么没有祖国，要么你们的祖国受到了玷污或亵渎。

热爱人类吧。你们只有从上帝给全人类规定的目标出发，才能认清自己的使命。上帝赐给你们祖国作为摇篮，赐给你们人类作为母亲。如果不爱共同的母亲，你们就不能公正地爱你们摇篮里的兄弟。在阿尔卑斯山那边和大海彼岸。生活着其他民族，他们正在或者准备为民族独立和自由进行神圣的战斗。他们正在沿着不同的途径来努力达到相同的目的；这就是进步，联合，并为建立起一种权威而奠定基础。这种权威将结束道德混乱状态，使尘世与天国重新连接起来，人类将毫不后悔和毫无愧色地尊崇和服从这种权威。同他们联合起来吧；他们也将同你们联合起来。在你们能够独自战胜敌人时，不要求助于他们。但是要告诉他们；正义力量与愚昧力量不久将展开殊死的搏斗，那时你们永远会发现，与你们高举同一旗帜的人将与你们并肩战斗在一起。

年轻人啊，热爱理想、崇敬理想吧。理想是上帝的语言。高居于一切国家之上，高居于人类之上的，是精神的王国，是灵魂的故乡。在那里人人皆兄弟，他们相信思想不容侵犯，相信我们不朽的灵魂无比尊严，而获得这种兄弟关系的洗礼是为国捐躯。唯有出自那种崇高境界的原则能够拯救民族。奋起吧，奋起是为了实现这些原则，而不是因为无法忍受痛苦或是害怕邪恶。愤怒、自尊、志向和物质欲望是人民与压迫者都可以使用的手段。即使你们今天用这些手段获得了胜利，明天你们还是会失败。唯有原则仅仅属于人民，压迫者找不到战胜原则的手段。崇尚胸中的热情吧，珍爱贞洁灵魂的理想的青春的憧憬吧，因为这是灵魂所保存的、造物主亲手散发的天国芳香。你们要尊重良心胜于一切事物；要宣传上帝种在你们心田中的真理。在解放我们国土的一切努力中，要精诚团结，甚至要团结和你们意见分歧的人，同时要永远高举你们自己的旗帜，在大地传播你们的信仰。

年轻人啊，假如科森扎的烈士们还活在你们中间，他们也会对你们说这番话。现在，烈士们圣洁的灵魂被我们的爱所感召，可能正在附近翱翔；我号召你们铭记这番话并牢牢珍藏于心中。我们呼唤烈士的英名，心怀烈士的信仰，就定能战胜即将来临的暴风骤雨。

愿上帝与你们同在，上帝保佑意大利!

莱蒙托夫

米哈伊尔·尤里耶维奇·莱蒙托夫（1814—1841），俄罗斯杰出的抒情诗人。

主要作品有《帆》《诗人之死》以及叙事诗《童僧》《恶魔》等。

※ 帆

大海上淡蓝色的云雾里

有一片孤帆闪耀着白光！……

它寻求什么，在迢迢异地？

它抛下什么，在它的故乡？……

波浪在汹涌——海风在狂呼，

桅杆弓起腰轧轧地作响……
唉唉！它不是在寻求幸福，
不是逃避幸福奔向他方！
下面是清比蓝天的波涛，
上面是那金黄色的阳光……
而它，不安的，在祈求风暴，
仿佛在风暴中才有安详！

1832年

（余振 ）

勃朗特

艾米莉·勃朗特（1818—1848），英国著名小说家兼诗人。
艾米莉和她的姐姐夏洛蒂、妹妹安都是天赋极高的作家。
三姐妹中数艾米莉最有诗才。
尽管她的诗才实际上不亚于她写小说的才华，但由于《呼啸山庄》的巨大成功，
她作为小说家的名气似乎遮掩了她的诗名。

※ 囚犯

"还是让暴君们知道，我并非命中注定

要年复一年地在阴郁和凄凉的绝望中消损；

希望的一个使者夜夜来到我的身边，

抚慰短暂的生命，把永久的自由奉献。

"他乘着带来繁星的清澈的暮云晚霞，

乘着西风和傍晚游荡的轻风而下，

风儿奏起忧伤的曲调，星儿点燃柔和的火，

幻景上升、变化，用渴望杀死我。

"不渴求为我更成熟的岁月所熟悉的东西，

欢乐因恐惧而变疯，数着未来的泪滴。

假如我精神的天空充满温暖的闪光，

我不知道它来自何处，是雷雨还是太阳。

"然而，先是沉寂——无声地平静降落；

沮丧的挣扎，狂暴的急躁结束了；

哑然的音乐抚慰我的胸脯——未奏的和声，

在我失去大地前，从未进入我的梦境。

"于是上帝显露身形，幽冥揭去面纱；

我外在的感知去了，我内在的本质在体察：

它的翅膀几乎是自由的——寻见港口、家园，

飞翔在海湾，下扑，向最后的疆界挑战。

"哦！可怕的是制止——痛苦无比——

当耳朵开始听见，眼睛看见东西；

当脉搏开始跳动，大脑重新思考；

当灵魂开始感觉肉体，肉体感觉镣铐。

"可我不希望失去疼痛，不希望折磨减少；

那痛苦越强烈，它的祝福来得越早；

身裹地狱之火，或被天国的光芒照亮，

幻景何其神圣，假如它预兆死亡！"

（彭予 译）

屠格涅夫

伊万·屠格涅夫（1818—1883），俄国小说家。

其主要作品包括成名作《猎人笔记》，中篇小说《木木》，

长篇小说《罗亭》《贵族之家》《前夜》《父与子》《处女地》等。

还写有剧本《食客》《村中一月》等。

其作品抨击了俄罗斯的农奴制度及贵族制度，具有进步意义。

大师谈生命

※ 树林与草原

……于是他渐渐地巴不得转回去：

回到村子上，到幽静的花园里，

那儿一株株椴树高大又荫凉，

铃兰花散发着阵阵清香。

一丛丛爆竹柳排成行，

从岸边倒垂到水面上，

肥壮的地里生长着肥壮的橡树，

还有大麻和荨麻的气味儿……

回去，回去，到那辽阔的田野上

那儿土地黑油油像丝绒一样，

那儿黑麦一望无际，

缓缓起伏，似轻柔的波浪。

从一朵朵透明的白云里

倾泻下重重的金黄色阳光；

那是好地方……

——摘自待焚的诗篇

我这些散记也许已经使读者感到厌倦了；赶快请读者放心，保证只限于已发表的一些片断，到此为止；但是在和读者告别的时候，不能不说几句关于打猎的话。

荷枪带狗去打猎，本身就是一件绝妙的事；就算您生来就不喜欢打猎，但您总是喜欢大自然的；因此，您不能不羡慕我们这些打猎的……那您就听我说说吧。

比如，您可知道，在春天里，黎明前乘车出猎何等惬意？您走到台阶上……黑灰色的天上有些地方还闪烁着星星；湿润的轻风有时会像细微的波浪一般飘过来；可以听见低沉而隐约的夜的絮语声；一棵棵笼罩在阴影中的树发出轻轻的响声。车毯铺好了，装茶炊的小箱子也放到了脚下。两匹拉套的马蜷缩着，打着响鼻，雄赳赳地倒换着四条腿；一对刚刚睡醒的白鹅静悄悄、慢腾腾地穿过大路。篱笆那边，花园里，更夫安静地在打鼾；每一个声音似乎都停在一动不动的空气中，停住不动。您坐上马车，几匹马一齐举步，马车隆隆响起来……您的马车走动了—马车过了教堂，下了坡，往右转弯—从堤上穿过……池塘上刚刚开始起雾。您觉得有点儿冷，就用大衣领子把脸遮住；渐渐打起瞌睡。马蹄踩到水洼里，发出很响的啪唧声。

车夫吹起口哨。但这时您的马车已经走出四五俄里……天边渐渐红了；寒鸦渐渐醒来，很不灵活地在桦树林里来来回回地飞着；麻雀在黑糊糊的麦秸垛旁边吱吱喳喳叫着。天空越来越亮，道路更清楚了，天色越来越明净，云彩越来越白，田野越来越绿了。许多农舍里点起松明，松明发出红红的火光，可以听到大门里面那带有睡意的人语声。这时候朝霞燃烧起来；瞧吧，一条条金黄色光带伸向天空，山谷里升起一团团雾气；云雀嘹亮地歌唱着，黎明前的风吹动了一于是红红的太阳冉冉升起来。阳光像急流一般涌来；您的心像鸟儿一般跳跃起来。清新，悦目，可爱！四周都可以看得很远。瞧，那片树林过去是一个村子；再远些是另一个村子，那村子里有一座白色教堂，那山坡上有一片不大的桦树林；再过去是一片沼泽地，那就是您要去的地方……快点儿，马呀，快点儿！大步往前跑吧！……只有三俄里，不会再多了。太阳很快升起来；天上一点云彩也没有了……天气将是极好的。一群牲口出了村子，迎着您走来。您爬上山坡……又是一片什么样的景象！一条河蜿蜒伸展有十来俄里，透过朝雾可以隐隐看到蓝蓝的河水；河那边是一片片翠绿的草地；草地过去是一道道慢坡的山冈；远处有凤头麦鸡咯咯叫着在沼地上空盘旋；透过散布在空气中的带水分的阳光，远方的景物清清楚楚地显露出来……不像夏天那样。胸膛呼吸得多么舒畅，四肢动作多么带劲儿，一个人沉浸在春天清新的气息中，浑身多么矫健！……

啊，夏天的七月的早晨！除了打猎的人，谁又能体会到黎明时漫步在灌木丛中有多么愉快？您的足迹在露珠晶莹、发了白的草地上留下的是绿色的印子。您用手拨开湿漉漉的灌木丛，夜里蓄积的暖气会向您直扑过来；整个空气中充满野蒿清新的苦味儿、荞麦和三叶草的甜味儿；远处是一片橡树林，在阳光下亮闪闪的，红红的；这时还是凉爽的，但是已经感觉出渐渐要热起来了。闻着太多的香气，头脑晕晕乎乎的。灌木丛没有尽头……只是远处有黄黄的、已经成熟的黑麦，几块像长带似的红红的荞麦地。瞧，一辆大车轧轧响起来；一个汉子缓步走来，不等太阳升上来，就把马拴到树荫下……您同他打过招呼，就走开去……您后面响起镰刀丁丁当声。太阳越升越高。草地很快就干了。天已经热起来。过了一个钟头，又一个钟头……

天边渐渐暗起来；一动不动的空气热烘烘的。

"大哥，这儿什么地方可以弄点儿水喝？"您问割草的人。

"那边山沟里有一口水井。"

您穿过缠着蔓草的密密丛丛的榛树棵子，走到沟底。果然，就在断崖下面有一股泉水；榛树棵子把它那掌形枝叶贪婪地伸展到水面上；老大的银色水泡不断地颤动着从水底往上冒，水底长满细小的、柔软的青苔。您一下子趴到地上，喝足了水，但是懒得再动了。您在凉阴里，呼吸着芬芳的湿气；您太舒服了，可是您对面的灌木丛在阳光下热得烫人，而且好像发了黄。不过，这是什么？风突然吹来，急急地吹过；四周的空气颤动起来；这不是雷声吗？您从山沟里走出来……天边那铅一般的一片是什么？是暑气越来越浓了？

还是乌云涌上来？……哦，您瞧，一道微弱的闪电划过……啊，原来是大雷雨要来了！周围依然是明亮的明光：还是可以打猎的。可是乌云涌上来了：那乌云前面的边儿像衣袖一般渐渐伸展开来，像穹隆似的压了过来。青草，灌木丛，周围的一切，一下子就变暗了……快跑！那边好像有一座干草棚……快跑！您跑到了，进去了……雨多么大呀！闪电多么亮呀！有的地方雨水透过草棚的顶滴到芳香的干草上……可是，您瞧，太阳又出来了。大雷雨过去了；您走了出来。我的天呀，周围多么鲜亮，空气多么清新、湿润，草莓和蘑菇的香味多么浓呀！……

哦，您瞧，黄昏来临了。晚霞像火一样燃烧起来，映红了半边天。太阳就要落山了。近处的空气不知为什么格处清新，像玻璃一样；远处弥漫着柔和的、看来似乎很温暖的雾气；红红的落日余晖和露水一起落到不久前还洒满淡金色阳光的林中空地上；一株株大树、一丛丛树棵子、一个个干草垛投射出长长的阴影……太阳落山了；一颗星在落日的火海里燃烧起来，不停地颤抖着……瞧，那火海渐渐白了；天空渐渐蓝了；一个个阴影渐渐隐去，暮霭渐渐在空中弥漫开来。该回家了，回到您过夜的村子里的小屋里去了。您背起枪，不顾疲劳，快步往回走……这时夜色渐渐浓了；二十步之外已经什么也看不见了；狗在黑暗中隐隐发白。瞧，在一丛丛黑黑的灌木上方，天边模模糊糊地亮了……这是什么？是失火吗？……不，这是月亮要升上来了。下面，往右边看，村子里的灯火已经亮了……这不是，您过夜的小屋终于到了。您从小小的窗户里可以看到铺了白桌布的桌子、点着的蜡烛、饭菜……

要么您吩咐套上竞走马车，到树林里去打松鸡。乘车走在狭窄的路上，看着两边像墙一般的高高的黑麦，那是很愉快的。麦穗轻轻地打着您的脸，矢车菊不时挂住您的腿，鹌鹑在周围叫着，马懒洋洋地小步跑着。树林到了。又阴凉又宁静。一株株挺拔的白杨树高高地在您头顶上絮絮低语着；白桦树那长长的、耷拉下来的树枝轻轻晃动着；一株强壮的橡树站在美丽的椴树旁边，像一名卫士。您的马车在绿草如茵、阴影斑驳的小路上走着；老大的黄苍蝇一动不动地停住金黄色的空气中，又突然飞了开去；小虫儿成群成群地飞舞盘旋着，在阴影里亮闪闪的，在阳光中黑糊糊的；鸟儿安静地歌唱着。知更鸟亮开金嗓子，那声音带有天真而絮叨的欢乐意味儿，和铃兰的香气十分协调。再往前，再往前，往树林深处去……树林一下子没有声音了……心中顿时感到说不出的宁静；而且周围的一切都带有睡意，静悄悄的。可是，瞧，一阵风吹来了，树梢哗哗响起来，好像下落的波浪。有些地方，穿过褐色落叶，长出高高的青草；一个个蘑菇各自戴着自己的帽子站着。一只雪兔突然跳出来，狗高声叫着急忙追上去……

就是这片树林，在深秋，山鹬飞来的时候，是多么美好呀！山鹬不待在树林深处，找山鹬必须贴着林边走。没有风，也没有太阳，没有亮光，没有阴影，没有动作，没有声音；柔和的空气中弥漫着秋天的气息，

像葡萄酒气味；远处黄黄的田野上笼罩着薄雾。透过光秃秃的褐色枝丛，可以看到宁静而发白的、一动不动的天空；椴树上有些地方还挂着最后几片金色的叶子。脚下潮湿的土地带有弹性；高高的干枯的野草一动也不动；长长的蛛丝在苍白的草上亮闪闪的。胸膛平静地呼吸着，心中却涌起一股奇怪的惆怅感。您贴着林边走着，注视着狗，这时却有许多可爱的形象，许多可爱的脸，有死去的，也有活着的，来到您的脑际，早已沉睡的印象突然苏醒过来，想象力像鸟儿一般展翅飞翔起来，一切都清楚地出现在眼前，并且活动起来。心有时突然颤抖起来，跳动起来，一心想往前奔，有时会沉入往事中，一个劲儿地沉。整个一生就会像画卷似的轻快地展开来；一个人会看透自己过去的一切，看透自己的全部感情、全部本领和自己的整个心灵。周围什么也不干扰他—不论太阳，不论风，不

论响声……

而在清晨严寒、白天有点儿冷的晴朗的秋日里，白桦树像神话中的树一般，金光闪闪，在淡蓝色的天空中炫耀着优美的身姿。这时候低低的太阳已经没有暖意，然而却比夏天的太阳更加明亮。小片的白杨树林是透亮的，似乎觉得落光了树叶是轻松愉快的。洼地里还有白白的霜，轻风徐徐吹动，驱赶着打了皱的落叶，这时候河里欢快地翻腾着青青的波浪，有节奏地冲击着悠闲的鸭子和鹅；远处的水磨轧轧响着，那水磨被柳树遮住一半；一群鸽子在水磨上空迅速地盘旋着，在明亮的空气中闪耀着斑斓的色彩……

夏天有雾的日子也是很好的，虽然打猎的人并不喜欢这样的日子。在这样的日子无法打猎：有时鸟儿就从您的脚下飞起来，一转眼就消失在白茫茫的、动也不动的雾中。然而周围多么宁静，真是静极了！什么都醒来了，什么都静默无声。您从树旁走过，树动也不动，一副悠闲自在的神气。透过均匀地散布在空中的薄雾，您看到前面有黑郁郁的、长长的一大片。您以为那是远处的树林；等您渐渐走近了，树林却变成长在田塍上的高高的一排野蒿。在您的头顶上，您的周围到处都是雾……可是，瞧，风轻轻吹动了一小块淡蓝色的天透过越来越稀、似乎在冒烟的雾气模模糊糊显露出来，金黄的阳光一下子闯进来，像长长的流水似的倾泻下来，照射着田野，钻进树林，可是一会儿一切又被罩住了。这种搏斗要持续很久。但是当光明终于胜利，已经晒热的最后一股股雾气时而摇摇滚滚，像桌布似的铺开，时而缭绕上升，渐渐消失在蓝蓝的、散发着柔和的光辉的高空中的时候，这一天会渐渐变得多么壮丽，多么晴朗呀……

比如，您要到远离庄园的田野上，到草原上去。您坐马车在乡村土路上走了十来俄里，终于上了大道。您的马车和无数大车交错，经过一家家客店，客店大门敞开着，有水井，檐下有咝咝响的茶炊，过了一个村庄，又是一个村庄，穿过一望无际的原野，擦过一片片碧绿的大麻地，您的马车要走很久很久。喜鹊从一棵柳树飞到另一棵柳树上；女人们手里拿着长长的草耙，在田野上慢慢走着；行路人穿着破旧的土布褂子，背着行囊，迈着疲惫的步子艰难地行进着；地主家的沉甸甸的轿式马车，套着六匹高大而疲劳不堪的马，迎面飞奔过来。从车窗里露出车垫的角儿，而在车后脚镫上，一名穿外套的仆人侧身坐在一个口袋上，手抓着绳子，泥巴一直溅到眉毛上。您来到小小的县城，一座座歪歪斜斜的木屋，看不见头尾的栅栏，没有人的石头店房，深沟上的古桥……再往前走，再往前走！……来到了草原地带。您站在坡上望去——好一派风光！一座座圆圆的、低低的丘冈，一直到顶都翻耕和播种了的，像一道道巨浪在翻腾；一条条灌木丛生的冲沟蜿蜒在一座座丘冈之间；一片片小小的树枝，像一个个椭圆形小岛；村庄与村庄有一条条小路相连；有白白的礼拜堂；柳丛掩映中有一条亮闪闪的小河，有四个地方筑有堤坝；远处田野上有一群大鸨一个挨一个地站着；一座古老的地主家的房子，连同棚舍、果园和打谷场，紧靠着一口不大的池塘。不过，您的马车还要往前走，往前走。丘冈越来越小，几乎看不到有什么树了。终于到了，瞧，那不是无边无际、望也望不尽的大草原！

在冬日里，就踩着高高的雪堆追逐兔子，呼吸寒冷刺骨的空气，柔软的雪那耀眼而细碎的光芒使您不由得眯起眼睛，欣赏着红红的树林之上那天空的碧色！……到了早春的日子，这时候周围一切都亮闪闪，冰雪开始消融了，透过融雪的浓重的水汽，可以闻到温暖的土地气息。在雪融尽了的地方，在斜射的阳光下，云雀悠然自得地歌唱着，流水欢乐地喧闹着、咆哮着，从这条山沟涌向另一条山沟……

不过，该结束了。正好我说到春天：春天里容易别离，春天里，就是幸福的人也很想到远方去……再见吧，我的读者；祝您永远称心如意。

（力冈 译）

※ 两个兄弟

那是一种幻觉……

我面前出现两个天使……两个天才。

我说他们是天使……天才，因为两个人都赤身裸体，一丝不挂，每个人的肩膀后面都伸展着一对强劲有力的长长翅膀。

两个人都是少年。一个稍胖，肌肤细滑，长一头乌黑的鬈发。眼睛是栗色的，上面有层薄翳和密密的睫毛。他的目光妩媚动人、欢乐而热切。他的容貌幽雅娇美，富有魅力，稍带一点粗鲁，稍露一点凶相。红红的厚嘴唇轻轻地蠕动着。少年脸含微笑，显得自信而慵懒，仿佛权柄在握的样子；茂盛的花冠斜戴在油亮的头发上，几乎触及丝绒般的双眉。圆圆的肩头挂着一张插有一支金箭的豹皮，一直垂到屈曲的腿部。翅膀上的羽毛映出蔷薇的色彩。羽尖呈鲜亮的红色，仿佛浸染过殷红的鲜血。这对翅膀时而迅速地扇动，发出银铃般的悦耳声音，发出春雨般的喧响。

另一个瘦削，体色微黄。每次呼吸都显现出肋痕。浅红的头发疏疏朗朗，直而不卷。大大的、圆圆的、浅灰色的眼睛……目光惶惑不安，异样地明亮。整个脸形是尖削的；半开的小口里露出鱼齿般的牙齿；紧缩的鹰钩鼻；前凸的下巴，上面覆着一层白白的茸毛。这两片干瘪的嘴唇从来就没有露过一次笑容。

那是一张经过矫正、恐怖而冷酷的脸！（不过那第一个人，那个美貌少年的脸虽然亲切而妩媚，却同样缺乏爱怜之情。）第二个少年的头部，四周插着几根无实的折断的穗子，靠一根枯萎的草茎缠在头上。腰部缠一块灰粗布；肩膀后面的两翼轻轻地扇动，样子咄咄逼人。

两个少年看上去像一对形影不离的伙伴。

两个人中每一个都肩并肩地靠着另一个。前者柔软的小手像一串葡萄，搭在后者干瘦的锁骨上；后者长着细长手指的窄小手腕，像蛇一般伸在前者女人般的胸口。

我听到说话的声音……下面就是那声音说的话："你面前是爱情和饥饿——两个亲兄弟，一切生命赖以生存的根基。

"一切有生命的物体都在运动，为了觅食；都在觅食，为了繁衍。

"爱情与饥饿——两者的目的是一致的：需要让生命不致中断，无论自己的，抑或他人的生命，都属于那同一个普天之下万物的生命。"

1878年8月

※ 当我去世的时候……

当我去世的时候，当我的一切化为灰烬的时候，啊你，我的唯一的朋友，啊你，我如此深情、如此温柔地爱过的人，你也许活得比我长久，请不要到我坟墓上去……那里你将无事可做。

请别忘记我……但在日常的操劳、满足、需要之中也别想起我……我不愿妨碍你的生活，不愿打扰你平静的生活之流。但在独处的时刻，当那种羞怯的、莫名的忧伤袭上你心头的时候（这是善良的心灵常有的事），请拿出一本我们心爱的书籍，从中找出那些篇页和字句，还记得吗，那些篇页和字句常使我们俩一下子流出甜蜜的无言之泪。

请读完它，然后闭上眼睛，向我伸出手来……向不在的朋友伸出你的手。

我将不能用我的手握住它。

我的手将一动不动地躺在黄土之下。但我现在快慰地想到：也许你在你的手上会感受到轻微的抚摸。

于是我的形象将出现在你的眼前，从你闭着的眼睑里将涌流出眼泪，犹如我们俩被美陶醉之后，有时和你一起流出的那些眼泪那样。啊你，我的唯一的朋友，啊你，我如此深情、如此温柔地爱过的人！

※ 麻雀

我打猎归来，走在花园的林荫小径上。猎狗在我前面奔走。

突然它放慢脚步，开始悄悄地蹑足而行，仿佛嗅到前方有猎物。

我沿小径望去，看见一只小麻雀，它口边还留着黄斑，头上长着茸毛。

它掉出了鸟窝（风猛烈地摇曳着小径上的白桦），趴着一动也不动，无可奈何地张开两只刚长出的翅膀。

我的猎狗慢慢向它逼近，忽然，从附近的一棵树上仿佛掉下一块石头似的，一只黑肚皮的老麻雀落在了猎狗的面前；它张开全身羽毛，样子都变了，向着龇牙咧嘴的血盆大口的方向扑棱了两下，同时发出绝望凄厉的尖叫。

它俯冲下来救护自己的孩子，用自己的身躯作掩护……但是它整个小小的身躯却因恐惧而瑟瑟发抖，它叫得嗓音都变了，嘶哑了。它站定了，要拿自己作牺牲！

在它看来猎狗是何等巨大的怪物！然而它依然无法安坐在高高的、处于安全地位的树杈上……一种超意志的力量将它从那里抛了下来。

我的特列佐尔停住了，开始步步后退……显然它也承认了这种力量。

我急忙叫回窘态十足的猎狗，怀着崇敬的心情走开了。

是的，请别见笑。面对那只英勇的小鸟，面对它那奋然挺身的爱心，我的敬仰之情油然而生。

我想，爱心比死亡，比对死亡的恐惧更有力量。只有依靠它，依靠爱心，生命才得以保持和运动。

1878年4月

※ 访问

早晨，是五月初一的清晨……我坐在敞开的窗口。

朝霞还没有出现；但是黑暗的、温暖的夜已经开始泛白，已经变得寒冷起来。

晨雾还没有升起，微风也没有吹动，所有的一切都是浑然一色和无声无息的……但感觉到万物苏醒的时候已经临近——在逐渐变得稀薄的空气里散发出露水的强烈的湿气。

突然间，一只大鸟儿轻轻地发出一阵阵的银铃声和沙沙的响声，穿过敞开的窗口飞进了我的房间。

我战栗了一下，仔细观看……这不是一只鸟儿，而是一个长着翅膀的小小的女人，她穿着一件紧紧的、长长的一直拖到地面的带波浪纹的衣衫。

她浑身是灰色的和珍珠母似的颜色；只有她的两只小翅膀的里侧闪耀着像刚开的蔷薇的温柔的鲜红色；由铃兰花编成的花环，紧束着她圆圆的小头上散开的卷发，——两根孔雀羽毛就像蝴蝶的触须似的，在她美丽的凸出前额上有趣地摆动着。

她在天花板下面飞旋了两圈；她的小小的面孔在微笑着；她的那双巨大的、黑色的、明亮的眼睛也在微笑着。

奇妙的飞翔的愉快的速度，使得她的两只眼睛闪射出宝石似的光亮。

她的手里拿着一根草原上的小花的长茎：俄国人把它叫做"沙皇的权杖"，——它就真像一根权杖。

她迅速地在我的头顶上飞过，用这朵小花触了一下我的头。

我向她猛冲过去……但是她已经轻盈地飞出窗口——于是迅速地飞走了。

在花园里，在丁香花丛的深处，一只斑鸠用它的第一阵咕咕的叫声迎接了她——而在那儿，在她消失不见的地方，乳白色的天空慢慢地泛起了红光。

我认出了你啦，幻想的女神啊！你是偶然来访问我的——你要飞到年轻的诗人们那儿去。

哦，诗歌啊！青春啊！女性的处女的美啊！你只能在我的前面突然瞬息一现——在这个早春时节的清晨！

1878年5月

（戈宝权　译）

※　山鹑

躺在病床上，受着持久、无可救药的疾病的折磨，我想道：我用什么来赎这份罪？为什么受惩罚的是我？我？竟是我？这不公平！不公平！

于是我脑海里浮现出下面的景象……

整整一窝年轻的山鹑——有二十来只——聚集在收割过的稠密的庄稼地里。它们彼此紧紧靠在一起，在松软的土里掏挖觅食，很是幸福。突然猎狗将它们惊起——它们步调一致，一下子飞了起来；枪声响了，其中一只山鹑被打断了一只翅膀，身负重伤，跌落下来；它艰难地拖着爪子，躲进艾蒿蓬里。

在猎狗寻找它的时候，不幸的山鹑也许同样在想："咱们（同我一样的）共有二十只……为什么偏偏是我，是我中弹，应当去死呢？为什么？在我其余的姐妹面前我凭什么要受这份罪？这不公平！"

躺下，大生物，趁着死亡还在寻找你。

1882年6月

※ 鸫鸟

我躺在床上，但我不能入睡。重重心事折磨着我；郁郁不乐、单调得令人厌倦的思绪在我的脑海徘徊，犹如阴雨天气沿湿漉漉的山顶不停地飘移的连绵不绝的云雾。

啊！当时我正陷入无望、痛苦的爱情，唯有在尝够多年的风霜寒冷之后，才会那样去爱；到那时，那颗心虽然未曾受到生活的摧残，却已经……不再年轻！不是的……就是还算年轻一些，也是没有用，也毫无结果的。

竖在我面前的窗户的形状像一个白茫茫的影子；屋里的一切陈设隐隐约约能够辨认；在夏日凌晨模糊不清、半暗不明的状态下它们似乎更加安宁、更加寂静了。我看了看表：三点差一刻。同样能感知窗外也是一片沉寂……还有露珠，整整一片露珠的海洋！

而在这露海之中，在花园里，正对我的窗下，一只黑鸫已经在歌唱，在啼啭，在啁啾欢歌——不知停息、放开歌喉、充满自信。婉转动听的鸟语钻进我寂然无声的房间，充溢了整间屋子，充溢了我的耳际和我那被百无聊赖的失眠和病态思绪的痛苦搅得烦躁不安的头脑。

这些鸣声道出了永恒，点滴不遗地道出了永恒的清新、恬淡和力量。我从中听出的正是大自然的声音，是那个动听悦耳、毫无意识、永无始终的声音。

它歌唱，充满自信地放声歌唱，这只黑鸫。它知道，按照通常的规律，终古常新的太阳不久将喷薄而出；它的歌声里没有丝毫自己的、私有的东西；它就是那只黑鸫，那只一千年之前曾经欢迎同一个太阳，而且再过几个一千年还将欢迎的黑鸫，到那时我死后留下的一切也将化作看不见的尘埃，在它活泼有声的身体周围，在被它的歌声震起的气流中滚动。

我，一个可怜、可笑、单个的人，对你说：感谢你，小鸟儿，感谢你充满力量、充满自由的歌声，在那个寂寥寡欢的时刻意想不到地在我窗下响起。

它不是在安慰我——我也不寻求慰藉……但是泪水湿润了我的双眼，于是心头那种凝滞不动、死一般的重压感，开始松动，一时间有点振奋了起来。啊！那也是一个生命呀，它和你欢乐的歌声相比，不也一样年轻而精力充沛吗，黎明前的歌手！

再说，在我周围寒冷的波涛已从四面八方滚滚涌来，不是今天就是明天要把我卷入无边无沿的海洋，在这种时候值得忧伤、苦闷、思考自己吗？

眼泪还在流淌……我那亲爱的黑鸫却还若无其事地继续唱它那悠然自得、幸福、永恒的歌曲！

哦，终于升上天空的太阳在我发烫的面颊上照亮了多少眼泪呵！

但是白天我依然笑容满面。

1877年7月8日

※ "绞死他！"

"这件事发生在1805年，"我的一位老相识开始说，"奥斯特里茨战役发生前不久。我在其间任军官的那个团驻在摩拉维亚。

"严禁我们骚扰和欺压当地百姓；虽然我们也算作是他们的盟友，但是他们仍然对我们侧目而视。

"我有一个勤务兵，原是我母亲的农奴，名叫叶戈尔。他为人诚实、温和；我从小了解他，对他像朋友一样。

"就这样，一次我住的那家屋子里爆发出一阵吵骂和哭闹声：房东太太的两只鸡被偷了，她咬定是我的勤务兵偷了鸡。他申辩一番后就把我叫去作证人……'他怎么会偷呢，他，叶戈尔·阿夫诺莫夫！'我劝说房东太太要相信叶戈尔说的是实话，但是她什么话也听不进。

"突然沿街传来齐整的马蹄声：是司令官带了手下的一班人马来了。

"他身体虚弱，垂头丧气，带穗的肩章低垂到胸口，骑马走着慢步。

"房东太太一见到他便奔向前去拦住了马头，扑通一声跪倒在地，她一副痛不欲生的样子，头上什么也不戴，开始大声诉说起我的勤务兵来，一面用手指着他。

"'将军先生！'她喊道，'大人！请评评理吧！帮帮我！救救我！这个士兵抢了我的东西。'

"叶戈尔站在屋子的门口，双手下垂身体挺直，手里拿着军帽，连胸也挺出了，双脚并拢，俨然一个哨兵，——可就是一句话也不说！他大概被站在马路中央的这位将军和手下的一班人吓懵了，或者面对压顶之灾惊呆了——我的叶戈尔只知道站着眨眼皮，面如土色！

"司令官漫不经心、郁郁不乐地瞥了他一眼，气呼呼、闷声闷气地说了一声：

"'嗯？……'

"叶戈尔像个木偶般地站着，龇着牙！从旁边看去，他的样子像在笑。

　　"这时司令官一字一顿地说：

　　"'绞死他！'他往马的腰部推了一下，又继续走去了——开头还是慢步走，然后便快速小跑起来。一班人马都跟着他快跑起来；只有一个副官骑马转过身来，向叶戈尔扫了一眼。

　　"不服从命令是不可能的……叶戈尔当即被抓起来，送去就刑。

　　"这时他完全呆了，只吃力地大声喊了一两遍：

　　"'老天！老天！'然后轻声说道：'上帝看见——不是我！'

　　"跟我告别时他非常伤心地哭泣起来。我绝望了。

　　"'叶戈尔！叶戈尔！'我喊道，'你怎么一句话也不对将军说呢！'

　　"'上帝看见，不是我。'可怜人哽咽着又说了一遍。房东太太本人也吓坏了。她怎么也没有料到会有这么可怕的决定，这回轮到她大哭了！她开始央求所有人，向一个个人恳求宽恕，要大家相信她的鸡都找回来了，说她愿意自己去把事情说清楚……

　　"当然，这一切毫无用处。先生，军人就是秩序！纪律！房东太太越来越大声地号哭起来。

　　"叶戈尔已向神甫作了忏悔并领了圣餐，对着我说：

　　"'长官，请告诉她，叫她别伤心……我已经宽恕了她。'"

　　我的老相识重复了他仆人的这句话，接着轻轻说道："叶戈罗什卡，亲爱的，真是一个好人啊！"——说着泪珠沿着他苍老的面孔滚落下来。

1879年8月

赫胥黎

托马斯·亨利·赫胥黎（1825—1895），英国生物学家。
他是达尔文主义最早的阐述者，同时他首创"不可知论"一词，
并用这一观点写过神学和哲学论文。

※ 进化论与伦理学

有这样一个有趣的儿童故事，名叫"杰克和豆茎"，这个故事对于在座的我的同辈来说是熟悉的。但是我们很多庄重可敬的年轻人，曾接受了更加严格的知识教养，或许，仅仅是从比较神话学的初级读物熟悉了仙境，因此，有必要把这个故事作一梗概的介绍。这是一个关于一颗豆子的传说，它一个劲儿地长，耸入云霄直达天堂，它的叶子伸展成一个巨大的华盖。故事的主人公，顺着豆茎爬

了上去，发现宽阔茂密的叶子支撑着另一个世界，它是由同下界一样的成分组成的，然而却是那样新奇；主人公在那里的奇遇，我不去多谈，这些奇遇一定完全改变了他对事物本性所持的观点；尽管这个故事不是哲学家们编的，也不是为他们写的，根本就谈不上有什么观点。

我现在的探索与这个勇敢的探险者的探索有某些相似之处。我请求你们与我一起，借一粒豆子之助，尝试着去进入一个对许多人来说可能感到奇特的世界。正如你们所知，那个世界是一个简单的、看起来无生气的东西。可是如果有适当的种植条件，最重要的一条是有足够暖和的温度，它就会非常显著地表现出一种十分惊人的活力。从土中露出地面的一枝小青苗，很快地茁壮长大，同时经过一系列的变化，这些变化并不会像我们故事里所遇到的那样使我们感到惊奇，只是因为我们每日每时都可以看到这些变化。

这一植株以觉察不出的步骤逐渐长大，成为由根、茎、叶、花和果实组成的一种既大且多样化的结构，每一部分从里到外都是按照一个极端复杂而不异常精确细致的模型铸造出来的。在每个复杂的结构中，就像在它们最微小的组成部分中一样，都具有一种内在的能量，协同在所有其他部分中的这种能量，不停地工作来维持其整体的生命并有效地实现其在自然界体系中所应起的作用。经过如此巧夺天工建立起来的大厦一旦全部完成，它就开始倒塌。这种植物逐渐凋谢，只剩下一些表面上看去毫无生气的或多或少的简单物体，恰如它由之生长出来的那颗豆子一样；而且也像豆子那样赋有产生相似的循环表现的潜在能力。

不必用有诗意的或科学的想象来寻求与这种向前进展又好像是回复到起点的过程的类比。这就像向上投掷出去的一块石头的上升和下降，或者像是一支沿着轨道飞行的箭的进程。或者我们也可以说，生活力起初走的是向上的道路而后走的是向下的道路。或者可能更恰当的是，将胚芽扩展成为成长的植物比作打开一把折扇或者比作向前滚滚流动和不断展宽的河流，而由此达到"发展"或"进化"的概念。在这里和在别的地方一样，名词只是"噪声"和"烟雾"，重要的是对名词所表示的事实要有一个明确而恰当的概念。由此说来，当前的这一事实是永远重复的过程。在这一过程中，有生命并在成长中的植物从种子的比较简单和潜伏的状态过渡到完全显现为高度分化的类型，然后又回复到简单和潜伏状态。

对这一过程的性质深刻理解的价值在于：它适用于豆子，也适用于一般有生命的东西。在动物界，也和在植物界中一样，从非常低级的类型到最高级的类型，生命过程表现出同样的循环进化。不仅如此，我们只要看一看世界的其他方面，循环进化从各个方面都表现出来。诸如表现在水之流入大海复归于水源；天体中的月盈月亏，位置的来回转移；人生年岁的无情增加；王朝和国家的相继崛起、兴盛和没落——这是文明史上最突出的主题。

正如没有人在涉过急流时能在同一水里落脚两次，因此，也没有人能确切断定这个能感觉到的世界里的任何事物的现状。当他说这些话的时候，不，当他思索这些话的时候，谓语的时态已不再适用，"现在"已变成为"过去"，现在式的"是"（is）应该是过去式的"已是（Was）。我们对事物的本质认识得越多，也就越了解到我们所谓的静止只不过是没有被觉察的活动；表面的平静乃是无声而剧烈的战斗。在每一局部，每一时刻，宇宙状态只是各种敌对势力的一种暂时协调的表现，是斗争的一幕，所有的战士都依次在斗争中阵亡。对世界的每个局部来说是这样，对整体来说也是这样。自然知识越来越导致这样的结论："天上的列星和地上的万物"都是宇宙物质的部分过渡形式，在沿着进化道路前进，从星云潜力，通过太阳、行星、卫星的无限成长，通过事物的千变万化，通过生命和思维上的无限的差异，也许，还通过我们没有想到，或不能想到的各种存在形式，而回复到它们由之产生的不确定的潜在状态。这样，宇宙的最明显的属性就是它的不稳定性。它所表现的面貌与其说是永恒的实体，不如说是变化的过程，在这过程中除了能量的流动和渗透于宇宙的合理秩序之外，没有什么东西是持续不变的。

我们已经沿着豆茎攀登到了一个奇异的境地，在那里，普通而熟悉的东西，变成了新奇的东西。于是，在这样表现出来的宇宙过程的探索中，人的最高智慧获得了无穷无尽的利用，巨人们听命于我们的使唤；思辨哲学家的感情都被那些值得永恒不朽的美所吸引。

宇宙过程，像机械结构那样完整，像一件艺术品那样美好，然而，却还有另外的一面的表现。当宇宙创造力作用于有感觉的东西时，在其各种表现中间就出现了我们称之为痛苦或者忧愁的东西。这种进化中的有害产物，在数量和强度上都随着动物机体等级的提高而增加，而到人类，则达到了它的最高水平。而且，这一顶峰在仅仅作为动物的人中，并没有达到；在未开化和半开化的人中，也没有达到；而只是在作为一个有组织的社会的成员的人中才达到了。这是他努力按照这样一种方式生活的必然结果，即在那些对于充分发展他那最高贵的才能所不可缺少的条件下生活的必然结果。

人这种动物，事实上在有感觉的东西的世界里，已经进展到了领导地位，并且由于他在生存斗争中的胜利而变成了超等动物。当环境条件处于某一种状态时，人在宇宙斗争中能够使自己的身体结构比他的竞争者的结构更好地去适应这些条件。就人类而论，他已表现出构成生存斗争的本质的"自行其是"、那种不择手段的攫取一切所能抓到的东西和顽强地把持着一切所能保持的东西等特性。在整个未开化时期，人主要靠着他与猿、虎共有的那些特性，靠着人的特殊的体质结构，靠着他的灵巧、他的社会性、他的好奇心和他的模仿力，以及靠着在受到对方激怒而引起的粗暴、凶猛的破坏作用，才取得有成效的进展。

然而人类越是从无政府状态进到有社会组织，文明的价值越是增高，这些根深蒂固的有用的特质就成了缺陷。文明人也会仿效那些获得成功的人的样子，踢倒他自己借以爬上去的梯子。他非常满意地看到"猿与虎死去"。但是它们并没有给他带来方便；他那火热的青春时代的这些亲密伙伴对安排好的文明生活进行的这种不受欢迎的入侵，在宇宙过程必然给单纯动物带来的痛苦和悲哀之外，增添了无数无法估量的痛苦与悲哀。事实上，文明人对所有这些猿与虎的本能冲动加上罪恶之名，把它们所从事的许多活动都当作犯罪行为加以惩处，在极端的情况下，他还竭尽全力用斧头和绳索把那些先前时代的最适者置于死地。

我已经说过，文明人已经达到了这一点；这种说法也许太笼统，我最好说，遵循伦理原则的人已经达到了这一点。伦理这门科学宣称能为我们提供理性的生活准则，告诉我们什么是正确的行为和为什么是正确的行为。不管在专家中可能存在何种意见分歧，总的一致的意见是猿与虎的生存斗争方法与健全的伦理原则是不可调和的。

故事中的主人公又从豆茎上爬了下来，回到了普通世界里。这里，生活与工作都同样艰苦；这里，丑恶的竞争者比美丽的公主要常见得多；这里，与私心搏斗的持久战，比与巨人交锋取胜的把握要小得多。我们已干过类似的事。几千年前，我们的成千上万的同类在我们之前已经遇到同样的可怕难题。他们也已经懂得宇宙过程就是进化，其间充满了神奇、美妙，同时也充满了痛苦。他们试图发现这些重大事实在伦理学上的意义，找出是否有关于宇宙行径的道德制裁。

以进化论观念占主要地位的宇宙理论，在公元前至少已存在了六个世纪。在第五世纪时，有关这种理论的某些知识，从远在恒河河谷和爱琴海亚洲沿岸的发源地，传到我们这里。对于印度斯坦的早期哲学家，和对于希腊的爱奥尼亚哲学家一样，现象世界的突出性就是它的变化多端；万物的无休止的流动，从产生到可以看见的存在，然后到不存在，在那里，没有开始的征象，也无结束的前景。对现代哲学的某些古代先驱者也一样地明白，痛苦是一切有感觉的东西的标记；这不是偶然的伴随物，而是宇宙过程的主要组成部分。顽强的希腊人在这"斗争是父、是王"（"斗争至上"的意思——译注）的世界里可能曾找到了强烈的欢乐；但古老的亚利安精神则已为印度贤人的寂静主义所征服；那笼罩着人类的痛苦之雾，遮蔽了他的一切视线，使他看不到其他一切；对他说来，生命就是痛苦，而痛苦也就是生命。

在印度斯坦，如同在爱奥尼亚一样，一个比较发达的和相当稳定的文明时期曾经继漫长的半野蛮和竞争时期之后出现。从富裕幸福和稳固安全中获得悠闲和教养，同时接踵而至的是思想上的弊病。仅仅为了生存而进行的斗争，永无止境，虽然对少数幸运者来说，它可以缓和并部分地隐蔽起来。继这种斗争而来的是一种使生存可以得到理解并使事物的条理与人的道德观和谐一致的斗争；但这种斗争，也同样是永无止境的。然而，对于少数思想家来说，这种斗争，却随着知识的每一点增长和对实现一种有价值的人生理想的每一步前进而变得更加尖锐了。

在二千五百年前，文明的价值与现在一样明显；和现在一样，那时显然只有在一个有秩序的社会的园地里才能产生人类所能生产的最美好的果实。同样，显而易见，文化带来的幸福并非纯粹的。园地也很容易成为温室。感官的刺激，感情的放纵，使寻欢作乐之道的源泉无止境地增加。知识领域不断地扩大，使人类独有的那种瞻前顾后的能力的范围无限地扩展，这就给瞬息即逝的现在又加上了那过去的旧世界和未来的新世纪，于此，人们体验和思考得越多，他们的文化也就越高。但是正是这种感觉的磨炼，不仅带来了这样一种快乐的财富，却也注定要使痛苦的程度相应扩大。宗教的想象力创造了新的天堂与新的尘世，同时也给人们带来了对过去产生无益的悔恨、对未来产生恐惧忧虑的相应的地狱。最后，作为过分刺激的不可避免的惩罚——衰竭，为它的大敌——厌倦，大开其文明的大门。这就是当男男女女对什么都不喜欢时的那种死气沉沉、平淡无味的厌倦；世上一切都成为空虚和困惑；除了逃避死亡的烦扰之外，人生似乎没有活的价值。

甚至纯知识的进步，也招致它的报复。被一些醉心于行动的粗野的人用粗暴、简便的办法解决的那些问题，当人们有时间思考的时候，又重新引起注意，并且表明它们仍然是一些没有解开的谜。怀疑，这种为数很多的藏身于古老信念坟墓中的仁善的魔鬼，来到了人间，从此就赖着不走。为传统所尊重的神圣条规受到了怀疑。具有文化教养的思考力向它们索取凭证；并且按照自己的标准对它们进行判继。最后，把那些它所认可的东西集中到伦理体系中来，其中所称的推理其实不过是为采用现成的结论而提出的一种体面的托辞而已。

这一体系中最古老和最重要的成分之一是正义的概念。除非人们一致承认共同遵守某些相互之间的行为准则，否则社会是不可能组成的。社会的稳定有赖于他们对这些协议始终如一的坚持；只要他们一动摇，作为社会纽带的相互信赖就被削弱和破坏。狼是不可能成群猎食的，除非它们已有一种真实的、虽然没有表达出来的彼此谅解，就是在逐猎时不互相攻击。最原始的社会就是在同样的默认或表达出来的谅解之下生活的一群人。他们在狼群社会的基础上取得了很重要的进展之后，同意使用整体的力量来反对违反这种谅解的人和保护遵守它的人。这种对于共同谅解的遵守，以及随之而来的根据公认的规定对赏罚的分配就叫做正义。其反面则叫做非正义。早期伦理学对于违反规定的人的动机，没有给以很多注意。但是如果在无意的和故意的犯罪案件之间，在仅仅是错误的行为和犯罪的行为之间，不去确立根本的区别，文明就不可能大大向前发展。随着道德的鉴别力不断加强，从这种区别产生的功罪问题就获得了越来越多的理论上和实际上的重要性。如果必须用生命来抵偿生命，那么也必须承认无意的杀人犯不应该一概处死，因此，通过公共的和个人的正义概念之间的一种折中调和，就为他提供了一种避难所，他可以在这里避难而名于血的复仇者的报复。

正义观念便这样经历了从依据行为进行赏罚到依据功罪，或者，换言之，依据动机进行赏罚的逐步提高。正直，即从正确动机产生的行为，不仅成为正义的同义语，而且成为纯洁的肯定的要素和善的真正核心。

托尔斯泰

列夫·尼古拉耶维奇·托尔斯泰（1828—1910），19世纪俄国伟大的批判现实主义作家。

曾在喀山大学攻读东方语，参加志愿军去高加索时开始文学创作，

曾到意大利、法国等地旅行。

他的思想随着与社会的广泛接触，发生激烈变化，

从厌恶贵族生活到对俄国现实社会进行深刻批判。

他的创作丰繁，除长篇巨著《战争与和平》《安娜·卡列尼娜》《复活》外，

还有大量日记、戏剧和政论。

※ 我不能沉默

一

"判处死刑七人：彼得堡二人，莫斯科一人，平扎二人，里加二人。处决四人：赫尔松二人，维尔诺一人，敖德萨一人。"

这是报纸上每天都有的。这种事已经继续了不止一周，不止一月，不止一年，而是几个年头了。这是发生在俄国，发生在人民认为每个罪人都是不幸的，直到最近法律上并无死刑的俄国。

我记得，从前我在欧洲人面前曾以此引为自豪，而现在不断出现死刑、死刑、死刑已经第二个年头，第三个年头了。

我拿着现时的报纸。

现时，五月九日，有一件可怕的事。报上印着几句简短的话："今天在赫尔松的斯特里尔比茨基野地，二十名农民被处绞刑，罪行为抢劫叶里沙维特格勒县

的地主庄园。"

这十二个人是这样一种人：我们以他们的劳动为生，我们以往使用一切力量败坏他们，现在也在败坏他们，从伏特加毒液开始，直到我们并不相信却拼命灌输给他们的那种信仰的可怕谎言，——这样的十二个人，被他们给饭吃、给衣穿、给房住，过去和现在都在败坏他们的那些人的绳子绞死了。十二个丈夫、父亲、儿子，俄国的生活全靠这种人的善良、勤劳、淳朴来维持，现在他们却被捉了起来，关进监牢，带上脚镣。然后，为了不让他们抓住将要吊死他们的绳子，把他们的手反缚在背后，带到绞刑架下。有几个和他们同样的农民，就要把他们吊起来，不过这几人都有武装，穿着很好的靴子和干净的制服，手上拿着枪，伴送着被判决的人。这些被判决的人旁边，走着一个身穿锦缎法衣，围着项巾，手里拿着十字架，头发长长的人。队伍停住了。全部事务的主持者说了几句话，秘书念着公文，当念完公文，那长发的人便面对别的人正准备用绳子绞死的那些人讲了一些关于上帝和基督的话。讲过这些话之后，刽子手——他们有好几个人，一个人是处理不了这样复杂的工作的，——立刻冲肥皂水，抹到索套上，以便把那些带着镣铐的人勒得更紧；接着就给他们穿上尸衣，带到绞架的木台上，给颈子套上索套。

就这样，一个接一个，这些活活的人，随着凳子从脚下抽出，就互相碰撞着，全身的重量立刻把自己颈上的索套拉得紧紧的，于是痛苦地窒息而死。这之前还是活生生的人，只消一会儿工夫，就变成吊在绳子上的死尸，起初还慢慢地摇晃着，后来便一动不动地停住了。

所有这一切，都是上流人物，有学识的文明人士为自己的人类弟兄热心安排和想出来的。他们出主意，要悄悄地，黎明时候干这些事，这样就谁也不会瞧见；他们出主意，让执行的人分担这些暴行的责任，以便每个人都认为并且会说：他不是罪人。他们出主意搜罗堕落和不幸的人，一面迫使他们做我们想出和赞成的事，一面又装模作样，好像我们很厌恶做这种事的人。他们想出的主意甚至是如此微妙，一些人（军事法庭）只作判决，但行刑时必需出席的不是军人，而是文官。不幸的、被欺骗的、堕落的、受鄙视的人却去执行工作，他们所能做的只有一件事：好好给绳子抹上肥皂，叫它更牢靠地勒着颈子，痛痛快快去喝这些文明的上等人贩卖的毒酒，以便更快更彻底地忘记自己的灵魂，自己人的称号。

医生查看着尸体，这里摸摸，那里碰碰，于是报告上司，工作已经完成，该做的都做了，全体十二个人无疑都死了。上司认为工作做得认真，哪怕这是沉重而且必要的工作，就回去处理自己的日常事务去了。人们取下僵硬的尸体，掩埋起来。

这难道还不可怕吗！

这种事不止出了一次，也不仅仅出在俄罗斯人民一个很好的阶层里面这十二个不幸的、被欺骗的人身上，而是几年来一直不停地出在成百成千被欺骗的人身上，而欺骗他们的正是那些对他们干这种可怕事情的人。

他们干的不单是这种可怕的事情，而且还在同样的口实下，以同样的冷酷无情在监狱里、要塞中、流放地制造种种苦难和暴行。

这是可怕的，但最可怕的是，干这种事不是出于一时兴起，出于压倒了理智的感情，像在殴斗中、战场上，乃至抢劫时干出来的那样，恰恰相反，而是出于理智的要求，出于胜过感情的打算。因此这些事特别可怕。之所以可怕，那是由于没有任何东西能像从法官到刽子手以及不希望干这种事的人干出来的所有这一切事那样彰明昭著；无论什么东西都不会如此明显、如此清晰地表明专制制度对人类灵魂的害处，一些人统治另一些人的害处。

当一个人可以夺走另一个人的劳动果实，夺走他的金钱、牛、马甚至可以夺走他的儿女的时候，我们感到气愤，——这是令人气愤的，但更加令人气愤得多的，是一个人可以夺走另一个人的灵魂，可以迫使他做伤害他精神上的"我"、剥夺他精神幸福的事。而干这种事情的人，却心安理得地为人们的幸福安排着这一切，用暗害、威胁、欺骗迫使从法官到刽子手这样的人，做出这些必然剥夺他们真正幸福的事。

当这一切几年来一直在全俄国发生的时候，这些事的罪魁，那些下令干这些事的人，那些能阻止这些事的人，却蛮有信心的认为这些事是有益的，甚至是必需的，或者想出一些话来，大谈什么不该让芬兰人像芬兰人所希望的那样生活，而是必需迫使他们要像一些俄国人所希望的那样生活；或者颁布一些命令，说"骠骑兵团队里，袖子的翻口和短上衣的领子颜色应同短上衣一样，而领得的套衣，在袖口的皮毛上边，不得再有镶边。"

是啊，这太可怕了！

二

这里最可怕的是，所有这些非人的暴行和屠杀，除了给暴行的牺牲者及其家人造成直接的祸害之外，它们还会给全体人民造成极大的祸害，同时把像干草堆上的火灾那样飞快蔓延的俄国各阶层人民的堕落传播开去。而这种堕落又会在普通劳动人民当中传播得特别迅速，因为所有这些罪行比起普通小偷和强盗，全部加在一起的革命家已经和正在犯的罪行，要超过一百倍，而且制造这些罪行时还有一种借口，说什么这是必需的、很好的、非此不可的，而那些在人民的观念中各种与正义乃至神圣分不开的设施，如枢密院、宗教院、杜马、教会、沙皇等，不仅为它辩白，而且还竭力支持。

这种堕落正以不寻常的速度传播着。

前不久在整个俄国人民中还找不出两名刽子手。还在不久之前，在八十年代，全俄国只有一名刽子手。我记得，当时符拉吉米尔·索洛维约夫非常高兴地告诉我，全俄国找不到第二个刽子手，只好把唯一的一个从这个地方运到那个地方。现在不是那样了。

莫斯科一位开小铺子的商人，买卖失败之后，他愿意为政府执行杀人时效力，每绞死一人得一百卢布。短短的时间里他便重振了家业，很快就不需要再搞这种副业了。现在照旧做他的生意。

过去几个月里，像各地一样，奥勒尔省要用刽子手，马上有人出来同意办这件事，和主持杀人的官员讲好每人五十卢布。但他谈好价钱之后，知道别处付钱更高，于是这位自愿的刽子手在行刑时候，给犯人穿上了尸衣，却不把他带上木台，而是停下来，走到长官面前，说道："大人，您给添一张二十五卢布的票子，要不我就不干。"给他添了钱，他执行了。

随后又有五人要处决。行刑前一天，一个不知名的人来找主持杀人的官员，希望秘密谈判。主持人出来了。不知名的人说道：

"前不久有人向您每个要了三张二十五卢布的票子。今天，听说决定处决五个。请吩咐全留给我，我每个只要十五个卢布，您放心，我会干得很好的。"

我不知道这提议是否被采纳，但我知道有这个提议。

政府造成的这些罪行，就这样对一些很怀的，最没有道德的人发生作用。但这些可怕的事件也不能不影响大多数道德一般的人。大量普通的，尤其是年轻的经营自己个人事业的人，由于不断听到和读到当局，即民众已经习惯当作优秀人士而加以尊敬的那些人造成的骇人听闻的、非人的兽行，非但不理解制造这些可恶事件的人不配受人尊敬，而且会不知不觉地作出相反的判断，他们认为，如果大家尊敬的人做了我们以为可恶的事，那么这些事未必会像我们以为的那样可恶。

如今人们在文章上写着和口头上讲着死刑、绞刑、屠杀、炸弹，就像以前讲天气似的。孩子们玩绞死人的游戏。孩子或中学生几乎也敢于在剥夺财物的时候杀死人，像从前打猎一样。杀死大地主、占有他们的土地，现在许多人认为是解决土地问题最可靠的办法。

总之，由于政府的所作所为，它为达到自己的目的容许杀人，容许任何罪行，如抢劫、偷盗、撒谎、苦刑、屠杀等等，都被那些为政府所败坏的不幸的人认为是十分自然的，人类本来就有的事。

是的，不论事件本身多么可怕，它们所造成的道德的、精神的、看不见的祸害更加可怕得无法相比。

三

你们说，你们制造这些恐怖，是要建立安宁和秩序。

你们建立安宁和秩序！

你们究竟是怎样建立的呢？你们，基督权力的代表，受到教会人士赞扬和鼓励的指导者、教师，你们消灭人们最后剩下的一点点信仰和道德，制造最大的罪行：即谎言、背叛、各种各样的苦刑，以及建反每一颗尚未完全败坏的人类良心的最坏和最可怕的罪行：即不是单数的屠杀，不是一次屠杀，而是多数的屠杀，无尽的屠杀，并且你们还想引用各种愚蠢的条文为它们作辩护，而这些条文是你们写在被你们侮辱地称之为法律的你们那些愚蠢和虚伪的书里的。

你们说，这是使人民安宁和消灭革命的唯一手段，但这显然是一句假话。很清楚，这并不是满足全体俄国庄稼人最起码的正义要求：消灭土地私有，恰恰相反，而是在肯定私有，并且以种种办法激怒人民，激怒那些开始和你们进行暴力斗争的轻举妄动和满腔愤怒的人，既然使他们遭受肉体和精神的折磨，流放和监禁，绞死孩子和妇女，你们就不能使他们平静。要知道无论你们怎样竭力摧残自己人类本来就有的理智和爱，它们还是存在于你们心中，你们应当醒悟，应当想想，这样就会看到，要是像现在这样行动，即参与这些可怕的罪行，你们不仅不能医治病症，而且只能使它加重，使它深入膏肓。

这本来是十分清楚的。

发生这种事件的原因，无论如何不在物质世界的事件里面，而是全部问题都在人民的精神情绪当中，并且有所变化，无论怎样努力也不能使它回到以前的状态，正像不能把成年人再变作儿童一样。社会的愤怒或安宁绝不取决于彼得洛夫是活下去还是被吊死，或者伊凡诺夫不是生活在唐波夫，而是生活在尼布楚，在苦役中。社会的愤怒或安宁只能取决于不单是彼得洛夫或伊凡诺夫，而且是极大多数人如何看待自己的境遇，取决于这个大多数如何对待执政当局、土地私有、所传播的信仰，也就是说取决于这个大多数认为什么是善，什么是恶。事件的力量绝不在于物质的生活条件，而是在于人民的精神情绪。如果你们屠杀和折磨哪怕十分之一的俄国人民，那么其余人的精神状态也不会是你们所希望的那样。

所以，你们现在所做的一切，连同你们的搜查、侦查、流放、监狱、苦役、绞架，——所有这一切不仅不能把人民引到你们想要引到的状态，而是相反，会增添愤怒，消除任何安宁的可能。

你们说，"那么怎么办呢，现在要使人民安宁，该做什么呢？怎样阻止那些正在发生的暴行呢？"

回答最简单：停止你们在做的那些事。

如果谁也不知道，需要做什么才能使"人民"——全体人民安宁（许多人知道得非常清楚，使俄国人民安宁最需要的就是：必须废除土地私有，正像五十年前必须废除农奴制一样），如果谁也不知道，使人民安宁现在需要什么，那么仍然很清楚，要使人民安宁，肯定不需要做只会增添人民愤怒的事。而你们现在做的，恰恰就是这种事。

你们做的那种事，你们不是为人民做的，而是为自己，为了维持由于你们的谬误被你们认为有利的，实际上却是你们所处的可怜和可鄙的地位。所以，你们别说你们做的那种事是为人民做的。这是谎言。你们所做的一切卑鄙龌龊的事，你们都是为自己做的，是为了你们自己自私自利、沽名钓誉、追求虚荣、报复私仇的目的；为了自己能在那种你们所生存并认为是一种幸福的腐化堕落之中再生活一些日子。

但不管你们讲多少遍，说你们所做的一切都是为人民的幸福而做的，人们总是越来越懂得你们，越来越鄙视你们，越来越不像你们希望的那样看待你们的镇压和制止的措施。你们希望把这看作为某种高级人物集合体的，政府的行动，而他们却看作是个别一些不怀好意的自私自利之人私自干的坏事。

四

你们说："开头的不是我们，而是革命家，而革命家的可怕暴行，只能用强硬的（你们这样称呼你们的暴行），强硬的政府措施来镇压。"

你们说，革命家造成的暴行是可怕的。

我不争辩，对这个我还要加上一点，他们的事业除了可怕以外，也同样愚蠢，同样击不中目标，正像你们的事业那样。但他们做的事：所有这些炸弹和暗害，所有这些极其可恶的谋财害命勾当，——所有这些事不论多么可怕，那么愚蠢，都远远不如你们干出的那些事罪大恶极和愚蠢。

他们做的完全和你们一样，并且也出于同样的动机。他们像你们一样，抱着同样的（我想说可笑的，如果它的后果不是这样可怕的话）谬见，一些人只管拟订计划，应当照他们的意见建立多么合乎希望的社会，他们就有权利和可能照着这个计划安排另一些人的生活。谬见一模一样，达到臆想目的手段也一模一样。这些手段是直到杀死人的种种暴力。为暴行作的辩解一模一样。这辩解就是为多数人的幸福做出的坏事，不是不道德的，因此，如果能为多数人实现我们所想象、所预见以及希望设置的那种假设出来的幸福境遇，就可以说谎、抢劫、屠杀，而不破坏道德的定则。

你们，政府人士们，把革命家的事业称之为暴行和滔天大罪，但他们过去没有做，现在也没有做任何你们不曾做过的事，你们也不曾做到极端的事。所以，当你们使用你们用来达到自己目的的那些不道德的手段时，你们没有任何理由指责革命家。他们做的只不过是你们做的那些事：你们雇用间谍特务，一再欺骗人们，在报刊上传播谎言，他们也这样做；你们使用种种暴力手段夺取人们的财物，按你们自己的意志处置，他们做的也是同样的事；你们处死你们认为有害的人，他们也这样做。凡是你们能够用来为自己辩护的一切，他们也同样用来为自己作辩护，且不说你们还做了许多他们没有做的坏事，如挥霍人民的财物，准备战争和进行战争，征服和压迫异族人民等等。

你们说，你们有你们遵循的古代传说，在往时伟大人物的活动典范。他们也有同样来自远古的、比法国大革命还要早的传说，而伟大人物，可以仿效的典范，为真理和自由牺牲的殉难者，也不比你们少。

所以，如果说你们和他们之间有差别，那么，这仅仅是你们希望一切都像过去和现在这样保留下来，而他们却希望变革。当他们想着一切不能永远原封不动，如果他们没有从你们那里取来的，荒唐和有害的谬见。以为一些人能知道未来一切人所特有的生活形式，并且可以用暴力建立这种形式，那他们就会比你们更加正确。其余一切他们所做的，只不过是你们做的那种事，而且采用的手段也是同样的。他们完全是你们的学生，他们，像俗话说的，全是你们一盆水里的几滴水珠；他们不仅是你们的学生，他们还是你们的产物，你们的孩子。没有你们，就不会有他们。所以，当你们想以强力镇压他们的时候，你们所做的，就和一个人使劲在挤对他开着的门一样。

如果说你们和他们之间有差别，那么，这绝不会有利于你们，而是有利于他们。他们可以从轻的理由，第一，他们的暴行是冒着很大的个人危险干出来的，这种危险比你们冒的大得多，而冒险和危险，在易于受骗的年轻人眼里，可以为许多过错辩护。第二，他们极大多数都是年纪轻的人，本来容易犯错误；你们却大部分是成熟的人，年老的人，对犯错误的人是能持以心平气和、宽宏大量的理智态度的。第三，利于他们的可以从轻的理由还有，不论他们的杀人行为多么可恶，他们还不像你们的施里塞尔堡要塞、苦役、绞架、枪毙那样冷酷残忍。每四条可以减轻革命家罪过的理由，他们都毫无疑义地不接受任何宗教教义，认为目的可以证明手段正确，因此，为了臆想的多数人的幸福而杀一个人或几个人，他们的行动都是完全合乎情理的。然而你们，政府人士们，从下级的刽子手到高级的主管他们的人，你们是捍卫宗教、捍卫基督教的，而基督教无论如何也同你们所干的事不能相容。

你们，年老的人，另一些人的领导者，基督教的信奉者，你们说："不是我们开的头，那是他们"，这就像打架的孩子，因打架遭到斥责时说的话一样。你们，担当人民统治者角色的人，不会也不能讲出任何比这更好的话了。可是你们是什么样的人呢？你们是承认这样的人为上帝的人，他以最明确的方式不仅禁止任何屠杀，而且也禁止对我们弟兄发泄任何怒气；他不仅禁止法庭和惩罚，而且也禁止责备我们的弟兄；他以最明确的言词废除一切惩罚，承认永远宽恕不可避免，无论罪行会重复多少次；他吩咐把右脸送给打了你左脸的人，而不要以恶报恶；他讲了一个故事，说一个妇女被判受石块打击的刑罚，这就非常简单、非常明白地表明一些人不能责备和惩罚另一些人。你们，承认这位导师是上帝的人，除了"他们开了头，他们杀人啦，——来吧，咱们也来杀他们"，却找不到任何别的话说明自己做得对。

五

我熟知的一位画家想画一幅《死刑》图，需要一名刽子手作模特儿。他打听到那时莫斯科有一个看门的仆役做刽子手的工作。他去到看门人的房子里。这天是复活节。家里人衣冠楚楚，都坐在茶桌旁，男主人却不在，后来才明白，他看见陌生人，就躲起来了。妻子显得很困窘，说丈夫不在家，但小姑娘却道出了他的底细。

她说："爸爸在阁楼上。"她还不知道，她父亲知道自己干坏事，所以他应当害怕大家。画家向女主人解释，他需要她丈夫作"模特儿"，好照着他的模样画一幅肖像，因为他的相貌适合这幅想画的画。（当然，画家没有说他需要这位仆役的相貌画一幅什么画）。同女主人谈了一阵，画家为了做个人情，就向她提出一个建议，说可以把她的小男孩带回去学画画。这个建议显然博得了女主人的好感。她走出去了，过了一会儿，男主人皱着眉头走进来，很阴郁，有些惊慌不安，他把画家一直追问了好半天，为哪桩事，是什么缘故他需要的正好是他。当画家对他说，他在街上遇见过他，觉得他的相貌很适合画画。仆役问，他在哪里看见的？什么时候？穿什么衣服？显然，由于害怕和疑心有什么坏事，他完全拒绝了。

是的，这个动手干的刽子手知道他是刽子手，知道他干的是坏事，由于他干的事，人们都憎恨他，他也害怕人们。我以为，这种意识和在人前的恐惧至少可以洗刷他的部分罪过。而你们大家，从法庭书记到首席大臣和沙皇，每天发生的暴行的间接参加者，你们仿佛不感到自己有罪，也不觉得可耻，而参与制造恐怖，你们是应当感到可耻的。不错，你们也害怕人们，像那个刽子手一样，你们对罪行的责任越大，就害怕得越厉害：检察官比书记怕得厉害，法庭庭长比检察官怕得厉害，省长比庭长怕得厉害，总理大臣怕得更加厉害，而沙皇又怕得比所有的人厉害。你们大家都害怕，但不是由于你们知道你们办坏事，像那个刽子手似的，而你们所以害怕，是由于你们觉得人们在办坏事。

因此，我认为，不论这个不幸的仆役堕落到何等不可救药的地步，比起你们，比起你们这些可怕罪行的参与者和多少负有一些罪责的人，只责备别人而不责备自己、还趾高气扬的人，他们在道德上毕竟高超得多。

六

我知道，一切人都是人，我们大家都是弱者，我们大家都怀有谬见，一个人不能责备另一个人。我和我的感情作了长久的斗争，我这感情是这些可怕罪行的肇事者过去和现在激发起来的，而这些人在社会的阶梯上爬得越高，就激发得越加厉害。但现在我再也不能，再也不愿同这种感情斗争了。

我之所以不能和不愿，第一，这是因为这些看不见自己罪孽的人需要揭发，他们自身需要揭发，在这些人表面的奖励和颂扬影响之下赞助他们骇人听闻的勾当，甚而还竭力仿效他们的无数庶民百姓，也需要这种揭发。第二，我之所以不能和不愿再作斗争，这是因为（我公开承认这点）我希望我对这些人的揭发，能引起我非常希望的通过某种方式把我从他们那些人的圈子中革除出去，我现在生活在他们当中，不能不感觉到自己是发生在我周围的罪行的参加者。

要知道，现在在俄国所做的一切，都是为共同的幸福，为生活在俄国的人生活温饱、太平安宁而做的。如果这是这样，那么这一切也是为了生活在俄国的我而做的了。然而，为了我，这却是人民贫困，被剥夺了起码的、天赋的人的权力——使用他们所许诞生的土地。为了我，这是数十万穿上制服，被训练来杀人的失去幸福生活的庄稼汉；为了我，这是负着歪曲和隐瞒真正基督教的主要职责的冒称宗教界的人们。为了我，这是把人们从此地驱赶到彼地；为了我，这是千千万万彷徨在俄国的饥饿的工人；为了我，这是千千万万在不够大家使用的要塞和监狱中死于伤寒和瘟疫的不幸的人。为了我，这是被逐放、被监禁、被绞死者们的父母和妻子的痛苦。为了我，就是这些特务侦探和阴谋暗害，是这些杀人的警士，因杀人得到奖赏的人。为了我，这是掩埋成十、成百遭枪杀的人；为了我，这是以前很难找到，而现在却不那么厌恶这种事情的刽子手的可怕工作。为了我，是这些绞架和吊在上面的妇女、儿童和男人；为了我，这是人们相互间可怕的愤恨。

说所有这一切都是为我而做，我是这些可怕事情的参与者，这样的断言不管多么荒唐，我还是不能不感觉到，我宽敞的房间、我的午餐、我的衣服、我的余暇和为了铲除想要夺取我享用之物的那些人而造成的可怕罪行之间，有着毫无疑义的依附关系。虽然我知道，如果没有政府的威胁，会把我所享用之物夺走的所有这些无家可归、满腔愤恨、堕落败坏的人，都是政府自己制造出来的，但我还是不能不感觉到，我今天的安宁实际上是政府现在制造的恐怖造成的。

当我认识到这一点，我再也不能忍受了，我不能，我应当从这种痛苦的处境里解脱出来。

不能这样生活。至少是我不能这样生活，我不能，也不会。

因此我写上这篇东西，我将全力以赴把我写下的东西在俄国内外传布，以便二者取其一：或者结束这些非人的事件，或毁掉我同这些事的联系，以便达到或者把我关进监牢，在那里我会明确意识到，所有这些恐怖都不是为我制造的，或者最好是（好到我不敢希望有这样的幸福）像对待那二十个或十二个农民似的，也给我穿上尸衣，戴上软圆帽，踢开凳子，让我全身的重量勒紧套在我这衰老喉管上抹了肥皂的套索。

七

现在为了达到这两个目的中的一个目的，我呼吁这些可怕事件的所有参加者，我呼吁大家，从给人类兄弟、给妇女、给儿童戴软帽，套绞索的人开始；从典狱官到你们，这些可怕罪行的主要指挥者和许可者。

人类兄弟们！醒悟吧，反省吧，要明白你们在干什么。回想回想你们是谁。

要知道，你们在成为刽子手、将军、检察官、法官、总理、沙皇之前，你们首先是人。今天你们出现在神的世界，明天就不会有你们了。（你们，过去和现在都为人们特别憎恨的各类刽子手，你们特别需要记住这一点。）难道你们，神的世界上转瞬即去的人，——要知道，如果你们不遭杀害，死神随时随刻都站在我们大家背后的——难道你们在你们光明的时刻，看不出你们生活的使命不能是折磨人、杀害人，对自己被杀却吓得发抖；看不出你们向自己说谎，向人们和上帝说谎，却要自己和人们相信，你们参加这些事情，是为千百万人的幸福做一件重要和伟大的事？难道你们不知道，——如果你们没有为环境、阿谀逢迎和司空见惯的诡辩所陶醉的话，——想出这一切话语，其目的不过是即使做坏事也可以认为自己是好人？你们不会不知道，你们，正如我们每个人一样，只有一件包含其余一切事情的真正事情，——要遵照派我们来到这个世界的意志，活过赋予我们的一瞬短暂时刻，再遵照那个意志离开这个世界。而这个意志所希望的只是一件，就是人人相爱。

可是你们在做什么呢？你们把自己的精神力量用在什么上面呢？你们爱谁？谁爱你们？是你们的妻子吗？你们的孩子吗？但这并不是爱。妻子和孩子的爱，这不是人类爱。动物也会这样爱，而且更强烈。人类爱，这是人人相爱，是爱一切人，像爱神的儿子和弟兄一样。

你们对谁有这样的爱？谁也没有。那么谁爱你们？谁也不爱。

人们害怕你们，像害怕刽子手或野兽一样。人们奉承你们，因为他们在心里鄙视你们，憎恨你们，——那是恨得多么厉害啊！你们知道这个，你们害怕人们。

是啊，你们大家都想想吧，从高级到低级的参加屠杀的人们，你们都想想你们是谁，停止你们所做的事吧。停止吧，——这不是为自己，不是为自己个人，不是为人们，不是为了人们不再责备你们，而是为自己的灵魂，为不管你们怎样摧残都活在你们心中的上帝。

1908年5月31日

雅斯纳亚·波良纳

（张孟恢 译）

※ 牛蒡花

我从田野间走回家，时节正逢仲夏，牧场上的草已经收割完毕，黑麦正准备开镰了。

我眼前是这个季节所特有的美丽的花的海洋：鲜红、雪白、粉红的乱蓬蓬的三叶草花，飘着芳香；雏菊毫无顾忌地开放着；黄蕊白瓣可以占卜爱情的"爱不爱"花，发出刺鼻的腐烂的气味；黄澄澄的油菜花，有蜜似的甜味；形状像郁金香的吊钟花，一身淡紫或雪白，高高地挺立着；豌豆花在匍匐着行进；鲜红、雪白、粉红、淡紫的山萝卜花，开得齐齐整整；车前草花生着略呈粉红色的细毛，有暗香在流动；矢车菊，在早晨八九点钟青春时期的朝阳下，现出深蓝色，到了暮色苍茫年老力衰时却变成浅蓝之中透着红色了；而菟丝子花，柔弱得仿佛立刻会枯萎似的，散发着杏仁的气味。

我采了一大把各种各样的花走回家去，途中发现排水沟里有一棵盛开着的牛蒡花，枝上有刺，但颜色特别鲜红。这个品种在我们这里叫做"鞑靼花"，割草时总极力避开它，偶尔把它割下了，也从草堆里拣出来丢掉，免得伤着了手指。这时我忽然想起要把这朵牛蒡花摘下来，裹在花束中间带回家。我走下水沟，赶走了钻在花心里睡得又香又甜的一只毛茸茸的熊蜂，动手摘花。可是这件事做起来却十分的艰难，因为枝上布满了刺，包在手上的手巾都被它刺穿，而且花枝特别的坚韧，单是为了撕断它的皮层，我就同它纠缠了五分钟之久。后来我终于把花摘了下来，但花枝已经撕烂，颜色也不像刚才那样鲜艳，何况它的神气显得非常倔强，桀骜不驯，与别的娇嫩的花朵夹杂在一起很不和谐。我为白白地毁了一朵花而感到可惜，它原先长在水沟里是多么美丽。于是我把它扔掉了。

"不过，它的生命力是多么顽强啊，"回想起刚才我摘花时所费的力量，我不由得这么想，"它为了保卫自己的生命做出了多么巨大的努力，付出了多么昂贵的代价。"

回家的路要穿过大片休耕地，这片地刚刚犁过，表面上都是黑土。我踏着黑油油的碎土上了坡。这块翻耕地是地主家的，面积不小，从大路两侧或者向前面上坡的地方放眼望去，是连绵不断的黑色的田地，上面一道一道还没有耙平但间隔均匀的垄沟，别的什么东西都看不见。地犁得很有功夫，地面上干干净净，不要说什么植物，连一根小草也不留———片广阔的黑土。我想："人是多么残忍又多么富有破坏力的动物啊，为了维持自身的生命，他毁灭了多少有生命的动物和植物。"我下意识地想在这片辽阔而沉寂的黑土地上寻出有生命的东西来，随便什么都行。在我前面，在大路的右侧，我终于发现一株灌木，走近了一看，认出它又是"鞑靼花"，同我刚才毫无意义地摘下来又扔掉的那朵花一模一样。

这株"鞑靼花"长着三个枝子，有一个已经折断了，好像被砍断了一只手臂，只留着残根。另外两个枝子上还开着小花，花色本来都是鲜红的，现在变成了黑色，其中一个花枝也被弄断，但仍然连着皮层挂在那里，枝上的小花沾着污泥；第三个枝子虽然也沾着污泥，却照旧昂首挺胸地站立着。看来，这株花曾经被车轮从身上碾了过去，然后又重新站了起来，它的姿势尽管歪歪倒倒，毕竟是站着。好像从它身上割去了一块肉，取出了一个内脏，斩断了一只手，挖走了一只眼睛，但它仍旧站立着，没有向那个把它周围所有弟兄消灭得干干净净的人屈服。

"多么坚强啊！"我想了想，"人征服了一切，消灭了无数花花草草，可是它始终不肯低头。"

于是我想起了早年发生在高加索的一则故事，其中有些情节是我亲眼目睹的，有些是我听目击者亲口讲述的，还有一些则出于我的想象。这个故事在我的回忆和想象中是什么样子，现在就把它写成什么样子吧。

——作于1896年

罗塞蒂

克里斯蒂娜·乔治娜·罗塞蒂（1830—1894），英国著名女诗人。
她的诗手法细腻、清新纤巧、棱角分明，具有象征主义和神秘主义色彩。
代表作是诗集《妖魔集市》（1862）和《王子的历程》（1866）。

※ 亲爱的，我死后

亲爱的，我死后

不要为我悲歌哀吟，

不要在我枕边栽种玫瑰，

我也不要松柏遮荫；

愿坟头生出一片绿草，

湿漉漉闪着露珠和雨滴；

如果你愿意就把我怀念，

要么就把我忘记。

我不会看见那清荫，

我不会感觉到那甘霖，

我也听不见夜莺

那一声声的哀吟；

我在暮色中做着梦，

那暮色不降下也不升起；

也许我还怀念你，

也许我已把你忘记。

（彭予 译）

※ 蜘蛛网

那块土地上没有黑夜，没有白天，

没有寒与暑，没有风和雨，

没有山峦峡谷，只有一片平原，

茫茫千里，一直伸向遥远，

灰濛濛的暮色穿过滞缓的空气聚来：

没有月圆月缺和四季变化，

没有潮涨潮落的翻腾大海，

没有叶儿飘落，没有芽儿萌发，

没有细细的海浪，没有流沙，

没有翅膀的扑打搅扰停滞的空气，

整个无爱的土地和无爱的大海，

没有生命的搏动，没有昔日的痕迹，

没有守护的家和汗水换来的栖息地，

没有未来的希望，也永不再有恐惧。

（彭予 译）

比昂松

比昂斯蒂恩·比昂松（1832—1910），挪威戏剧家。
出生于一个乡村牧师家庭，1852年考入皇家弗里德里克大学，
1855年开始撰写戏剧评论，主要作品有《战役之间》《西格尔特恶王》等。
比昂松在挪威文学史上与易卜生并驾齐驱，
并于1903年获诺贝尔文学奖，这篇讲演即其获奖时发表的。

※ 理想的生命

我深信，今天全世界的人们都会认为，我所得的奖是一份十分珍贵的礼物。很多年来，我和自己的同胞们一直在为挪威获得在联合公国中的平等地位而努力奋斗，这种努力对贵国是一种难堪的经验，但挪威平等地位的获得，应该也是贵国的光荣。

今天，我很荣幸能和大家一起谈谈自己对文学的看法。

很多年来，每当我想到人类的奋斗，脑海中都会浮现出一幅情景：在无止境的过程中，人们所走的道路并不是始终如一的直线，但总是向前延伸，人们被一种不可抗拒的力量所激励，先是直觉，然后又有意识，但是，人们的前进并不全依赖于意识。在意识与潜意识之间，还有想象力，它可以让我们预测到人们未来前进的方向。

在人的意识中，善恶观念是最重要的了。可以说，意识的主要作用就在于分辨善恶，没有人能不分善恶而悠然自得地生活。我不明白的是，为什么有人主张创作可以不顾道德良心，不顾善恶观念；如果真的如此，我们的心灵不就要像照相机一样，看到景物就照，不分美丑善恶吗？

我不愿再谈论那些现代人，他们自以为是地想扔掉人类千百年来积累的遗产，他们不知道，这正是我们人类能够繁衍至今，息息相传的主要依靠。我不明白他们用意何在，他们的观点不是缺乏远见吗？他们似乎不知道，他们的形象是多么丑陋，令人心寒。

我们不必太认真地去寻求答案了。那些人，不过是比我们更敢于摆脱道德来贬低自己，他们和你我最大的不同在于，我们越推崇道德，他们越背叛道德，虽然他们未必敢完全以非道德的面目出现。今天很多指导性的思想在当年是十分富于革新意识的。我们也可以说，不在作品中刻意宣传的人，其实往往是最诚恳、最认真的人，文学史上很多事例说明，一个高叫精神解放的作家，往往其作品更富有宣传煽动的意味。而我们看到，希腊大诗人都能看破红尘，窥尽生死，莎士比亚的作品则像是一座条顿民族精神的纪念碑，不论风云变幻，巍然屹立；对他来说，世界是一座大战场，他以诗人的正义感，以无限的生命潜力及自己绝顶崇高的生命信念来领导这场战争。这样的作家，是多么叫人心悦诚服！

如果我们真能如愿让莫里哀和霍尔伯格剧中的角色复活，看着这些穿着花边戏服、戴着假发的人矫揉古怪地行动，你会发现，他们的夸张和宣传性就像他们冗长啰嗦的台词，同样令人生厌。

让我们再来谈谈这座条顿民族的纪念碑。歌德和席勒不是为它带进了一丝乐园的和风吗？对他们而言，生命与艺术是欢乐而美丽的，大地永远风和日暖，沐浴在这种气氛中的人，都带有某种希腊诸神的性格，如小特格纳、小欧伦施拉格、小威格兰以及拜伦、雪莱等人。

即使这种时代气氛已经过去，我也可以再举出两位这种类型的人：第一位是我的一位身染重病的挪威朋友，他曾在挪威海岸设立了很多灯塔，为夜航的水手们引路；还有我们的邻国芬兰也有一位这样的老人，他们的行为似乎只是比一般人有更高尚的动机，但他们爱心使无数人受益，他们经年累月默默奉献的精神，如同夜风中一把不灭的火焰。

我不打算再谈论文学中那些宣传的东西，过多谈论是有害的。如果在作品中，宣传与艺术比例适当，那是无害的。但刚才我们提到的两种大作家中，前者的警告固然令人心惊胆战，后者那种对人性的观察，对我们用理想加以引诱，也同样令人心惊胆战。尽管如此，面对眼前的道路，我们绝不能松懈自己的斗志，不能退缩。生命原本是坚强的、向上的，就像大地经过天灾人祸而仍然生生不息，我们可以用自己的信念来证实这一事实。

最近，我特别钦佩法国作家雨果。他依靠自己生命的信仰产生精妙绝伦的想象力，使作品呈现出丰富的色彩。虽然有人批评他的作品善于取巧，但我还是认为，他作品中充溢着的生命的活力足可以弥补这一切。真实地说，如果作品中的善没有比恶多，那么，我们人类早就没有希望了。任何否认这种生命真相的描写都是歪曲的，都只是错误的想象，应该记住，强调生命的黑暗面，对我们是无益的。

懦弱和自私的人无法面对痛苦的现实人生，而我们这些平凡的人却能够。然而，这些刻意渲染黑暗以使我们胆怯的作家中，有谁能保证生命未曾、或不可能带给我们快乐？如果能，我们是否就会心甘情愿地按着作者在书中为我们安排的路子去生活？这一切，都仅是作者的幻想，何况生命的本来面目并不是这样。颓唐与沮丧终归不好，但最不能令我们服气的是，这种对生命持盲目否定态度的悲观主义作家，是不值得我们听从的。

我们在文学中追求的是一种有意义的生命，它虽小如露珠，却可以在风雨中自由驰骋，有了这点精神，我们会坦然而无畏，没有它，我们会觉得迷惘惆怅。

可见，我们这种"过时的"是非善恶观念早已在心头牢牢扎根，也在我们生活的各个方面不自觉地流传着，它意味着我们对生命与知识的热望，而作者只有把同一本书印成千万本到处流行，到处传播这种信念，他的工作才有意义。

一个人越敢于承担重任，他就越意气风发；如果一个人有足够的胆识与能力，他就没有什么该讲而不敢讲的话，没有什么该做而不敢做的事，更没有什么心虚畏怯之处。

这就是我所要捍卫的理想，我一直衷心地信仰它，我绝不赞成作家逃避责任，相反，我主张作家担当起更大的责任，因为他是带领人类前进的舵手。

我非常感谢文学院能肯定我在这方面所做的努力，现在，我想举杯向那些主张创作健康而又高贵的文学，并且获得成功的作家与作品致敬！

都德

阿尔方斯·都德（1840—1897），法国作家。

他写过一部诗集和几个剧本，其中包括比才曾为之配乐的《阿莱城姑娘》。

他的散文故事集《磨坊书简》，长篇小说《塔拉斯孔城的达达兰》是其代表作。

都德的短篇小说《最后一课》和《柏林之围》是其脍炙人口的名篇。

※ 塞根先生的山羊

致在巴黎的抒情诗人

格林果尔先生

你将永远是那个老样子了，我可怜的格林果尔！

怎么！人家给你巴黎一家好报纸采访的位置，你却冷淡地拒绝了……但是，

看看你自己吧，可怜的孩子！看看你的破了洞的上衣，裂了缝的裤子，和你的显

露着饥饿的消瘦的脸吧。

这就是你对于漂亮韵律的热情把你引到这个地步的！这就是你在阿波罗的仆从之间的十年忠诚服务的报酬……到现在，难道你还不觉得羞愧么？

去作一个采访吧，傻瓜！去作采访吧！你将得到铸着玫瑰花的金币，你将在布列班特饭店吃你的饭，到春天，你可以在你的帽子上装饰着新的羽毛显示一番……

不？你不愿意么？你坚持要任你的意思自由到老……那么你听一下赛根先生的山羊的故事。你将看到愿意自由生活着的会得到什么结局。

塞根先生同他的山羊是从来没有过幸运的。

他以同一方式失掉了它们：一个美好的早晨，山羊弄断了绳子，跑到山里去，而在山上，狼把这些山羊吃掉了。它们主人的爱抚和狼的恐惧全不能把它们拉住。它们仿佛是些独立自主的山羊，不惜任何牺牲地想去取得广阔的空气和自由。

善良的塞根先生不能够了解他的畜生的脾气，心情慌乱了。他总是说："完啦！山羊在我家里感到厌倦了；我连一个也看守不住啦！"

可是他并没有失掉勇气，在他以同一方式丢掉了六只山羊之后，他买来了第七只；只是，这一次他小心地挑选了一只十分幼小的，为的是这只小山羊会习惯和他生活在一起。

啊！格林果尔，塞根先生的小山羊是多么的漂亮呵！它是多么漂亮，有着一双柔和的眼睛，"下级军官"的胡子，黑而发亮的蹄子，带斑纹的角，和一件用长而且白的毛为它织成的长外套！

它几乎像艾斯梅伦达的小山羊一样的迷人——你记得它么？格林果尔？——而且，它是那么驯良，可爱，挤奶的时候它从不踢动，从不把脚放在奶罐里。一只极可爱的小山羊……

塞根先生的房子后面有一个用山楂树环绕的围场，在那里面，他安置了的新的住客。他把它拴在一根木桩上，在草地的最好的地方，并且细心地给它留出了很多的绳子。他不时来看看它是否过得很好。山羊快活非常，它极热诚地咀嚼着草，于是塞根先生就十分高兴了。

"最后，"这个可怜的人想，"这一只总不会在我这儿感到厌倦了！"

塞根先生错啦，他的山羊开始感到厌倦了。

一天，这只山羊仰望着山自言自语地说："到那上面该是多么好呵！没有这个该诅咒的拴住你脖子的绳子，在灌木丛里游戏是多么愉快呵！……在围场里啃草对于驴或者牛是合适的……但是羊需要广阔。"

从这时候起，围场里的草对于它就显着失掉味道了。它开始感到厌倦，它削瘦了，它的奶汁也少了。只看见它整天地扯着绳子，头转向着山，凄惨地"咩"地叫唤着，十分可怜。

塞根先生确实感到他的山羊有点什么，但是他不知道毛病在哪里。有天早晨，当他刚刚挤完奶之后，山羊转向地，并且用他自己的话对他说："听着，塞根先生，在这儿我感到厌倦了，让我到山里去吧。"

"啊，我的天啊！……它也是这样！"塞根先生吃惊地喊道，并且战栗了一下，他的罐子掉落下来；接着，坐在了山羊旁边的草地上：

"怎么，白龙凯特，你想离开我！"

白龙凯特回答说："是的，塞根先生。"

"你觉得这里草不够了么？"

"啊！不是的！塞根先生。"

"也许是把你拴得太短啦，你要我把绳子放长些么？"

"请不要麻烦，塞根先生。"

"那么，你缺少什么？你需要什么？"

"我要到山里去，塞根先生。"

"但是，可怜的，难道你不知道山里有狼么？狼要来了，你怎么办……"

"我用我的角去抵它，塞根先生。"

"狼是不会重视你的角的。它吃过我的有着比你的角更大的山羊……你知道，去年在这儿的可怜的老罗奴得么？一个极强悍的山羊，强壮而且凶恶得像一只公山羊一样。它和狼战斗了一夜……可是，到早晨，狼把它吃掉了。"

"哎呀！可怜的老罗奴得！……但是没有什么关系，塞根先生，让我到山里去吧。"

"主怜悯我吧！……"塞根先生说，"什么样的灾祸降临到我的山羊身上来了呢？这一只又要被狼吃掉了……好啦，不……不管你自己怎么样，我也要救你的，坏东西！为的怕你把绳子弄断，我要把你关到马厩里去，你要老待在那儿啦。"

于是，塞根先生拉他的山羊到一个极黑极黑的马厩里去，他关上了门，并且把钥匙拧了两把。

不幸，他忘记了窗户，当他刚一转过背去，小山羊就跑掉了。

你笑了么，格林果尔？当然喽，你是站在山羊的一边，反对这位善良的塞根先生的……停一会，我们将看到你是不是还要笑。

当这只小白山羊到了山里，一切都很快乐。老松树从来没有看见过这样美丽的东西。它像一位小皇后一样地被大家迎接着。

栗子树弯腰到地上，用它们的枝叶的尖端抚摩着它。当它走过时，金雀枝开放了，并且尽可能地散发出香气来。整个的山都款待着这只小山羊。

你想，格林果尔，我们的小山羊是何等地高兴啊！不再有绳子了，不再有木桩了，没有任何东西可以阻碍它跳跃和任意地吃草……那里有着丰富的草，一直长过它的角，我的亲爱的！……

而且是怎样的草呵！可口的，细嫩的，像羽毛的花边一样的，由千种植物组成的……这是与围场里的草地截然不同的。

还有那些花呀……大朵蓝色的钟形花，长花托的紫色毛地黄，一个溢满了浓浓的汁液的野花林啊！……

白山羊，半沉醉了，四脚朝天地倒在那里，沿着斜坡打着滚，和那些凋落的树叶及栗子混杂在一起……

接着，它忽然一跃，又站了起来。嘀，它又跑啦，头往前低着，穿过黄杨木和灌木丛，一会儿在岩石的顶端，一会儿在水洼的深处，在上边，在底下，在所有的地方……人们简直可以说有十只塞根先生的山羊在这山里头。

它一点也不晓得害怕，我们的小白龙凯特。

它飞跳过大瀑布，瀑布用水花和泡沫激溅着它。于是，满身水淋淋地躺在一块平的岩石上，让太阳烘晒干它……

有一次，当小山羊牙齿间衔着一朵金雀花走到一个高原的边缘上时，它看见了在下边，在深远的平原上，塞根先生的房子和屋后的围场。它一直笑得流出了眼泪。

"那是多么的小呵！"它说，"我怎么能够在那里面住过呢？"

可怜的小东西！看见它自己站在如此高的地方，它以为自己至少同世界一样大了……

简短一点说，对于塞根先生的山羊，这是一个好日子。近中午，当它跑来跑去的时候，它忽然混进正在愉快地宴食着野葡萄的羚羊群里。

我们的穿着白长外衣的小流浪者引起了很大的感动。它们邀请它到野葡萄最好的地方去吃，所有的先生们都非常殷勤……甚至有这样的事发生—这该是在我们中间存在着的，格林果尔——一个年轻的黑毛的羚羊很幸运地得到了白龙凯特的欢心。

这两个爱人常常一个钟头或两个钟头地在林子里徘徊，假如你想知道它们互相说些什么，那么你去问问那在苔藓间隐流着的饶舌的泉水吧。

忽然间风凉爽了。山被染成了紫色，黄昏来到了……

"已经晚了！"小山羊说；它惊奇地停了下来。

在下面，田野里弥漫了雾。塞根先生的围场消失在雾里，只能看见小房子的顶脊和一缕炊烟。

它听见一群被带回家去的羊的丁当的铃声，心中感到十分忧郁……一个归巢的鹰在飞过时用它的翅膀触摸了它。它战栗了……接着一声噪叫在山里响了起来："呜！呜！"

它想到了狼；这一整天，这疯狂的家伙连一次也没有想到它……同时，一种号角的声音在辽远的山谷里响了起来。这是善良的塞根先生在作最后的努力唤它回来。

"呜！呜！"狼嚎叫着。

"回来！回来！"号角呼叫着。

白龙凯特想回去了；但是当它想到了木桩，绳子，绕着篱笆的围场，它想现在自己是再也不能够过那样的生活了，还是留在山里好。

号角不再响了。

山羊听到身后的树叶的响声。它回了一下头，在黑影中它看见两只短而竖起的耳朵，和一双发光的眼睛……这是狼。

巨大的、不动的后身坐着，狼待在那儿，注视着小山羊，预想着它的美味。因为它确信一定会吃掉这只羊，所以它并不匆忙。只是，当小山羊往回看的时候，它恶意地大笑着："哈！哈！塞根先生的小山羊！"并且用它的大而红的舌头舐着血红的嘴唇。

白龙凯特感到慌乱了……一瞬间，它记起了和狼战斗了一夜早晨方被吃掉的老罗奴得的故事，它对自己说或许还是立刻让它吃了好一些；接着，它转了念头，它开始防卫了，头低着，角往前伸着，像塞根先生从前的勇敢的山羊一样……

并不是它有杀掉狼的希望——山羊是不能够杀掉狼的——它只是看看自己能不能像老罗奴得支持得一样久。于是这恶魔前进了，小小的角也跟着飞舞起来。

啊！勇敢的小山羊，它表现得多么英勇呵！有十次以上，我不说谎，格林果尔，它逼迫着狼不得不退后去喘一口气。

在很短的休战期间，这只贪食的小山羊还很快地吃一口它心爱的草叶；接着又转过身来战斗，嘴里填得满满的……

这样经过了一整夜。塞根先生的山羊不时地瞥视着在平静的天空闪烁着的星星，并且对自己说："噢，只要我能支持到天亮……"

星星一个接着一个地隐去了。白龙凯特更加猛烈地用它的角战斗着，狼用它的牙……一道苍白的光由地平线出现了……从一个农庄上升起了雄鸡嘶哑的啼鸣。

"完啦！"可怜的畜生说，它只是等待着天亮去死的；它伸长了四肢躺在地上，它的美丽的白皮外衣上溅满了血斑。

于是狼扑向小山羊，把它吃掉了。

再见了，格林果尔！

你刚刚听到的故事并不是我自己杜撰出来的。假如你到普罗旺斯省来的话，我们的农夫一定会常常同你讲："塞根先生的山羊，它同狼战斗了一夜，到早晨，狼把它吃掉了。"

听好我的话，格林果尔：

"到早晨，狼把它吃掉了。"

（贾芝 译）

赫德逊

威廉·亨利·赫德逊（1841—1922），英国散文家。
主要作品有《紫色的土地》《绿屋》《牧羊人的生涯》等。

※ 林鸟

相当一段时间以来，我一直在攀登一座低矮宽阔的平顶小山；　当我拨开灌木丛，又出现在空地时，我已经上了一片平坦高地，一片四望空旷，到处石楠与零星荆豆杂生的地方，其间也有几处稠密的冷杉桦木之类。在我面前以及高地的两侧，弥望尽是一带广野。那地亩田垄时有中断，唯独那惊人的青葱翠绿则迄无中断，这点显然与新近降雨丰沛有关。依我看来，南德文郡里的绿色实在未免过多，另外那色调的柔和与亮度也到处过趋单一。在眼睛饱餍这种景色之后，山顶上那些棕褐刺目的稀疏草木反而有爽心怡目之感。这块石楠地宛如一片绿洲与趋避之地；我在那里漫步许久，一直弄得腿脚淋湿；然后我又坐下来等脚晒干，就这样我在这里愉快地度过了几个小时，高兴的是这里再没有人前来打搅。不过鸟类友伴并不缺乏。路边丛薄间一只雄雉的鸣叫似乎已在警告我说我已闯入了禁猎地带。或许这里的禁猎并不严格，因力我便看到我所熟识的食腐肉乌鸦出来为它的幼雏觅食。它在树上稍停了停，接着掠我而过，便不见了。在这目前季节，亦即在初夏时期，当飞起时，它是很容易同它的近亲白嘴鸭分别清楚的。前者在出来巡劫时，它在空中的滑翔流畅而迅速，并不断地改变着方向，时而贴近地面，继而又升腾得很高，但一般保持着约与树齐的高度。它的滑翔与转弯动作略与鲱鱼鸥相似，只是滑翔时翅膀挺得直直，那长长的翎翮尖端呈现一稍稍上翘的曲线。但最主要的区别还在飞行时的头部姿势。至于白嘴鸭，则像苍鹭与鹤那样，总是把它的利喙笔直地伸向前面。它飞时方向明确，毫不犹豫；它简直可说是跟着它自己的鼻子尖跑，既不左顾，也不右盼。而那寻觅肉食的乌鸦则不停地转动着它的头部，好像海鸥或猎兔狗那样，忽而这边，忽而那边，仿佛在对地面进行彻底搜查，或集中其视力于某个模糊难辨的事物。

这里不仅有乌鸦：我从羊齿丛中走出时，一只喜鹊正在叽喳叫着，只是拒不露面；过了一会儿，一只桂鸟又对着我啼叫起来，那叫法在鸟中实在够得上十分独特。对于这聒噪不已的警告与咒骂里所流露的一腔愤激，对于这位受惊的孤客在骇睹其他生物侵入其林中净地时胸头盛怒的这种猝然勃发，我有时倒也能深表同情。

这个地方的小鸟实在不少，仿佛此地的荒芜和贫瘠对它们也有着某种吸引力量。各类山雀、各类鸣禽、云雀以及鸳鸟正在飞来跑去，到处遨游，并各自吐弄着不同的佳音，这些时而来自树端，时而来自地上，时而逼近，时而遥远；但是随着放歌者的或远或近，鸣声上下，也给那声音带来不同的特质，因而所产生的效果真是千声万籁，嗡然大观。只有峋鸭总是停留在一个地方或保持着一种姿势，另外每次开口唱时，也总是重复着一个调子不变。尽管如此，这种鸟的鸣叫也并不如人们所说的那般单调。

不久之后，我有了更有趣的鸟来听了——红尾。一只雌的飞到地面，离我不到十五码远；它的伴侣追随其后，接着落在一个枯枝上面，而就这样一个胆怯易惊、生性好动的小东西说，它停留的时间可不算短。它周身羽毛丰满，一动不动地待在熠熠的阳光之下，非常惹人注目，可说是英国禽羽族中心情最欢快、样子也最带异国色彩的了。过了一晌，它离开这里，飞向附近一棵树上，于是啭喉歌唱起来；这之后一连半个小时，我始终凝神倾听着它那每过一阵便重复一番的短促曲调——这是一种从来没有为人很好描写过的特别歌唱。"多练使艺术完美"这句格言是不适用于鸟类的歌唱艺术的；因力即以红尾来说。虽然出身于有名的音乐家族，而且歌喉的天赋也极不错，却并不曾因为多练而臻于完美境地。它的歌声之所以有趣不仅因为它的性质特别，也还因为它的出奇糟糕。一位著名的鸟类学家曾经说过，鸟类一般靠两种办法来讨人喜欢，一靠歌喉，二靠羽毛，多数鸟类都是非此即彼，不出这两种途径；另外，长于歌而短于色的族类一旦变得羽毛美艳之后，势必要引起其歌艺的堕落。他这里即是指的红尾而言。但可惜的是，出乎这条规律的例外实在未免太多。例如，即以我们英国岛上的一个鸟族——莺类来说，那些羽毛平常的往往也音调不佳，而那些羽毛最艳丽的又偏偏都是歌唱妙手——例如金翅雀、鹀鸟、金雀、红雀，等等。但是要人长时间地去听一只红尾，哪怕再多的红尾，而不产生厌烦，却是不可能的，因为它那曲调最多也不过是一阕歌曲的几声前奏——那里面所预示的东西根本未能表达出来；也许在遥远的古代时候它曾一度是个幽美繁富、极具变化的歌唱好手，但如今所残留下来的只不过是当年妙曲的一些零星片段而已。它一开始时滴沥婉转的几个音符往往是极动听的，人们的注意力登时被它吸了去。这包括两种声音，但都很美——即那纯净嘹亮、有如泉涌的知更雀式的音调，以及更加柔美和富于表情的燕子式的音调。但是一切也即此为止；那歌还没怎么唱出来便已结束，或者"垮去"；因为多数情形是，这个纯净优美的开始曲不久便被继之而来的一连串稀奇古怪的咕咕唧唧以及破碎不成片段的夹七杂八的混乱声音所弄坏，而且声响又极微弱，数码之外。便听不见。另外，奇怪的是，这些细碎声调最后不仅在这种鸟的不同成员身上很不一致，而且在力度、性质与频率上也很不一致。有的不过单纯一声微弱的鸣啸而已，有的则连续发至六七甚至十来声清晰音响。但整个来说，这些声音的吐放总给人以显然吃力之感，仿佛这种鸟只是在鼓其如簧之舌硬唱下去。

（高健 译）

尼采

弗里德里希·威廉·尼采（1844—1904），德国著名哲学家和诗人，
唯意志论的主要代表人物，代表作《查拉图斯特拉如是说》。

※ 禁欲

我爱森林。城市里是不良于生活的；在那里，肉欲者太多了。

跌在一个谋杀者的手里，不是比跌在一个肉欲的妇人的梦里好些吗？

请看这些男子吧：他们的眼睛说明着这个，——他们不晓得大地上还有胜于
享受一个妇人的事。

他们的灵魂深处满着污泥；多不幸，他们的污泥也还有精神呢！

让你们至少应当完全得如兽类一样罢！但是兽类也有天真。

我忠告你们扑灭本能吗？我只忠告你们要保持本能之无邪。

我忠告你们禁欲吗？禁欲对于一部分人是一种道德，对于另外许多人却几乎是一种罪恶。

不错，后一种人是能自制的；但是肉欲之大妒忌地从他们的行事里反映出来。

便是在他们的道德之顶点与冷静的灵魂里，这兽也附随着他们，而使之不安。

当这肉欲之犬得不到一块肉时，它会如何地善用和爱的态度，讨乞一块精神呵！

你们爱悲剧和一切伤心的事吗？但是我不能信任你们那肉欲之犬。

我认为你们的眼睛太残酷，而你们肉欲地侦视着受苦者。你们的淫乐不是化装着而自称为怜悯吗？

我给你们这个譬喻：欲驱逐魔鬼而入于道的人，不在少数。

如果禁欲引起痛苦，禁欲是应当被抛弃的；否则禁欲会变成地狱之路，——换言之，灵魂之污秽与肉欲。

我说着不洁的事吗？我觉得这并不是最坏的事。

求知者之不愿跃入真理之水里去，是因为真理之浅薄而不是因为真理之不洁。

真的，许多人本质上就是贞恒的：他们的心较柔和些。他们比你们笑得好些，频繁些。

他们也笑禁欲，他们问："禁欲是什么？

禁欲不是疯狂吗？但是这种疯狂来就我们，而不是我们去就它。

我们把心与屋献给这客人：现在他住我们这里，——让他随心所欲地久留着罢！"

查拉图斯特拉如是说。

普鲁斯

波莱斯拉夫·普鲁斯（1847—1912），波兰作家。

著有《一件背心》《阿涅尔卡》《回浪》《前哨》《解放了的女性》

《法老》《玩偶》等作品。

※ 影子

　　天上的阳光渐渐熄灭了，地面的薄暮慢慢升起来。薄暮——这是夜大军的前哨。这支凶猛的夜大军自古以来就和白日永恒地厮杀着：它总是朝败暮胜，主宰着从日落到日出之间的宇宙，一到白天就全线溃退，躲在隐蔽的地方窥伺着。

　　它躲在深山峡谷里，城市地窖中，森林密丛间，阴沉的湖泊深处；它隐身在原始的地下岩洞，矿井和壕沟，屋角和墙窟。它慢慢地布开，悄悄地扩散，终于充满各个幽暗的角落。它潜伏在树皮的裂缝里，衣裙的折皱间，躺在最细的砂粒下面，缠在最薄的蛛网中，待机出动。虽然从一个地方把它赶走，那也只不过是暂时的退让，它仍然要选择良宵，重整旗鼓，卷土重来，还要努力夺取新阵地，最后吞没整个世界。

当夕阳西坠的时候，夜大军的前哨——薄暮便悄悄地、小心翼翼地从各个隐蔽的地方一队队地开出来，布满房子、走廊、门厅和光线微弱的楼梯；从橱柜和椅子背后涌到房间中央，包围帷幔；从明瓦和窗口冲上大街，不声不响地袭击墙壁和屋顶，占领制高点，在那里耐心地等待着空中片片彩云进入黑色的纱帐。

过了一会儿，黑暗突然发起全面攻势，从地面直升云天。野兽躲进洞穴，行人各自回屋；生活就像无水的草木，蔫枯凋萎，奄奄一息；景物的颜色和轮廓一齐隐入黑暗之中，什么也看不见了。

这时，在华沙的空旷的街道上出现一个奇怪的人形，头上举着小小的火种。他好像专为驱赶黑暗而来，沿着人行道飞速奔跑着，一见路灯，便停了下来，点亮欢悦的灯火，然后就像影子一样消失了。

这样日复一日，年复一年。不论是百花盛开、风和日丽的阳春，还是雷雨交加的七月炎夏，不论是狂风呼啸、尘雾茫茫的深秋，还是雪飘万里的严冬，——只要黄昏降临人间，他就跑遍大街小巷，举着火种，点亮灯光，尔后就像影子那样，一晃不见了。

你从哪儿来？是何处人氏？你为什么这样自隐，使人们看不见你的容貌，也听不到你的声音？你有妻室和母亲吗？他们是否在时时等待你的归来？你有儿女吗？他们是否常常倚门相待，当你把小小的火种放到房角以后，就用力爬上你膝头、搂住你的脖子？你有没有一个可以共同欢笑，共同悲伤的朋友？你有没有一个哪怕是仅仅可供聊天的相识？

你总该有一个栖身之处吧？你总该有个留给人家称呼的名字吧？你总该具备人们共有的需求和感情吧？难道你真是一个无声的看不清的幽灵，只在薄暮朦胧中走出来，点亮灯火，尔后就像影子一样隐去？

有人对我说，确有这么一个人，并把他的住址告诉了我。我找到那所房子。询问扫院人。

"有一个点灯人住在这儿吗？"

"有。"

"他的房间在哪儿？"

"喏，就是那间小屋。"

门好像已经上锁。我向窗洞里一望：只有靠墙铺着一张小床，床边有一根长杆子挑着一盏小灯笼——火种。点灯人不在家里。

"请简单告诉我，他是个什么样子？"

"谁晓得他长得啥模样！"扫院人一面回答一面耸耸肩。"我自己也没能好生看个清楚哩！"他补充说："他白天从来不蹲在家里。"

半年后我第二次拜访他。

"喂，点灯人今天在家吗？"

"唉——唉！"扫院人一声长叹说，"不在，永远不在了！他昨天已经入土。他死了。"

扫院人默然沉思。

我打听一些细节以后，就赶到墓地去。

"看墓人，我想打听一下，昨天下葬了一个点灯人，他的坟在哪儿？"

"点灯人？"他重复一遍，"谁知他埋在哪块土里！昨天一共来了三十位'游客'。"

"当然，他一定是葬在穷人墓地的。"

"穷人也来了二十五个。"

"不过，他睡的准是白皮棺材。"

"睡白皮棺材的'游客'也来了十六个呢！"

我到底没能看见他的脸，也没弄清他的姓名，甚至连埋他的一抔黄土也没能找到。他死后给人留下和生前一样的印象：只有在黄昏后才能看见的、一个无声的、不露真相的、像影子一样的人形。

在人生的黄昏时，一代不幸的人在摸索徘徊：一些人在斗争中死去；一些人坠入深渊；种种机缘、希望和仇恨冲击着那些被偏见束缚着的人；在那黑暗泥泞的道路上同样也走着那些给人点亮灯火的人。每一个头上举着火种的人，每一个在自己的旅途中点燃光明的人，尽管没有人承认他的价值，但他总是默默地生活着、劳动着，然后像影子一样消失。

克努特·汉姆生（1859—1952），挪威著名作家。

1890年汉姆生以小说《饥饿》一举成名，

出版于1917年《大地的成长》三部曲是汉姆生创作的高峰，并因此而获得诺贝尔文学奖。

1920年汉姆生的诺贝尔奖获奖评语是"为了他里程碑式的作品《大地的成长》"。

本篇演讲词是汉姆生在诺贝尔文学奖授奖式上所作。

※ 向生命中一切的青春举杯

在这样隆重的、这样叫人不知所措的盛情场合，我该怎么办才好呢？我觉得我已经飘飘然起来了，走在空中，我的头在旋转。这个时候叫我从容自处，真是不易。今天，荣誉与财富都堆积在我身上，虽然我自己还是我自己，但是，就在一分钟以前听到我的祖国的国歌在大厅里回绕，我真的被这对我国家的致敬卷得脚不着地了。

说起来可能是好的，这不是我第一次卷得脚不着地。在我那被祝福的年轻时代，也有过这样的机会。哪个年轻人的生命中没有过这样的机会呢？每个人都有过的，那唯一觉得这种感觉陌生的，是那些年纪轻轻却已变成了保守派的人，他们生下来就老了，他们不懂得什么叫两脚离地。对年轻人来说，没有比这种过于早熟的精明与冷漠更坏的命运了。天知道，在成年以后，仍旧会有许多被卷得两脚离地的机会。这又怎么样呢？我们还是我们，而这一切对我们都是好的！

不过，在这种群英荟萃的集会上，我可不能再沉醉在自己这闭门造车的智慧中了，尤其是下一位接受颁奖的人是科学界的代表。我会马上坐下，但今天是我的大喜日子。我被你们仁慈地拣选出来，从上千的人中拣选出来，用桂冠加冕！我代表我的国家，感谢瑞典文学院和所有的瑞典人，感谢你们颁给我这份荣誉。就我个人来说，我在这样沉重的荣誉下俯首，但我同样为你们的学院认为我的肩膀足以承担这重担而感到骄傲。

刚才一位杰出的演说家说我有自己的写作方式，这或许是我唯一能够自诩的了，此外再没有别的。不过，每个人都会对我有所教益，而又有谁不会从他人那里或多或少学到一点什么呢？而使我受益最深的，是瑞典的诗，尤其是上一代的抒情诗。如果我对文学名著能更熟稔一些的话，那我就可以无止境地引用和借鉴。我承认我作品中的那些经你们慷慨发现的长处就是从那里受益而来的。然而，这些如果出自像我这样的人，会变成只是空洞的名词，浅薄的声音，而没有沉厚的低音作支持。我已经不再年轻，已经没有那个力量这样做了。

不，现在，在这灯火辉煌中，在这杰出的与会人士面前，我真愿意做的是向各位抛撒礼物，抛洒花朵与诗歌——再度年轻，再度乘风破浪。在这杰出的场合，这个我最后的一次机会上，这是我希望做的。我不敢做，因为我逃不了被嘲笑。今天，财富与荣誉都挥洒在我身上，但有一项礼物却是缺少的，那却是最重要的一项，最攸关的一项——那就是青春。我们之中没有一个人老得记不起它来的。我们这些已经老了的人向后退回一步，并用尊严与优美退这一步。我认为这是适当的。

我不知道我该怎么办才好，我不知道什么是我应该做的，但是，我向瑞典的年轻人举杯，向全世界的年轻人举杯，向生命中一切的青春举杯。

(1920年12月)

泰戈尔

罗宾德罗讷特·泰戈尔（1861—1941），印度诗圣、作家、社会活动家。
一生著有60部诗集和其他作品，所作歌曲《向祖国致敬》1950年被定为印度国歌。
名著有《春歌》《晨歌》《园丁集》《鸥集》《新月集》；
小说《沉船》《戈拉》和《家庭与世界》等。
1913年以其长诗《吉檀迦利》获诺贝尔文学奖。

※ 生命——心灵

一

我的窗前是一条红土路。

路上辚辚地移行着载货的牛车；绍塔尔族姑娘头顶着一大捆稻草去赶集，傍晚归来，身后甩下一大串银铃般的笑声。

而今我的思绪不在人走的路上驰骋。

　　我一生中，为各种难题愁闷的、为各种目标奋斗的年月，已经埋入往昔。如今身体欠佳，心情淡泊。

　　大海表面波涛汹涌；安置地球卧榻的幽深的底层，暗流把一切搅得混沌不清。当波浪平息，可见与不可见，表面与底层处于充分和谐的状态时，大海是平静的。

　　同样，我拼搏的心灵憩息时，我的心灵深处获得的所在，是宇宙元初的乐土。

　　在行路的日子里，我无暇关注路边的榕树，而今我弃路回到窗前，开始和他接触。

　　他凝视着我的脸，心里好像非常着急，仿佛在说，"你理解我吗？"

　　"我理解，理解你的一切。"我宽慰他，"你不必那么焦急。"

　　宁静恢复了片时，等我再度打量他时，他显得越发焦灼，碧绿的叶片飒飒摇颤，灼灼闪光。

　　我试图让他安静下来，说："是的，是这样，我是你的游伴。千百年来，在泥土的游戏室里，我和你一样，一口一口吮吸阳光，分享大地甘美的乳汁。"

　　我听见他中间陡然起风的声响。他开口说："你说得对。"

　　在我心脏血液的流动中回荡的语音，在光影中无声地旋转的音籁，化为绿叶的沙沙声，传到我的身边。这话音是宇宙的官方语言。

　　它的基调是：我在，我在，我们同在。

　　那是莫大的欢乐，那欢乐中宇宙的原子、分子瑟瑟抖颤。

　　今日，我和榕树操同一种语言，表达心头的喜悦之情。

　　他问我："你果真回来了？"

　　"哦，挚友，我回来了。"我即刻回答。

　　于是，我们有节奏地鼓掌，欢呼着"我在，我在"。

二

　　我和榕树倾心交谈的春天，他的新叶是嫩黄的，从高天遁来的阳光通过他的无数叶缝，与大地的阴影偷偷地拥抱。

　　六月阴雨绵绵，他的叶子变得和云霭一样沉郁。如今，他的叶丛像老人成熟的思维那样稠密，阳光再也找不到渗透的通道。以往他像贫苦的少女，如今则似富贵的少妇，心满意足。

今天上午，榕树脖子上绕着二十圈绿宝石项链，对我说："你为什么头顶砖石，坐在那里？像我一样走进充实的空间吧。"

我说："人自古拥有内外两部分。"

"我不明白你的意思。"榕树摇摇身子。

我进一步解释："我们有两个世界——内在世界与外在世界。"

榕树惊叫一声："天哪，内在世界在哪儿呢？"

"在我的模具里。"

"在里面做什么？"

"创造。"

"模具是进行创造的，这话太玄奥了。"

"如同江河被两岸挟持，"我耐心地阐述，"创造受模具的制约，一种素材注入不同的模具，或成为金刚石，或成为榕树。"

榕树把话题扯到我身上："你的模具是什么形状，请描述一番。"

"我的模具是心灵，落入其间的，变成丰繁的创造。"

"在我们的日月之侧，能够稍稍显示你那封闭的创造吗？"榕树来了兴致。

"日月不是衡量创造的尺度。"我说得十分肯定，"日月是外在物。"

"那么，用什么测量它呢？"

"用快乐，尤其是用痛苦。"

榕树说："东风在我耳畔的微语，在我心里激起共鸣。而你这番高论，我实在无法理解。"

"怎么使你明白呢……"我沉吟片刻，"如同你那东风被我们捕获，带入我们的领域，系在弦索上，它就从一种创造抵达另一种创造。这创造在蓝天，或在哪一个博大心灵的记忆的天空获得席位，我不得而知，好像有一个情感的不可测量的天空。"

"请问它年寿几何？"

"它的年寿不是事件的时间，而是情感的时间，所以不能用数字计算。"

"你是两种天空，两种时间的生灵，你太怪诞了，你内在的语言，我听不懂。"

"不懂就不懂吧。"我无可奈何。

"我外在的语言，你能正确地领会吗？"

"你外在的语言衍变为我内在的语言，要说懂的话，它意味着称之为歌便是歌，称之为想象便是想象。"

三

榕树伸展着他所有的枝丫对我说："停一停，你的思绪飞得太远，你的议论太无边际了。"

我觉得他言之有理，说；"我来找你本是为了宁谧，但由于恶习难改，闭着嘴话却从嘴唇间泄流出来，跟那些人睡着走路一样。"

我掷掉纸和笔，直直地望着他，他油亮青葱的叶子，犹如名演员的纤指，快速弹着光之琴弦。

我的心灵忽然问道："你目睹的和我思索的，两者的纽带何在？"

"住嘴！"我一声断喝，"不许你问这问那！"

我目不转睛地看着他。时光潺潺流逝。

"怎么样，你悟彻了么？"榕树末了问。

"悟彻了。"

四

一天悄然逝去。

翌日，我的心灵问我；"昨天，你凝视着榕树说悟彻了，你悟彻了什么？"

"我躯壳里的生命，在纷乱的愁思中变得混浊了。"我说，"要观瞻生命的纯洁面目，必须面对碧草，面对榕树。"

"你看见了什么？"

"我看见太初的生命包孕纯正的欢愉。他非常仔细地剔除了他的绿叶、花朵、果实里的糟粕，奉献丰富的色彩、芳香和甘浆。因而我望着榕树默默地说，哦，树王，地球上诞生的第一个生命发出的欢乐声，至今在你的枝叶间荡漾。元古时代质朴的笑容，在你的叶片上闪烁。在我的躯壳里，往日囚禁在忧思的牢笼里的元初的生命，此刻极其活跃，你召唤它，'来呀，走进阳光，走进柔风，跟我一道携来形象的彩笔，色泽的钵盂，甜汁的金觞。'"

我的心灵沉默片时，略为伤感地说："你谈论生命，口若悬河，可为什么不有条不紊地阐明我搜集的材料呢？"

"何用我阐明！它们以自己的喧嚣，吼叫震惊天宇。它们的负载，复杂性和垃圾，压痛了地球的胸脯。我思之再三，不知何时是它们的极终。它们一层层累积多少层，一圈圈打多少个死结，答案在榕树的叶子上。"

"噢——告诉我答案是什么！"

"棕树说，没有生命之前，那些材料不过是一种负担，一堆废物。由于生命的触摸，材料浑然交触，呈现为完整的美。你看，那美的树林里漫步，在榕树的凉荫里吹笛。"

五

渺远的一天的黎明。

生命离弃昏眠之榻，上路奔向未知，进入无感知世界的德邦塔尔平原。那时，他没有丝毫倦意和忧愁，他王子般的装束未沾染灰尘，没有腐蚀的黑斑。

细雨霏霏的上午，我在榕树中间看见不倦的、坦荡的、健旺的生命。他摇舞着枝条对我说："谨向你致敬！"

我说："王子啊，介绍一下与沙漠这恶魔激战的情况吧。"

"战斗非常顺利，请你巡视战场。"

我举目四望，北边芳草萋萋，东边是绿油油的稻田，南边堤坝两侧是一行行棕榈树、西边红松、椰子树、穆胡亚树、芒果树、黑浆果树、枣树茂密交杂、郁郁葱葱，遮蔽了地平线。

"王子啊，你功德无量。"我赞叹着，"你是娇嫩的少年，可恶魔老奸巨猾，心狠手毒。你年幼力单，你的箭囊里装的是短小的箭矢，可恶魔是庞然大物，你的盾牌坚韧，棒棍粗硬。然而，我看见处处飘扬着你的旌旗，你脚踏着恶魔的脊背，岩石对你臣服，风沙在投降书上签字。"

他显露诧异之色："在哪儿你见到如此动人的情景？"

我说："我看见你的阵营以安详的形态出现，你的繁忙身着憩息的衣服，你的胜利有一副温文尔雅的风度。所以修道士坐在你的树阴下学习轻易获胜的咒语和轻易达成权力分配的协议的方法，你在树林里开设了教授生命如何发挥作用的学校。所以倦乏的人在你的绿荫里休息，颓唐的人来寻求你的指教。"

听着我的颂赞，榕树内的生命欣喜地说："我前去同沙漠这恶魔作战，与我的胞弟失去了联系，不知他在何处进行怎样的战斗。刚才你好像提到过他。"

"是的，我称他为心灵。"

"他比我更加活跃，他不满意任何事情。你能告诉我那不安分的胞弟的近况吗？"

"可以讲一些。"我说，"你为生存而战，他为获取而战，远处进行着一场为了舍弃的战斗。你与僵死作战，他与贫乏作战，远处进行着一场为了积蓄的战斗。战斗日趋复杂，闯入战阵的寻不到出阵的路，胜败难卜。在这迷惘的彷徨之际，你的绿旗高喊'胜利属于生命'，给战士以鼓舞。歌声越来越高亢，在乐曲的危机中，你朴实的琴弦鼓励道：'别害怕，别害怕！我已谱写了乐曲的基调——太初的生命的乐调。一切疯狂的调子，以美的复唱形式，融和在欢乐的歌声中，所有的获取和赋予，如花儿开放，似果实成熟。'"

（董友忱 白开元 译）

※ 梵我合一

环顾四周，世界正进行丰富多彩的创造活动。扩散的重又聚合，聚合的重又扩散。作用，反作用，一种形态转化为另一种形态，一刻也不停息。万物走向自己的归宿，但无一物有终极。我们的智力、身心也随着自然的车轮旋转，不断地离合、增减、变化着形状。

载着日月星辰，有亿万轮子的自然之车朝前飞驰，我们看不见它的目的地。它不在任何地方停留。我们莫非也乘坐这辆车，行驶在没有目标、没有终点的路上？似乎有个目的地，却永远不能抵达，我们的生存形式莫非是不停的运动？是永不停歇的探寻？任何地方我们没有理由获取或留驻？

如果我们确实不能前往时空之外的地方，那么，对我们来说，那超越时空、从不显现、自身中是有其归宿的，肯定是没有的了，于是，我们选用华丽的辞藻对永恒的梵天所作的描写只是一堆废话，对我们毫无用处。

果真如此，"梵天"这个词应该从字典里清除出去。那永远找不到的，却偏偏终日寻找，还有什么比这更令人苦恼！那么，就该说，凡世可以拥抱，凡世属于我，梵天与我毫不相干。

然而，凡世是揽不住的。凡世像《罗摩衍那》中诱惑悉多的金鹿，若隐若现，引诱我们奔跑，始终不让我们逮住。它让我们累得筋疲力尽，不让我们休息片刻。若让憩息，那意味着寿终正寝。

凡世不承认什么永恒的关系。凡世与我们，如同车夫与马。换句话说，它整天驱使我们，喂草料，偶尔允许歇一会儿，是为了让我们跑得更快。皮鞭、笼头都是驱策的工具。我们走不动了，它立即停止喂饲料，不让我们住在马厩里，而把我们扔到堆放死马死牛的荒野里。

马享受不到奔驰的果实，也不清楚谁在享受。马只知道必须奔跑，它傻乎乎地问自己："我一无所获，我跑不到目的地，为什么还日夜奔跑？"肚子里抽打着饥饿的鞭子，饥饿的火红的钢鞭雨点般地落在心头上，然而，不许马站住，这究竟是为什么？

事实上，我们在任何地方也掌握不了凡世，凡世的任何地方我们都不可能停步。梵天与尘世相同吗？在任何地方也找不到他？他也总是驾驭我们？我们是否把一无所获的前行当作不断进步，并以此宽慰自己的心呢？

不！梵天是可以找到的，而尘世是不可把握的。因为，尘世没有获取的理论，尘世的理论只阐述如何退缩，所以使出全力想永久地抓住尘世，只会是自找苦吃，可是绝不能说，执著地追寻梵天是枉费精力。只有梵天那儿有获取的理论，因为他是真实的。

　　我们停止了在心灵中寻找至高的灵魂。"我们凭心智去认识就可以找到梵天。"这种观点是不对的。换句话说，我们塑造虚无，以渺小的心智去建立与他的关系是不正确的。这种关系若由我们建立，便不值得信任，它不可能为我们提供庇护所。在我们自身的永恒圣地，没有时空的王权，也没有渐进的创造过程。在那心灵的永恒圣地，最高灵魂已经完整地闪现。所以《奥义书》中说："在至美至洁的内心宇宙和心空，深知灵魂中有真智和无限的梵天者，能实现全部愿望。"

　　"梵天充实了虚幻的无限。"这种说法毫无意义。作为真智，梵天稳固地端坐在我们的内心宇宙和心空。认清这一点，我们才不会在欲望中枉然徘徊，大彻大悟能使我们心平气和。

　　我们中间没有凡世，但梵天在我们中间。因此我使出全身解数也把握不住凡世，但我们与梵天朝夕相处。

　　最高灵魂接纳了我们的灵魂，两者举行了婚礼。梵天从此没有私物，因为他已与我们的灵魂结合。在无始的远古时期，已为婚礼诵念了祈福的咒语，大声宣告：我心属于你，你心属于我。从此不必为渐渐显现举行祭礼。他已融入单个的灵魂，无从说出他的姓名。于是隐居修身的诗人吟哦："这是圆满的归宿，这是最珍贵的财富，这是至圣的天国，这是莫大的欢乐。"

　　婚礼已经结束，没有别的事，终日可做爱情的游戏了。既然已把他弄到身边，也就可以通过幸福、痛苦、财富、苦难……一世又一世地以各种方式拥有他。妻子一旦明白了这个道理，就不会再发愁。她知道她的家庭就是丈夫的家庭，家庭不会将她推入痛苦。她的家里没有疲劳，只有爱情。她知道，他化为真智，永远接受了心灵。家庭充满他的欢乐和情爱。这里，世世代代有永恒与瞬息的愉快而甜蜜的结合，通过奇异的离合，通过许多得与不得的长久的矛盾，我们用各种方法找到那新郎，那永久而唯一的所得；我们在各种趣味中得到他，得而复失，失而复得。摆脱了愚昧、品尝了这趣味的新娘，同时分享梵天的欢乐，从而变得无所畏惧。而不懂这个道理的新娘，揭开面纱也看不见新郎，只看见新郎的家庭，她丢失女皇的桂冠，沦为女奴，胆战心惊，悲伤啜泣，神色憔悴地踱步。

1909年

※ 净修林

印度文明发源于丛林，而不是在都市，这是一种奇特的现象。印度文明最初惊人地发展的地域，人口不多，林木、河流、湖泊获得足够的机会与人相处。那儿，有人，有空阔，唯独没有人群拥挤。但空阔不曾迟钝印度的心，反而辉煌了它的思想。

为环境逼迫藏身于深山老林中的人，生活习性接近于野人，或猛虎般的凶残，或麋鹿似的温驯。然而印度古代丛林的僻静，非但不曾麻木人们的灵性，反而增加其活力。从森林栖居中流出的文明之河，滋润整个印度，至今汩汩流淌。印度丛林中居住者在修行中赢得的力量，不是在繁杂需求的竞争中苏醒的，也不是由外部冲突锻铸的；从根本上说，它不是外向性的。它通过冥思默想进入世界深处，建立灵魂与景物的联系。印度不是在物质财富上展示文明，印度文明的舵手是隐士，是衣不蔽体的苦修者。

海滨把经商的富裕给予它养育的民族。吮吸沙漠干瘪的乳房、忍饥挨饿的游牧民族，成为所向披靡的征服者。特殊的境遇中，人的力量开辟特殊的道路。

北印度平坦的林地，为印度送来特殊的机遇，鼓励印度的智慧去开掘人世最深的奥秘之光。所有的人，应当承认它从沿海岛屿采撷精华的必要性。日日夜夜，每一个季节，自然的生命的作用，在农作物和林木身上显露。生命的游戏，在繁复奇妙的姿态、音籁、具象中，以常新的面目出现。置身其间，神思注入冥想的人清晰地感受到周遭有一种欢乐的奥秘，脱口说道："一切在源自原初生命的生命中颤动。"他们素不蜗居在用砖石、木头和钢铁建造的坚固的城堡里。在他们的栖息地，他们的生活与寥廓的宇宙息息相关。

丛林给予他们凉阴、花果、苇草和点燃祭火的柴薪。他们每日的劳作、需要和闲憩，无不与丛林保持着互相交流的关系。通过这个途径，他们学会了在生活上与幽静的环境打成一片。他们不认为环境是空虚的、沉闷的、隔绝的。他们从自然手中接受的阳光、空气、食物、水等赠品，不是土壤的，不是树木的，也不是茫茫天宇的。他们从切身体验中明了，那些赠品的源头在鲜活的无穷欢乐之中。

由此可以得知，森林是怎样在自己娴静的绿荫和深邃的胸中滋养印度之心的。森林曾以奶娘的身份，照看印度古时候两个漫长的时代—吠陀时代和佛教时代。不只是吠陀隐士，佛陀释迦牟尼也曾在芒果林和竹林里讲经布道，王宫里没有他的立足之地，森林爱怜地把他搂在怀里。

事过境迁，印度的番邦相继建立城镇，与外国开展商品贸易。贪图粮食的农田将浓阴蔽日的密林一步步往远处推去。然而，声名远扬、富裕昌盛、朝气蓬勃的印度，对欠森林的债从不感到惭愧，授予修行的荣誉一直大大超过其他行业。君主将古代森林里的修道士视为先辈，以他们为荣。印度的神话故事中，大凡神圣的、精彩的、令人叹为观止的，皆浸透对古代净修林的追忆；它不希冀读者铭记显赫一时的君王开创的帝国，而在绵绵不绝的变迁中，把森林的整体当作生命的整体载负至今。在人类历史上，这可谓印度的一大特点。

毗格罗玛狄达在位时，优禅尼是京都，迦梨陀娑是宫廷诗人。那时净修林时代已经结束。我们印度人站在汇集的人群中，中国人、匈奴人、嚈哒人、波斯人、希腊人、罗马人，聚集在我们四周。国王一方面扶犁耕作，一方面向来自异域的求知者传授梵语知识，这样动人的场面以后再没有看到。但只要阅读一下在那富足而值得骄傲的时代名垂千古的诗人迦梨陀娑关于净修林的描述，就立刻明白：远远地退出我们视野的净修林，仍矗立在我们的心田上。诗人描绘的净修林的美景，表明他是印度无与伦比的诗圣，谁能像他那样生动地昭示净修林里苦修所蕴含的完整的精神愉悦！

叙事诗《罗怙世系》的帷幕拉开，呈现在我们眼前的是幽美圣洁的场景——苦修者在林地外采够了水果、苇草，返回净修林，无形的祭火仿佛在恭候他们。梅花鹿好像仙人的孩子，吃饱饮足，懒洋洋地躺在门口。

隐士的女儿在树四周挖了土洼，灌满水离去，盼望鸟儿毫不胆怯地飞来饮水。日头西斜了，院落里堆满稻谷，梅花鹿惬意地躺着反刍。欢迎客人的一缕缕芳香的青烟袅袅飘荡，净化着走近修道院的凡身肉胎。这幕场景的寓意是人与树木、藤蔓、禽兽完美地和睦相处。

诗人巴那维笃在梵语叙事诗《迦昙摩婆哩》里这样描写净修林：柔藤翠蔓在风中翩翩施礼，芳树一面撒花瓣一面祈祷。场院里晒着金灿灿的稻谷，采集的珍奇果品散发着沁人心脾的香味。小婆罗门朗朗的诵经声在林地回荡。饶舌的鹦鹉在学说听惯了的对来宾的欢迎词，雄鸡享用祭祀用过的食物。水泽边摇摇摆摆走过来几只雏鹅，啄食喷香的稻谷，梅花鹿舔着道童的脚跟。剧本通过净修林传达消除人与动物、植物之间隔离的题旨。印度这种古朴的憧憬跨越数千年，至今令人神往。

《沙恭达罗》中的净修林鄙夷骄奢淫逸、残酷无情的王宫。有情感和无情感之物的亲谊的温馨，是贯穿全剧的基调。

剧中的两座净修林，一座在地上，一座在天上，使沙恭达罗的悲欢在广阔的背景下趋于圆满。地上的净修林中，芒果花香和新绽的素馨花的清芬团聚的吉日，隐士情窦初开的女儿欣喜不已。她们用饭团饲喂失去母亲的幼鹿，苇根扎伤它的嘴，疼得张不开，她们为它抹植物油，精心照料。这座净修林赋予国王豆扇陀和沙恭达罗的爱情以质朴、坚贞的美质，将其融入世界的合唱。

尊者摩哩折和妻子阿地提在暮云般的北极山苦修。葛藤如网、树林里筑有无数鸟巢的北极山，像危坐在蒲团上的大神湿婆，面对太阳，沉入默想。顽皮的儿童把啜奶的幼狮拽来，一同玩耍。幼狮哀叫着离开母怀的情景，令阿地提一阵心酸。天上的净修林为受辱的沙恭达罗的离愁别恨抹上幽远恬静的色彩。

显然，第一座净修林是人间的，第二座则是仙境的。第一座平平常常，第二座至圣至洁。第一座以第二座为目标，不断净化完善，向第二座转变。其关系颇似湿婆和妻子萨迪。萨迪普通而真实，湿婆却至高无上。经过苦修消除世俗的情欲，萨迪与湿婆结为伉俪。沙恭达罗的生活中，通过苦修完善自身，最终到达高洁的境界。历尽苦难，凡世终于贴近了天堂。

在玛纳斯湖的净修林里，人并未脱离现实单独生存。坚战前往天堂，爱犬还跟在他身后呢。印度古典叙事诗中，人与自然一起登天，脱离自然不会变得高洁。摩哩折的净修林里，人是苦行者，北极山峰也是苦行者；雄狮弃绝凶残的本性，林木主动填补徒弟的空缺。

人并不残缺，人在万象之中是完整的。

印度的这一特点，在修行和复杂的心理活动方面也得到反映。人一般在两种情况下，即独居和合群中，通过自我享受或广泛交际，感受自身的高贵。不言而喻，印度采取的是后一种方式，视人和自然的汇合之处为圣地。

印度的喜马拉雅山以及南、北印度的分界线——温德亚山脉是圣山，以乳汁哺育城镇村落的河流是圣河。恒河与朱木那河的交汇处是神圣的，恒河的入海口也是神圣的。

在自然的怀抱里，人借助阳光看清景物，借助太阳的能量维持体内生命的搏动，用水沐浴，消受食品得以生存；从云雾缭绕的神秘的宫阙重门，走出众多的使者，以乐音、香气、色泽、情味使人的知觉永远清醒。印度在这样的自然环境中，把自己的虔诚播布万方。印度膜拜、恭迎大千世界，不以享受将它毁损，不以冷漠拒之于劳作的领域之外。印度的圣地宣告：凭借与自然的神圣纽带，印度看到了自己的广表的真实。

※ 为记住这一点而欢欣鼓舞吧

没有一个人长生不老，也没有一件东西永久存在。

兄弟，为记住这一点而欢欣鼓舞吧。

我们的一生不是一个古老的负担，我们的道路不是一条漫长的旅程。

一个独一无二的诗人不必唱一首古老的歌。花褪色了，凋零了，戴花的人却不必永远为它悲伤。

兄弟，为记住这一点而欢欣鼓舞吧。

一定要有完全的休止，才纺织成完美的音乐。为了沉溺在金色的阴影里，人生像夕阳沉落。一定要把爱情从嬉戏中唤回来饮烦恼的酒，一定要把它带到眼泪的天堂。

兄弟，为记住这一点而欢欣鼓舞吧。

我们赶紧采集繁花，否则繁花要被路过的风蹂躏了。

攫取那迟一步就会消失的吻，使我们的血脉畅通，眼睛明亮。

我们的生活是热烈的，我们的欲望是强烈的，因为时间在敲着别离的丧钟。

兄弟，为记住这一点而欢欣鼓舞吧。

我们来不及把一件东西抓住，挤碎，而又弃之于尘土。

一个个时辰，把自己的梦藏在裙子里，迅速地消逝了。

我们的一生是短促的，一生只给我们几天恋爱的日子。

如果生命是为了艰辛劳役的话，那就无穷的长了。

兄弟，为记住这一点而欢欣鼓舞吧。

我们觉得美是甜蜜的，因为她同我们的生命依循着同样飞速的调子一起舞蹈。

我们觉得知识是宝贵的，因为我们永远来不及使知识臻于完善。

一切都是在永恒的天堂里做成和完成的。

然而，大地的幻想之花，是由死亡来永葆鲜艳的。

兄弟，为记住这一点而欢欣鼓舞吧！

莫里斯·梅特林克（1862—1949），比利时作家。

1889年创作出第一卷诗歌《暖房》。他的剧作有《普莱雅斯和梅丽桑德》，

德彪西据此写成歌剧。

梅特林克于1911年获诺贝尔文学奖，

1949年逝世于法国尼斯。

※ 野花

我们刚走出城门，她们就站在五彩缤纷、洋溢着欢乐气息的地毯上迎接我们。她们常常因为陶醉于明媚的阳光，在这地毯上翩翩起舞。显然，她们早就在等待我们了。当三月的光芒刚刚出现，又名雪铃花的雪莲花这冰霜的无畏的儿子，就发出了苏醒的信号。于是，大地睡意蒙眬的记忆之无形努力所产生的模糊影子，即那些苍白的花儿，纷纷从土里冒出来，只有叫出她们的名字你才能认出

她们是花儿：三跖虎耳草或是钻孔草，荠菜，小得几乎看不见的双叶草，发出难闻气味的藜芦或铁筷子，款冬，凶狠阴沉的瑞香，被人恶意地称之为鼠疫草的蜂斗菜——这些病弱而又令人生疑的花儿，乃是生命不确定的浅蓝色和粉红色的征兆与大自然用来清除有害液汁的最初激情，乃是寒冬释放的贫血的女俘，地牢里苟延残喘的患者，依然被埋藏着的光明的胆怯而又幼稚的尝试。

而现在，光明已决定进入空间。大地的婚育思想开始展示和净化。尝试成熟了，深夜似梦非梦的情景像被晨曦驱赶的雾气一样消散了，城边那些遭世人蔑视的野花独自在广阔的天地里庆祝自己的节日。这有什么不好呢？当她们的那些不会结果的高傲姐妹在我们的精心呵护下仍在温室深处瑟瑟发抖时，她们已经在开始酿蜜了。

她们将出现在这儿湿润的草地上，在被雨水冲刷干净的林间小径上，并且毫不声张地装点着大路，而此时，田野上还覆盖着寒冬的积雪哩。没有人栽种她们，也没有人收割她们。她们享受自己的荣耀，但却遭到人们的践踏。要知道，就在不久之前，还只有她们能够表现大自然的欢乐。

就在一百年前，她们的那些穿戴得雍容华贵但却十分怕冷的亲戚才从海外的岛屿、从印度和日本来，她们亲生的那些忘恩负义、长得一点儿也不像她们的女儿才抢占了她们的地位；而在这之前，只有她们能够令忧愁的目光变得欢快，只有她们能够照亮茅屋的柴门、城堡的院落并将恋人们的脚步伴送进树林。然而时过境迁，这些朴素的花儿失去了昔日的荣耀。从往昔的幸福中，她们只保存了被人们喜欢时所获得的芳名。而这些名字表明，人们当时是如何重视她们，如何感激她们，如何爱惜她们；人们对她们的种种深情厚谊，她们奉献给人们的一切，都像传世宝珠百年不散的芬芳一样，保存在这些名字之中。

她们被称为皇后、牧女、少女、公主、仙女、精灵。这些名字像爱抚、闪电、轻吻和喁喁情话一样在我们面前飘过。我相信，我们的语言中没有什么称呼比野花的名字更温柔，更充满爱意。可以说，语言精心地给她们穿上了最美丽最合身的衣裳。她们的名字成了五彩缤纷的透明衣料，恰到好处地勾勒出它们所遮掩的形体，散发出相应的色彩、香味和声音。你叫一声紫罗兰和矢车菊吧，这些名字就像花儿本身一样美。罂粟这种红艳艳的花儿的名字，包含着多少光明与欢乐啊，可是科学家们却给它取了一个累赘的学名Papaverrhoeas。

你看雪白的报春花、长春花、银莲花、风信子、蓝色的布巾花、勿忘我、旋花、鸢尾和风铃草，她们的名字正与她们相称，恐怕连诗人也很难做到这一点。这些名字彻底揭示了她们天真无邪的灵魂。如同它们所表示的花儿会在庄稼和杂草中隐藏、弯腰或者昂首挺胸一样，这些名字也会隐藏、弯腰或者昂首挺胸。这几种花名可谓无人不知，无人不晓。可是其他花儿的名字我们却不知道，尽管它们叫起来同样悦耳，同样能够恰到好处地描绘出我们在每一条大路和林间小道边所见到的那些花儿的形象。

而现在，在月末的这几天，当成熟的麦穗倒在镰刀下时，路旁的斜坡铺上了一层浅紫色的地毯：这是即将萎谢的蓝盆花。有一种温柔而又谦逊的花儿像贵族少女一样苍白、温婉而又美丽，足与蓝宝石媲美，似乎罩着一层雾气，她周围遍地是珍宝。这指的是名叫毛茛或瞎眼睛花的花儿。这两个名字表明了她的双重生活：她既是将闪耀着阳光的露珠洒在青草地上的贞洁处女，同时又是令贪吃的牲畜死亡的狠毒女巫。这儿还开放着千叶蓍与金丝桃这两种小花：她们曾经是有益的花儿，像穿着单调的校服在大路边默默漫步的寄宿学校的学生；还有庸俗无赖的疮痂花及其兄长鹅口疮花，黑糊糊怪吓人的龙葵，以及在地上爬行的扁竹——扁竹的品种很多，全都朴实无华，由于已经预感到秋天的到来，它们已穿上仆役的制服，脸上露出殷勤的笑容。

然而，在三、四、五、六、七这几个月诞生的花儿中，你会牢牢地记住那些欢快的称呼，洋溢着春意的名字，那些由蓝天、朝霞与日月之光构成的词汇。比如报告冰消雪融的雪莲花或雪铃花。比如星星花或繁缕花：它从篱笆里钻出来迎接第一次圣餐，尽管它的叶片还未定形，还很脆弱，有如透明的绿球。比如忧郁的耧斗菜、鼠尾草、旋复花、白芷、黑种草或锥子草、穿着一身乡村神父女仆衣服的黄色紫罗兰、蕨类之王紫萁、地杨梅、藜芦、维纳斯的镜子、蕴涵着阴森之火的大戟、其果实姑娘像小灯笼一样的灯笼草、天仙子、颠茄以及皇室的下毒女子毛地黄：它们像克娄巴特拉的纱巾一样覆盖着茫茫的荒原和茂密的森林。

除此之外还有慈悲的姐妹洋甘菊：她戴着帽子，捧着装有救世甘露的上釉陶罐，总是笑容满面；茴芹、冷冰冰的薄荷、又名小米草的粉红百里香、大种雏菊、紫色的射击草、蓝色的马鞭草、春黄菊、戈矛状的麻花头、壮汉草、白毛茛和脑袋尖尖的染料木……你在数说它们的名字时，简直就像是在读一部爱情与光明的诗篇。

为了这些野花，人们不惜蔑视最悦耳、最清脆、最嘹亮的歌声，蔑视语言的一切最富于音乐色彩的欢乐。这里所说的似乎是真实的人或永远演不完的仙境剧中的领舞和群舞演员，而这仙境剧比普洛斯比罗居住的岛屿、忒修斯的宫殿和伊登森林更为美丽，更富于想象力，更为神奇。这些没有声音的永远演不完的喜剧的所有演员，这些女神、天使、魔鬼、公主、女巫、处女、艺妓、女王和牧女，她们的名字包含着已被忘却的一代又一代人所赞美的无数彩霞、无数春天的奇妙光辉，如同包含着这一代又一代的人对于她们的千万种深刻或肤浅的感受，尽管这些感受没有留下任何痕迹。

这些花儿好奇而又不可思议。人们曾不确切地称她们为杂草。她们似乎什么用处也没有。有些在偏远的乡村被视为药草，但其效力颇有争议。有些在药剂师和标本采集者的瓶子里等待相信传统医药的患者。可是疑心病甚重的医学并不理睬她们。人们再不举行传统仪式去采集她们，药草学已在老妇人们的记忆中变得模糊，人们无情地向她们宣战。农民害怕她们，铁犁追袭她们；花匠蔑视她们，并且用铁铲、耙子、锄头、夹钳、丁字镐乃至开沟犁等寒光闪闪的武器来对付她们。在大路边，在她们的这一最后的栖身之处，路人践踏她们，马车碾压她们。尽管如此，她们依然活了下来，遍布各地，坚定自信，朝气蓬勃，情绪稳定，当需要回答太阳的挑战时，她们没有任何一株当逃兵。她们并不知道人正在竭尽全力战胜她们；只要他一安静下来，她们就在他的脚边生长。

她们活得勇敢而又固执，她们超越死亡。她们让自己违反天性的漂亮女儿们住进我们的花园，而她们这些可怜的母亲却依然待在上万年前所住的地方。她们没有为自己的花瓣增添一个皱褶，没有改变自己的任何一枚花蕊或是一点色泽，也没有吸收任何一种别的香味。她们保守着某种坚定执著的使命的秘密。她们是无法毁灭的本初之物。大地天生是属于她们的。她们最终代表着地球的某种恒定的思想、坚定的愿望和发自内心深处的微笑。因此有必要对她们进行研究。她们显然能告知我们某些东西。而且，我们不应忘记，野花如同春天和秋天的彩霞，如同日出与日落，如同百鸟的鸣唱，如同女人的美发、明眸与婀娜多姿的步态，最先教我们的祖先懂得：我们的星球上存在着无用但却美好的东西。

※ 菊花

每年在追悼亡魂的日子之后，在最后的某个美妙的秋日，我都要十分虔诚地去观看机遇向我展示的菊花。无论这美好的机遇在何处向我们展示这种花儿，无论是在路上还是在庭院，其实都并不重要。菊花品种繁多，五彩缤纷，然而其中最美丽、最令人惊叹者，如同最出人意料的时尚一样，总是集中在某个乐园里。而且，如同丝绸、花边、珠宝和发式一样，蓝天与阳光所形成的嘴，也会在时间和空间中高呼口号。这种花儿也像最美丽的女人一样温顺，在所有的国家，在广袤的世界上，它们都服从一个神圣的指令。

因此，只要进入任何一个玻璃搭建的博物馆，都会看到它们在十月阳光和谐的照耀下，显示出略带忧伤的富丽。在这儿你可以看到，在这个奇妙而又享有特权的世界里，乃至在所有花卉的奇妙而又享有特权的世界中，随着旧岁的流逝，产生了宏伟的思想、特具的美色和有意识的努力。于是出现了一个问题：这种新的思想真是阳光、大地、秋天或人类赋予的真正深刻而又必然的思想吗？

昨天，我为这一年一度充满柔情的盛大植物仪式赞叹不已。十二月和一月的积雪，如同宁静、梦幻、沉默与忘却的广阔地带，将这一最后的仪式同从刚刚苏醒就显得精神的寻找阳光的二月开始的迷人节日分隔开来。这些在雾气朦胧的月份准备去觐见君王的高贵花儿，这些其动作与舞姿似乎被咒语凝固的沉思的秋日花仙子，戴着透明的大圆顶帽出现在我面前。凡是熟识而又热爱它们的人，一眼就能高兴地看到，它们正在积极地有意识地继续发展，努力接近某一不为人知的理想。

我们且来回顾它们平凡的出身吧。你看那些已经萎谢的毛茛，那些褐色或浅红色的可怜花儿，如今依然在我们乡间的小花园中，在枯叶飘散的林阴道上现出愁苦的笑容。它们哪能同这些雪白花瓣卷曲的巨大花朵，同这些用红色花蜜做成

大师智慧书系

的圆盘和圆球，同这些闪耀着古银器光泽的奇卉，同这些象牙和紫水晶琢成的图形，同这些狂热的奇妙花瓣相比呢？这些花瓣似乎想彻底探索冬天交给入睡的森林保藏的秋天的形态与色彩的秘密。你想象一下它们的种种极其美妙、极不寻常的品种，尽情赞叹并做出你的评价吧。

比如，我们面前的这种令人惊奇的星状菊花：这些星星有的扁平，有的突出，有的透明，有的厚实，有的柔软，有的连成银河；有的结为冬天的星座，与天上的星座相呼应。有的像等待露珠钻石的高傲的羽饰，有的像用绝世的美发编织成的令最大胆的幻想逊色的奇妙诗篇：这些美发散乱纷披，好似朦胧的月光、黄金的灌木、火焰的旋风，少女欢快的卷发；好似追逐水中仙女的酒神节狂女、处于昏睡状态的塞壬、娴静的处女和尽情游戏的儿童的卷发，犹如天使、母亲、牧神和情人平静而又兴奋的抚摸一样的卷发。而一些无名的妖魔也交替出现在我们面前：刺猬、蜘蛛、鱼、凤梨、绒球、蝴蝶结、鳞甲、烟雾、气息、正往下跌落的冰灯、油与奶汇成的溪流、灯火辉煌的城市、翅膀、碎片、羽毛、血肉、山冈、头发、篝火和火箭、光芒，由硫磺与烈火形成的大雨……

现在，当形式被俘获之后，就该来谈论如何战胜秋天似乎不愿赋予其代表性花儿的种种被禁的颜色和微妙的调子了。实际上，秋天已慷慨地将黄昏与黑夜的所有宝藏、将成熟葡萄所有微妙的色调给了它。秋天还将林中雨水的所有暗红色的作品、平原上雾气和花园里霜雪的所有银灰色的作品交给它支配。更重要的是，秋天允许它挖掘枯枝败叶和暗淡树林中的宝藏。秋天完全同意它用金币、铜制的徽章与闪光片、银丝、珍奇的羽毛、碾碎的龙涎香、经过热处理的黄玉与石榴石、被遗忘的珍珠以及茶晶来打扮自己。这些宝藏虽说色泽并不那么鲜亮，毕竟闪耀着宝石的光辉——是北风随意将它们扔进山谷和林间小道的地底下。

秋天要求菊花始终忠于它原来的主人，为它出生的那些暗淡、疲乏的月份穿上用金丝银线绣花的制服。秋天不允许自己的花儿背叛这些月份，不准它们穿春天和花神艳丽夺目的华美衣裳。即使它偶尔同意菊花的衣裳带粉红色，那也必须是从少女冰冷的芳唇和苍白的前额取来的，这少女正悲伤地在墓前祷告。它严格禁止菊花带有任何夏天的色彩，过于火热的青春、过于旺盛的生命力、过于健康的体魄和过于欢快的生活的色彩。无论如何不会同意菊花带有火热朱砂的红晕和娇艳迷人的鲜红色。至于清晨天空的深蓝色、海洋湖泊的靛青色、长春花与玻璃苣的浅蓝色，它更是以死刑威胁，绝不允许。

然而，由于大自然的某种疏忽，我们发现，百花世界严格禁止而唯独有毒大戟的伞状花序、花瓣和花萼特具的最罕见的颜色是碧绿色。奴隶般地为植物提供营养的叶片所特有的这种颜色突然穿过了戒备森严的围墙。的确，它之所以能钻进去是因为误入歧途，是作为叛徒、间谍和可怜的越境者。它违反誓言背叛了黄色，胆战心惊地将黄色扔进在月光下战抖的蓝色世界中。它依然模糊而又透明，犹如映在水中的虹影。它只是在花瓣边上闪耀光辉。它心慌意乱，准备逃跑；它脆弱而又容易受骗，但却充满信心。他钻进去，活了下来，并且宣布自己的存在。它日复一日地站稳脚跟，谋求发展。或许，通过它在这世界的堡垒上打穿的缺口，直到现在仍被隔离的棱镜的种种欢乐与辉煌将闯进一个全新的领域，为我们的眼睛准备新的节庆。在花的世界上，这将是一个新的值得纪念的伟大胜利。

不过，我们并不认为，对这种不结果花儿千奇百怪的形状和它的众多色调怀有如此浓厚的兴趣，乃是一种盲目的孩子气；我们也不会像拉布吕耶尔当年攻击郁金香和李花爱好者那样，去攻击那些努力让菊花变得更美或更怪的人。请记住这天才的一页吧：

"爱花人在市郊买了一个花园，日出而往，日暮而归。他停下脚步，呆呆地站在一株名叫'隐士'的郁金香前。他睁大眼睛，不住地搓手，俯身凝视它。他从未见它像现在这么美，心里乐开了花。然而他还是离开了它去看'东方'。他又从'东方'走向'鳏夫'，接着又走向'金旗'和'玛瑙'，最后又回到'隐士'身边。他在那儿像生了根一样，站累了就坐，连饭都忘记去吃了。这株郁金香的确带有各种各样的色调。它头上似乎缀着花边，像抹了一层油，而整株花犹如由各个部件组合而成。它有美丽的托盘，还有一个漂亮的酒杯。他目不转睛地观赏它，怎么也看不够。他最不欣赏的，是其中源于上帝和大自然的东西。他一步也不离开自己的郁金香鳞茎：即使有人出一千埃居，他也舍不得出售它；可是若是郁金香不再时髦，而被其他花卉——即使是石竹——所代替，他就会将它送人，分文不取。这个心地善良、通达事理、受过良好教育、有着坚定宗教信仰的人回家时又累又饿，可他这一天过得非常高兴：他观看了自己的郁金香。

"你若是对他谈庄稼长得好、粮食大丰收、葡萄采得多，可他只对水果感兴趣，因此你不必再费唇舌，他根本不会听你说。你若是对他讲无花果、香瓜，说今年梨树枝被沉重的果实压断，桃子结得又多又大，他也充耳不闻，因为他只对自己的李子感兴趣，因而不会搭理你。你甚至不能对他谈论你的李子，因为他只喜欢一个品种，其他品种只会引起他的嘲笑与讥讽。他会将你领到他的李树前，摘下一个李子，将它掰开，拿一半给你，另一半留给自己。'多美的果肉！'他对你说。'您尝尝看，真是妙不可言！您在任何地方都找不到这样的李子。'他说这些话时，鼻孔张得大大的，无法用假装的谦逊掩饰内心的高兴与得意。啊，这个人，真正神圣的人，不满足于惊奇的人，若干个世纪之后还会被人们谈论的人，趁他健在之时，让我好好儿看一看他的面孔和长相，让我记住他的特征和神气，记住凡人中唯一拥有这种李树的人吧。"

这又怎么啦？拉布吕耶尔的说法并不对。不过，你还是会由于感谢他而原谅他的不公正，因为当时的作家中，惟独他以这种方式向我们展示了我们未曾见过的十七世纪的花园。他所写的爱花人自然有某种局限性。然而，毫无疑问，我们迷人的花圃，我们的蔬菜，品类繁多、丰富而又鲜美的蔬菜，我们精美的水果，都有赖于他笔下这种有某种局限的爱花人和有几分狂热的园艺家。

比如，你看看那些菊花，看看那些在人工插起的长竿子与和蔼、大度栅篱隔成的小花园中成熟的奇迹吧。我们认识它们的时间还不足百年，正是由许许多多探索者无数微不足道的努力，我们才拥有它们，而这些探索者都或多或少显得狭隘而又可笑。人类正是以这种方式获得自己的全部财富。大自然中没有什么东西是孩子气的；我们在对树叶、小草、蝴蝶翅膀、鸟巢和贝壳特别感兴趣时，似乎仅仅是对某种渺小事物的狂热，然而这渺小的东西往往包含着伟大的真理。

对花儿的面貌进行改造，这件事本身自然可以说是微不足道。可是你只要稍微思考一下，这问题就会获得重大的分量。这岂非意味着要限制或超越某种深刻乃至重要的东西，尽管不是大自然千百年来的法则？这岂非意味着要超越我们过于顺从地接受的界限，意味着要将我们短暂的意志掺和进永恒力量的意志？这岂非意味着要提出关于某种特殊的、几乎超自然的威力的思想？尽管理智禁止我们陷入争名逐利的幻想，然而它难道会不允许我们怀有这样的希望吗？随着时代的发展，我们将能够跨越其他某些法则；这些法则不那么永恒，但却更接近我们自己的生活，对我们更重要。因为一切都互相关联、手拉着手，一切都服从于无形的共同定律，一切都具有同样的需要，一切都与可惊可怖的生命之谜的同一个灵魂和同一个本质有关。与花儿有关的最平凡的胜利，随着时间的推移，或许也会向我们揭示无穷的秘密……

正因为如此，我才喜欢菊花；正因为如此，我才怀着兄弟般的好奇心，观察它的变化。在室内植物中，它最温顺、最随和；甚至可以说，在自古以来我们所见到的花儿中，它最热情，最会关心人。它所奉献的花蕴涵着人的思想与意志，可谓人性化之花。因此，如果说植物世界应当随着时代的发展而向我们揭示我们所期待的谜底，那么，我们或许就能通过这种墓地之花获知生活的第一个秘密；如同在另一个生命王国中，我们能通过狗、通过作为我们家园的这种几乎有思考能力的守卫者，来揭示动物生活的秘密……

※ 不时髦的花

今天早上我去看了自己的花。它们的周围围了一圈白色的栅栏，以防范那些牧放在草地上的温顺的黄牛。随后我认真思考了一切在森林、草地、花棚和温室里开放的花。我想，在这个蜜蜂光顾的奇妙世界，我们欠的情实在太多了。

我们是否明白，人类若是不知道花儿，会是什么样子？如果没有花儿，如果我们的眼睛看不到它们，如同看不到我们周围同样神奇的大千世界，那又会怎么样？如果真出现这样的情况，我们的性格、我们的道德、我们感受美和幸福的能力，难道会像现在这样吗？的确，我们或许能够在大自然中找到豪华、富裕和美的其他证据，找到具有无穷魅力的其他迷人游戏，比如太阳与星星，月光、蓝天与大海，朝霞与夕照，高山与深谷，森林与河流，上流社会与乡村，以及离我们最近的鸟儿、宝石与女人。所有这一切构成了我们星球的装饰。可是，除了最后这三种或许属于大自然的同一笑容的"东西"之外，若是没有花儿给我们带来的舒心的影响，我们的眼睛所接受的教育就会变得异常严格、苛刻乃至悲惨。

试想一下，若是我们的星球有一分钟不知道它们，我们心理中巨大而又最为迷人的那一部分或许就会毁灭，至少是不会被发现。整个世界或许就会永远在我们变得残忍而又空虚的心灵深处，在我们缺少美丽形象的想象中沉睡。在天地之间的某些领域，色彩与调子的无限宇宙或许就不会向我们充分展现。世界悠然自得地不断发明新的欢乐，似乎处于自我陶醉之中——它的这种奇妙的和谐或许就不会为我们感知，因为是最初的花儿安放棱镜，形成我们目光中最精确的部分。而谁又会为我们打开神奇的香味花园呢？单是几种草、几滴芳香的树脂、几个果子、彩霞的呼吸、黑夜与海洋的气味就会告诉我们，在视觉和听觉所不及的地方存在着一个隐蔽的乐园，我们在那儿所呼吸到的空气会变成不可名状的幸福。

你再设想一下人类幸福的声音可能失去的东西吧。若是千百年来花儿没有用它们的美滋养我们所说的语言和最美好的人生时刻所试图固定的思想，我们心灵最幸福的顶峰之一就会哑然失声。因为爱情的整部词典和所有的表达方式都浸透了花的气息，吸取了花的笑容。当我们恋爱时，我们所见过和闻过其芳香的花儿都会跑到我们跟前来，向我们的感情意识注入它所知道的美妙感受；缺少这种感受，幸福就会像大海或天空的边际那么难以确定。从我们的童年乃至更早的时候开始，花儿就在我们心中，在我们祖先心中积聚无尽的宝藏；这宝藏离我们的欢乐最近，每当我们感到生活最幸福之时，就到其中去取宝。它们在我们的感情世界中创造和积累爱情乐于呼吸的良好气氛。

因此，我特别喜欢那些最普通、最粗野、最古老、最不时髦的花儿，那些伴随着漫长的人类历史和一系列令人慰藉的善行的花儿，那些千百年来一直陪伴我们并成为我们的大家庭成员的花儿——因为它们把自己的美和乐观精神的种子送进了我们祖先的心中。

可是，它们现在隐身于何处呢？它们远比如今称之为珍罕花卉的花儿更为少见。它们的存在变得隐秘而又脆弱。我们似乎已面临失去它们的危险；或许，有些花儿在丧失希望之后，已开始消失，它们的种子正在废墟中死去，再也看不见花园里的露珠；有些花儿或许只能到古书中，到彩色细密画中阳光灿烂的草地上，或者到凋敝的原生品种花圃中去寻找。

从秘鲁、南非、中国和日本到我们这儿来的高傲的陌生花儿，将它们从花圃和精致的花篮中驱逐出来。它们不共戴天的敌人主要是两种。首先是繁殖力旺盛的大花秋海棠。这种花儿在我们的花园里乱跑，犹如长着无数冠子的无数大红公鸡。它们非常漂亮，但是使人讨厌，且有几分矫揉造作。无论是在宁静还是专注的时刻，无论是在阳光还是月光下，无论是在令人昏昏欲睡的正午还是庄严肃穆的深夜，它们都在自我吹嘘，用刺耳的声音歌颂自己单调而又缺少香气的胜利。其次是杂交天竺葵。这种花虽说比大花秋海棠谦逊一些，但是同样不知疲倦，同样出奇地勇敢，似乎在极力地讨人喜欢，但却不那么慷慨。

这两种花儿得到其他更为阴沉的外来花卉和植物的帮助，后者的叶片五彩缤纷，构成种种耀眼的镶嵌画图，破坏了我们大部分草地的优美线条。这两种花在它们的帮助下，将此地土生土长并长期用自己的笑容令大地生辉的姐妹们赶走，使它们再没有权利在城堡镀金的栅栏边用热情而又天真的问候迎接客人。它们再不能在台阶前聊天，在大理石花盆里讲悄悄话，在池塘边唱歌，在花圃中用乡下的方言笑谈。其中有几种被赶到篱笆尽头，被赶到很少有人光临的美妙的角落，它们即是药草或者会发出香味的草，比如洋苏草、龙蒿、土茴香和百里香。它们像被辞退的老女仆一样继续被人养着，但这不仅仅是出于怜悯、习惯或是传统。另一些花儿在板棚和马厩旁边，在厨房门口和地窖旁找到栖身的地方。它们像招人厌的乞丐一样聚集在这儿，让亮丽的叶子遮住自己鲜艳的衣裳，尽量屏住芬芳的气息，以免引起别人的注意。

但是即使在这样的地方，气得满脸通红的秋海棠也会追过来排挤这一群弱小而又无害的花儿。它们逃往农场，逃到墓地，逃进神父、老处女和乡下修道院的花园。直到现在仍然可以找到它们，找到这些笑眯眯的花儿，但是只有在被忘却的古老乡村，在倒塌多年的小屋旁，在远离铁路和园艺家豪华温室的地方。在那些看不见上气不接下气地追赶它们的迫害者的地方，它们的生活平静、安宁而又富足，无忧无虑，就像在自己家里一样。它们在那儿迎接春天和秋天的到来，观赏雨滴和阳光，蝴蝶和蜜蜂，观赏月光照耀下的宁静夜景。它们观赏这一切时，如同在当年的公共马车时代一样。那时，它们是从房屋周围的石墙上，从白色栅栏的铁条间，或者从笼鸟鸣叫的窗台上，从不会移动的大路旁。大路上了无人迹，但却充溢着永恒的生命力。

啊，这些古老而又勇敢的花儿！紫罗兰，桂竹香，毛茛。虽说它们在色彩和香味上与野花有一点点区别，但也同野花一样有着迷人的名字。它们每一种都有三四种称呼，如同柔嫩的小手掌和表达人们感激之情的奖章。紫罗兰啊，你们在断壁残垣间歌唱，给忧伤的石块铺上一层欢乐之光。花园里种植的白色报春花或耳状报春花、东方风信子、早开的番红花与灰灰草、王冠花、芳香紫罗兰、铃兰、勿忘我、雏菊、报春花、富于诗意的水仙、三色堇、海耳朵、团扇荠以及银莲花啊，正是通过你们，二、三、四这几个月将太阳最初的信息和最初的隐秘之吻变成了人们理解的笑容！你们脆弱、怕冷，但却像幸福的思绪一样蔑视禁忌。你们使草地变得年轻，你们像倒进蓝宝石杯里的水一样清亮，又像朝霞用来滋润焦渴土地的甘霖；你们像即将醒来的婴儿的美梦一样短暂，你们似乎还显得野蛮和原始，可是由于显示出过于早熟的辉煌、过于夺目的荣耀和过于理想的和谐，从而令你们这些献身于人类的花儿累得筋疲力尽。

而现在，夏天的花枝招展的女儿们正在我们面前高声呼叫，杂乱无章地跳起欢乐的圆圈舞，从朝霞升起，忘情地跳到正午时分。她们当中有披着白纱巾的年轻姑娘，系着紫色带子的老处女，前来度假的女学生，第一次领圣餐的女孩，面色苍白的修女，衣衫褴褛的街头流浪女，还有长舌妇与假正经。你看金盏菊将自己的光芒射进绿色的苗床；你看那雪白的洋甘菊正在同她不知疲倦的兄弟黄金花在一起——不过，你可别将这黄金花误认为是秋天才开放的日本菊花；你看这些一年一个生命周期的太阳花、向日葵和红太阳花——这红太阳花像举杯为跪在面前的民众洒圣水的神父一样威严，又似乎在极力模仿它所崇拜的太阳；你看罂粟试图将它的杯子装满阳光，可这杯子却被晨风吹坏了；身穿农民衬衫的粗鲁的矢车菊头上长角，认为自己比蓝天还要漂亮，向三色旋花投去蔑视的眼光；而后者反唇相讥，说它的花蓝得太过分了；你看那身穿薄纱连衣裙的二月舌唇兰，就像从多尔特莱赫特或莱顿来的小女仆一样，天真而又俏皮，头上戴一顶篮子状的花冠；你看那木樨草，它正躲在自己的实验室里，无声无息地加工香水，使我们能够早些闻到乐园边上的芬芳气息；你看那一点儿也不谦逊的芍药，它忘情地吸收阳光，由于激动和即将出现脑溢血而满脸通红；你看那鲜红的亚麻，它火红的大胡子在林荫道的卫队中显得特别精神；你看那又名十一点钟骑士的马齿苋，它使自己的亲戚滨藜发达兴旺，并像苔藓一样在地上爬行，努力用紫红、淡黄或浅红色的调子掩蔽高枝下的赤裸土地；你看那胖嘟嘟的大丽花，傻里傻气，用肥皂、沙拉乃至蜡来雕琢自己的绒球，好去装点乡村的节庆；你看那老爷爷福禄考，它站在浓密的绿叶中开怀大笑，显示出无比善良的神色；你看盛开的锦葵这位品行端庄的名门闺秀，哪怕是一丝轻风也会使她感到，它的花瓣上会因羞涩而现出淡淡的红晕；你看那些旱金莲，它们有的在画水彩画，有的则像鸟笼中抓住横杆的长尾巴鹦鹉；你看那蜀葵，它还有粉红锦葵、雅各的手杖、胆小鬼等别名，它从自己众多名字的高度开放出像少女的胸脯一样柔嫩的花儿；你看那几乎透明的凤仙花和龙头花，这两种花都非常羞涩腼腆，胆怯地将花朵缠绕在花枝上。

而在古老家族居住的僻静角落中，叶子长长的婆婆纳、红花委陵菜、印度玫瑰、马耳他十字花、又名血红蓝盆花的疮痂花、像报丧的焰火一样直往天上冲的毛地黄、欧洲耧斗菜、又名科隆比娜的风铃草、又名天堂玫瑰的麦仙翁——它胆战心惊地将自己瘦小脖子的小圆脑袋抬向天空；还有隐身草——它在诡秘地铸造苍白而又薄小的教皇国银币。毫无疑问，花仙子和小矮人们在月光下拿去买奇迹的就是这种银币。最后是被称作野鸡眼睛和野石竹的缬草，伟大的孔代在流亡中曾经种植过它。

在它们身边、头顶上和周围，在墙壁和栅栏上，在棚架和树枝间，如同淘气的猴群和欢快的鸟儿一样，许多爬行植物在尽情嬉戏。它们做体操，玩游戏，打跟斗，走平衡木，往下跳，往上飞，俯视深渊，攀上树梢去与苍天接吻。你看那西班牙豆和麝香豌豆，它们引以为自豪的是，它们不再被认为是蔬菜了。你看腼腆的旋花和金银花，后者的香气是露珠的灵魂。你看铁线莲和紫藤。金字塔风铃草在雪白的窗帘间、拉紧的绳子上创造奇迹，抛撒花束，用上千朵美丽的花儿编织花带；这些花儿如烟如雾，你若是第一次看见，绝不会相信自己的眼睛，甚至会不由自主地产生想用指头去摸一下这浅蓝色的奇迹；它像朝雾一样清新，泉水一样纯净，梦幻一样飘忽不定。

而在密林深处有一株巨大的百合，花园的老主母。在所有这些来自郊区、山谷、林野、沼泽和草原的平民百姓之中，在种种不知来自何方的移民中，只有百合才是真正的公主，它六片花瓣组成的银杯这贵族身份的标志源于诸神时代；古老的百合所高举的古老而又威严的权杖，在自己周围形成了一圈圣洁、宁静而又璀璨的光环。

我看到的这些花儿如同那许许多多被我忘却的花儿一样，它们集中在一位智慧老人的花园里，他即是教我爱蜜蜂的那一位。这些花儿长在花圃里，装在花篮中，以半圆形、四边形、对角形和菱形等几何图形，出现在我们面前。在黄杨树、红砖墙、琉璃瓦和石板的映衬下，它们像是宝瓶里珍藏的玉液琼浆，就像我们在荷兰古代诗人雅各·卡茨作品发黄的插图中和善良的桑德尔神甫的版画中所看到的那样。在17世纪中叶，桑德尔在其《佛兰德图说》一书中用文字和画图描绘了佛兰德的所有宫殿；为了表示感激之情，他有意让城堡的烟囱喷出烟柱，因为他在这些城堡里受到过盛情的款待，享受过美味佳肴。书中的花儿总是排成队列，有的按种类，有的按形态和色调，有的则是随心所欲地聚集在一起，不过，总是显现出互相敌对乃至仇杀的色彩，似乎是想以此证明，大自然里没有不和谐的东西，而一切生物都在创造自己所特有的和谐。

一栋漆成粉红色的房子像贝壳一样闪亮，它的二十扇圆窗都挂着干干净净的薄纱窗帘。这房子看到花儿如何在晨曦中醒来，抖掉身上滴溜溜直往下滚的钻石般的露珠；而到傍晚，它们又如何消隐在从星空降下的蓝色的暮霭中。显然，房子在尽情享受这每天都充满柔情的乐园，神气地稳坐在两条闪闪发光的运河之间；而运河所流经的望不到边的草地上，到处是安静的牛群。此时，路边壮丽的风车倾斜着身子，像传道士一样，用自己的轮子向乡间的行人表示热情的问候。

在我们地球上，还有比闲暇时照料花儿更舒心的事情吗？看着我心境平和的朋友住宅周围那一片赏心悦目的花儿，真叫人羡慕不已。世界创造这些花儿，是为了从中获得美丽的色彩、蜂蜜和芳芬。我的朋友将它们变成了观赏的对象，把夏天的种种分散的、转瞬即逝乃至难以捕捉的美，把空气的全部激情，把夜的香气，把光的深情，把时刻的欢乐，把朝霞的秘密，把蔚蓝天空的私语与思考集聚到自家门口。他不仅用热情的参与欣赏它们，而且还想——这或许是一个错误，因为这是一个深奥的、难以参透的秘密——研究花，通过它们来捕捉大自然的某种规律和隐秘的思想，捕捉宇宙的某种秘密意志，或许，只有在那些激动的时刻，即当宇宙努力使其他物体喜欢自己、竭力诱惑其他生命并且创造美的时候。

我说的是古老的花。我说得并不对。你若是去研究它们的历史，探索它们的起源，你就会惊奇地发现，它们当中的大多数，甚至包括最普通、最寻常者在内，都是新生者、获释者、被驱逐者、好出风头者、远方来客乃至外国人。任何植物学课本都会向我们介绍它们的来历。比如郁金香（你想必还记得拉布吕耶尔提到的"隐士"、"玛瑙"和"金旗"）是17世纪从君士坦丁堡到我们这儿来的。毛脚鸡、月光草、马耳他十字花、凤仙、倒挂金钟、又名丝绒石竹的印度玫瑰、又名天神石竹的园艺水仙、双色乌头、鸡冠花、蜀葵和金字塔风铃草，也几乎是同时从印度、墨西哥、波斯、叙利亚和意大利到我们这儿来的。三色堇1613年在我们这儿出现，金簪子——1710年，红亚麻——1819年，蓝盆花——1629年，蔓状虎耳草——1711年，长叶婆婆纳——1731年，鲜艳的福禄考来的时间略早于它们。中国石竹大约在1713年，进入我们的花园。五彩石竹是不久前才诞生的。大花马齿苋直到1828年才出现，而洋苏草则出现于1822年。极普通极常见的泽兰只有两百来年的历史，蜡菊亦即干花的历史更短。百日菊百年前才出现。西班牙豆源于南美洲，香豌豆则是西西里岛来的移民，都只有两百来年的历史。最偏僻的乡村才有的木本洋甘菊系从1699年开始栽培。令我们的花工惊呆的美丽的兰花半边莲，是开普兰蒂亚在革命时期赠给我们的。中国紫苑在我们这儿登记的时间是1731年。一年一个生命周期的福禄考或德鲁蒙德福禄考如今随处可见，它是1835年从得克萨斯州到我们这儿来的。大花熏衣草长得像天真幼稚的乡下姑娘一样，似乎毫无疑问是土生土长的花儿，实际上在我们北国的花园里生活的时间才有250年；而矮牵牛顶多才有25

年。木樨草和天芥菜更是叫人难以相信：它们还不满两百岁；大丽花是1802年才诞生，而唐菖蒲与大岩桐更是昨天才出现。

我们祖辈的花园里都有些什么花儿呢？它们品种非常少，花朵小，色调也朴素，很难同路边、草地和林畔野生者区分开来。无论我们古代手抄本精美插图上的花卉画得多么精心，多么善于巧饰，你还是会注意到它们可怜而又单调。同样，我们博物馆中直到文艺复兴结束之前用来装饰最豪华的宫殿和人间天堂的那些绘画作品，往往也只画有五六种老是重复的花儿。到16世纪之前，花园里几乎空空如也；后来连凡尔赛，鼎鼎有名的凡尔赛，也无法向我们展示如今连最穷困的乡村都能向我们展示的花草。当时只有紫罗兰、铃兰、金盏花、罂粟及其同属的虞美人、几种番红花、鸢尾、秋水仙、毛地黄、缬草、锦葵、矢车菊、野石竹、勿忘我、玫瑰以及蔷薇和亭亭玉立、银光闪亮的百合——这一切都是我们被冰雪和北风惊扰美梦的森林的田野的本来的装饰品，只有它们对我们的祖先微笑。不过，它们那时还未意识到自己的贫穷。人也还没有学会观赏自己周围的风光和欣赏大自然的生活。随后，文艺复兴时代来到了，这是伟大旅行、伟大发现和太阳胜利的时代。世界上的一切花儿，一切幸福的努力的果实，一切深层次的内在美的表现，我们星球的一切令人振奋的思想和意志追求，都在我们这儿出现了。阳光为我们送来的这些东西，人类本来期待上天赐予，而实际上它们就产生于我们的大地。人决定走出教堂，走出地下室，走出砖修或石砌的城墙，走出他至今在其中浑浑噩噩苟且偷生的坚固城堡，走进蜜蜂飞舞、万紫千红、香气馥郁的花园。他像儿童一样从睡梦中醒来，睁开惊奇的眼睛。森林、平原、大海、高山乃至鸟儿和花儿都欢迎他醒来，花儿更以大家的名义、用他已经懂得的更富于人性的语言对他讲话。

现在，再没有我们所不知道的花儿了。我们已经找到了大自然赠予伟大的爱情之梦和对美的渴望的几乎所有的形式，而对于美的渴望一直令大自然的心激动不已。我们几乎可以说已经在享受大自然的种种最富于情感的发明，种种最动人的发明。我们出乎意料地参加了无形力量神秘的节庆，这力量也令我们精神振奋。我们的篮子里又多了几种花这一事实，乍看起来微不足道。它们仅仅是在用无力的微笑点缀通往死亡的道路。然而确定无疑的是，这是我们的前人未曾见过的新的微笑，而这一新发现的幸福将慷慨地遍布四方，到达每一个贫困人家的门口。善良而朴实的花儿在穷人家狭窄的菜园里，如同在城堡的豪华草地上一样，感到自己无比幸福，容光焕发；它们用最高级的美来环绕简陋的茅屋，因为地球上迄今还未生长出比花儿更美的东西。花儿们在继续征服大地。它们已经宣告，令人身心健康的欢乐是平等的；它们还预见到，总有一天，人们最终将获得同样长时间的闲暇。的确，或许这并不重要，但仅仅是或许而已，如同我们看待我们的每一次小小的胜利。用新思想来丰富我们的头脑或用新感情来丰富我们的心灵，显然也不重要，然而，这却会慢慢地将我们引向我们所期待的目的。

无论如何，我们都已面临一个新的现实。这现实便是：我们正生活在一个花儿变得比往昔更美也更多的世界上；或许，还可以再补充一句：人们的思想已变得更加公正，更加渴望真理。我们所获得的最微小的欢乐和我们所产生的最微小的忧愁都应当载入人类的史册。不应蔑视这样的肯定性证据：我们最终将掌握种种不可名状的力量；我们最终将开始制定若干控制各种生物命运的法规；我们将适应我们星球的生存条件；我们将美化我们的家园，逐渐扩大幸福与生活之美的天地。

※ 花的香气

在对花的智慧谈了这么多之后，自然得对花的灵魂亦即香气说几句。遗憾的是，对于这个问题，如同对于人类的灵魂——人类智慧所在的另一个领域的香味一样，我们一开始就会碰到许多难以理解的东西。对于花儿在我们周围的空中散布的无形的奇妙氛围，我们几乎一无所知，认为花香主要是用来诱惑昆虫的成见，实在值得怀疑。首先，许多香气馥郁的花儿并不需要异花授粉，它们对蝴蝶和蜜蜂的来访持无谓的态度，甚至感到不舒服。其次，对昆虫最有吸引力的是花粉和花蜜，香味几乎往往是多余的东西。此外，我们还看到，昆虫讨厌玫瑰、石竹等香气袭人的花儿；而对于槭树和榛子等几乎毫无香味的花儿，却是围得水泄不通。

我们承认自己还不明白花儿为什么需要香气，如同不明白我们是以什么方式接受气味一样。在我们的各种感觉之中，嗅觉实际上是阐释得最少的一种。毫无疑问，视觉、听觉、触觉和味觉是我们的动物性生活所必需的。只有长期的文明才能教会我们无私地运用形式、色彩和声音。而我们的嗅觉也尽了重要的服务责任。它负责保护我们呼吸的空气，履行卫生工作者和化学家的职责，认真地检查我们的食品的质量，因为任何不良气味都表明存在着可疑而危险的隐患。除了这一实用性使命之外，嗅觉还履行着一种似乎完全无益的使命。对于我们的肉体生活来说，香气一点儿用处也没有。它若是过于强烈和持久，甚至还会产生危害。

尽管如此，我们还是掌握了欣赏它们的能力，能够激动万分地接受它们，如同发现美味的水果和饮料。香气的这种无益性值得我们关注。它很可能蕴涵着某种美丽的秘密。这是大自然唯一一次让我们免费享受欢乐与满足之时，不受必然性陷阱的迷惑。嗅觉是大自然在感觉领域赐予我们的唯一奢侈品。

不仅如此，它与我们的肉体还似乎格格不入，同我们的机体也缺乏密切的关系。这一器官是在发展还是在衰退？这一能力是已走向死亡还是刚刚苏醒？一切都使我们认为，这一感觉正在同我们的文明一起发展。古时候，人们喜欢的是最强烈、最浓重，亦即所谓最厚重的香气，如麝香、安息香和没药等的香气。在希腊、拉丁诗歌和犹太文学中很少提到花的香气。即使是在我们今天，难道你能看到，农民在休息之时会想到将紫罗兰拿到鼻子边来嗅吗？而城里人发现花时，他岂不马上就要这么做吗？

这就是说，有理由认为，我们嗅觉的产生晚于其他感觉；它或许是唯一不像生物学家们沉重地表述的那样处于"退化途中"的感觉。正因为如此，我们才依恋它、考究它和培植它。若是嗅觉能像视觉一样完美，如同狗的鼻子与眼睛一样敏锐，谁能预言，嗅觉将会给我们带来多少难以想象的东西呢？

这是一个尚未被研究的完整世界。这种神奇的感觉乍看起来似乎与我们的机体格格不入，但若深入观察，就会发现它已深深地渗入我们心中。难道我们首先不是在空气中生活的动物？难道对于我们来说，空气不是绝对需要、一刻也不能缺少的元素吗？而嗅觉不是能够感受空气某些部分的唯一感觉吗？香气是给予我们生命的空气的珍宝，它美化空气也不是没有原因。若是这难以理解的奢侈品符合某种深刻而又重要的东西，而这东西如同我们上面论及的那样不是已经消亡，而是尚未到来，这或许不会令人感到惊奇。这种唯一面向未来的感觉，完全可能最鲜明地显现出幸福而又符合人们心愿的物质形体与状态，为我们准备许多意外的礼物。

而目前它属于最强烈、最敏锐的感受。在幻想的帮助之下，它已逐渐猜测到那些显然环绕着环境与世界的浓重而又和谐的蒸汽的含义。如果我们已经起步去感觉雨水与黄昏的香气，我们为什么不继续向前去区分和鉴别冰雪、朝露、晨曦与闪烁星光的气味呢？空间的一切都拥有自己的香气，甚至包括月光、流水、浮云与蓝天的微笑在内。

机会，说得更确切一些，自由的选择，使我最近到几乎所有的欧洲香水出产地和加工地去了一趟。实际上，众所周知，在从戛纳到尼斯之间的这片阳光明媚的土地上，生机盎然的天然鲜花遍布的最后丘陵与山谷支持着反对德国粗俗的化学香水的英勇斗争，后者也被视为天然香水，如同画作舞台布景的森林和山谷被视为大自然中真正的森林和山谷一样。

这儿农民的工作按照特殊的专业养花历法来安排。按这一历法，五月和七月在位的是两位迷人的女王：玫瑰与茉莉。这两位女王，一位沐浴着朝霞，另一位的衣衫上缀着白亮的繁星，从元月到十二月，她们身边相继簇拥着无数匆匆开放的紫罗兰，忙忙碌碌的长寿花，带着赞叹表情的天真的水仙，丰茂的含羞草与木樨草，香味浓烈的石竹，神气的老鹳草，任性而又贞洁的橙花，熏衣草，鹰刀豆，过于健壮的晚香玉与山扁豆，以及满树开满金毛虫一样的金黄花朵的金合欢属植物。

起初，看到那位显得有几分傻气的壮实的农夫，不免感到奇怪：严酷的生活使他在其他任何时候都无法露出生动的笑容，但他却特别看重花儿，精心地照料这大地娇嫩的装饰品，履行蜜蜂或是公主的职责，被紫罗兰或是长寿花折腾得弯腰驼背。不过，最令我惊奇的印象却是得自几个傍晚或是早晨，在玫瑰或茉莉开放的季节。大地的氛围似乎突然变了样，让位于某种无比幸福的星球的氛围，那儿的花香与我们这儿不同，不会消逝，不难确定，也不是偶尔出现，而是成了经常、普遍、稳定而又高雅的生活规范。

在谈及格拉斯及其周边地区时，人们曾不止一次地描绘——至少我觉得是这样——这一几乎可称之为仙境的景象。这座勤劳的城市，就像一个沐浴着阳光的蜂房，坐落在山坡上，所有的市民都参与这一工作。人们描绘过整车整车的玫瑰如何倾倒在热气腾腾的工厂的门口，而大厅里的分拣女工似乎在花瓣组成的波浪里游泳；运来的紫罗兰、晚香玉和山扁豆虽然没有这么多，但却更为宝贵，农民们把它们装在大花篮里，顶在头上，充满诗情画意。

有人还描绘过，如何根据每种花的特色获取花心迷人奥秘的种种方法，并将这些秘密装进水晶花瓶里。众所周知，有些花，比如玫瑰，性情随和温顺，比较容易献出自己的香气。人们将它们成捆地放进我们的火车头那么大的锅中进行蒸馏。由此而获得的香油，比珍珠液还贵重，它一滴一滴地慢慢进入鹅毛笔一样细的玻璃管，随后在奇形怪状的蒸馏甑底部艰难地流出琥珀状的泪水。

不过，大多数花儿都不那么情愿让自己的香水被俘。这里且不说为了迫使它们最终交出珍宝而对它们施加的种种酷刑，因为它们固执地将这些珍宝深藏在花心之中。只消提一下长寿花、木樨草、晚香玉和茉莉等花所经受并因之而不再继续保持沉默的折磨，即可对刽子手的阴谋诡计和罹难者的顽强有一个大致的了解。顺便说一下，茉莉的香气是唯一无法模仿和不能用其他气味人工合成的气味。

人们先在玻璃板上涂上一层两指厚的油脂，然后在上面铺满鲜花。油脂要装出多么虚伪的笑容，作出哪些奸诈的许诺，才能诱使鲜花作出无法收回的倾诉呢？无论如何，这些过于轻信的可怜花儿很快就丧失了一切。每天早上人们去采摘它们，随意乱扔，又在险恶的卧榻上新铺一层心地单纯的花儿。它们很快就献出自己的秘密，一批又一批地承受同样的命运。仅仅三个月之间，贪婪而又阴险的油脂就吞噬了九十代花，吸足了芬芳的秘密与倾诉之后，它才不再继续接纳新的牺牲者。惟独紫罗兰能够抵御冷血油脂的诱惑，因而又遭受火的酷刑。人们将装有猪油和紫罗兰的容器放进开水中。经受这野蛮的处理之后，装点春天小路的端庄而又温柔的花儿，逐渐失去了保守自己秘密的力量。它让步了，献出了自己。而它那阴险的刽子手，要吃掉四倍于自身重量的花瓣，才会感到饱足，于是在紫罗兰于橄榄树阴下开放的这整个季节，对这种花儿的折磨一天也不停歇。

可是戏还没有演完。还得迫使这贪婪的油脂，无论是冷是热，将它们吞下去的宝贝吐出来，而这些黏黏糊糊的丑类则竭尽全力，想把宝贝留住。要使它们就范，不能不费些功夫。油脂有着致命的低级嗜好。请它们喝点酒精，它们就会把吞进肚里的东西吐出来。现在，秘密落进了酒精手中。秘密一经成为它的私有财产，它马上就想独占，而酒精又被制服、蒸发和浓缩。就这样，在经历许许多多的惊险遭遇之后，这纯净的、永远也用不完的、几乎不会腐烂的、货真价实的液体珍珠，最终被装进香水瓶中。

我不拟叙说提取香水的化学方法，如使用石油醚和二硫化碳等等。格拉斯兴旺的化妆品贸易信守传统，避免采用这种几乎是不讲廉耻的人工方法；这种方法产生的香气十分刺鼻，并使花儿的心感到委屈。

亚瑟·克里斯托弗·本森（1862—1925），英国作家，坎特伯雷大主教爱德华·怀特（1829—1896）的长子。代表集子有《静水旁》《学院窗》和《记忆与朋友》。

※ 变老

我在河边一个人散步回来时，太阳在无叶子的榆树和有城垛的塔楼后闪射出红彤彤的光芒；烟囱上悬浮着轻纱一样的流烟，在金色的光线里一片蓝色。公地上的各种比赛刚刚结束；一溜身着长外衣的观众向镇上走去，间杂着运动员那些颜色混杂泥迹斑斑的身影。我在河岸上溜达了半个下午，目送着船只上下往来；倾听着公鸡扯尖嗓子鸣叫，船桨有节奏的击水声，桨架有韵律的吱嘎声，时不时还会传出铁链传动渡船的摩擦声。

二十五年前，我自己曾在这里挥桨划动这些船里的一只，可我并不希望重新体味这种经历了。我如今已弄不明白，我是为什么，又在什么样微不足道的善意或者错用的爱国主义时刻，竟同意加入其中划船。我不是一名好桨手，到底也没有练成高手；我对我的表现不抱什么幻想，瞬间的自满都会被岸上教练粗声大喉的批评喝断，哪怕是我们在喘口气儿期待表扬的奖赏或者责怪的时候。不过，尽管我无意重复这一过程，重尝那种我分明觉得始终无法忍受的奴役，但是此时此刻兴趣盎然地看着这种欢天喜地的场面，也免不了一丝苦涩，因为我感觉到我告别了某种东西，一种特有的活泼，身体的柔韧，也许精神的弹性，我当初对它一无所知，可现在我认识到我一定拥有过的。

既赞赏又羡慕，我望着这些年轻、健壮的身影，裸颈露膝，有节奏地挥桨而过。我看见一伙生龙活虎的桨手在船坞旁的水边提着一艘船，他们中间的另一半桨手潜在水下扶着船帮的另一边，形成一列肃穆的队伍向嘎嘎作响的沙砾层走去。我看见一对兴致勃勃的年轻人，刚刚划完小船，在水边跳起舞来，又疯狂又随意；我看见尾桨手与教练在严肃地讨论深层意义的问题。我还看见一个肢体干净清朗的年轻人步履轻灵地去赴一顿名正言顺的茶点，但愿他心清气爽，心无焦虑，一心想的是度过一个惬意的傍晚。"哦，三位一体的琼斯，哦，女王的史密斯，"我在心里说。

"tua si bona noris！（拉丁文，意为早知道什么对你有益多好啊。）尽情享用美好的时光吧，我的孩子，享受够了再去办公室，再去四层结构的房间，或者乡村的教区！规规矩矩地生活，广交以心换心的朋友，遍览前人留下的好书，留住各种美好的记忆，比如在古老宫廷里炉火融融的房间，比如言无不尽的交谈，又比如为喜庆而喜庆的宴典。凉丝丝的清晨空气十分新鲜，新绽开的鸟眼花非常清香，刀叉丁当摆放的声音非常清脆，烤牛排的香气萦绕在学院大餐厅的黑黝黝的橡头，令人馋涎欲滴。然而学日转眼即逝，学期送走一个少一个；千万别忘了做一个又理智又友善的年轻人！"

萨克雷在一首令人陶醉的叙事曲里，占用了一面可爱的书页，等待他走过不惑之年：嘻，我等待——确实，我做得有几分超越常规——而今天这生气勃勃的生活的景象，一如既往地向前流逝，同样漫不经心，同样充满快活，让我有心情反思，拾起记忆的碎片，看看是不是全都失去，全都倾叙，或者是不是还留住了什么，在所留住的东西后面还有力量。

我有一种看法，那便是一个人应该以平静而恬淡的方式变老，应该把自己生命的时间过得心满意足，无怨无悔，各种娱乐和追求应该变换得自然，随意，不可放弃得遗憾。一个人不应该让人家拖出舞台还乱喊乱叫，见了门框和栏杆就扑上去抓住不放；一个人应该面带微笑离去。说起来容易做起来难啊。一个男子汉第一次意识到他在足球场上没有了位置，意识到不能敏捷如常地俯身向后卫击出飘忽不定的一击，意识到轻舞漫步竟汗流浃背得失态，意识到餐后不能走上一整天而不屡屡犯困，或者饱餐一顿后匆匆离去而不致消化不良，那自然不是一个个美妙的时刻，这些个时刻让人心酸，我们大家谁都躲不过，倒不如最好笑着面对，大可不必感到窝火。一个人如同根本不能脱离童年时代一样，对这类事情死死抓住不放，中风的气息一口接一口吹个不停，便是一个不折不扣的古怪人影了。听到年轻人议论一位我的风光不再的同辈人，听到一个人与另一个人兴致勃勃地谈论看到那个老废物逞强逞能而幸灾乐祸，都是一堂讲述强撑青春的生物课。一个人当然可以贻人笑柄而不失尊严，只需坦坦荡荡，听凭别人带着去参加常有的符合上年纪人的那些活动，无须忸怩作态，遮掩力不能及。但是服老却是最应该尝试的。也许最好的方法是甘愿做那和蔼而兴致不减的旁观者，随时准备为你不能参加的比赛鼓掌，随时为你不能竞比的敏捷身手而叫好。

那么，如果还有什么的话，失去年轻的朝气蓬勃会有什么补偿吗？我可以发自肺腑地说，补偿很多，很大。首先，年轻人中间产生多不胜数痛苦的特性，自我意识的特性，没有了。一个人平静的脑海一次又一次被笨拙举止、被羞赧、被无话可说的痛苦意识搅得一塌糊涂，更别说一张口就说错话的痛苦意识了！当然，这一切都是无限夸大了。倘若一个人走进教堂，比如说，戴着草帽，只是因为忘记摘下来，却身着白色法衣，他便在几天里感到这事被人家用火热的字母写在每面墙上。我本人早年是一个热情的健谈人士，带着青春的那种迷人的无所不知的劲头，满以为我的观点远比大人物那些充满陈腐之见偏执一词的观点值得一听。但是一旦我置身这些石化般人物的社会，等我想好了一句适当的话，虎头蛇尾的开场白早已收尾，我的鸿篇大论要么根本说不出来，要么它让人一听就是陈词滥调，没有新意。要么把我广泛经历的阴暗落后面不加分析地概括起来呈献给众人，被某个冷酷的长者不妥协的声音和因袭的意见全盘否定或者轻蔑地予以纠正。随后出现压倒的场面，如同那些面试一次的结论，当作一个讨人厌的沉闷的年轻人加以拒绝。

我完全相信我自己的活泼和生气，然而说服我的长辈们相信我拥有这些品质似乎是一桩难以成就的任务。

一位友善的年长朋友经常依赖我的狡猾，而且说我的那种狡猾念念不忘自己产生的结果。这话什么用也不管，就好比一个人跟牙疼的人说，他吃尽牙疼的苦头只是自己太在意了。因为我毫不怀疑，把自己当回事这种疾病对有才智的青年是小事一桩。玛丽·巴什基尔切夫在她写的令人畏惧的自我暴露的日记中，写了一次造访，是她去拜访一个表示对她感兴趣并要求面见的人。她说走过房间的门槛时悄声祷告道："哦，上帝，让我值得人家一见吧！"一个人是多么习惯要求给人留下印象，让自己被人感受，被人欣赏啊！

啊，所有这种不自在的渴望统统离我而去了。我不再怀有什么特殊的欲望让人注意，或者指望给人留下印象。当然，谁都喜欢感到新鲜，感到活泼；但是在过去我习惯加入一个圈子，在这一场合不懈地努力着让人感觉、给人愉悦和兴趣，而我现在走进一个圈子先自贬三分，只希望看人家表现。这样做的结果是，一旦摆脱了这种自我膨胀的巨大范围和从内心把自己太当回事的态度，我不仅发现自己比过去自在多了，还发现别人是那么令人感兴趣。不再把你的快帆船并排靠在另一艘船旁，一心打算进行一次重新乘船远游，现今只是对大船进行一次和蔼的拜访，摆出彬彬有礼和笑容可掬的样子。不再要求去征服别人，我很高兴让别人征服我了。我还以为，即使说出些什么想法，那并非是警觉到了什么听不惯的苗头，而是完全意识到我自己的观点只不过是沧海一粟，随时准备融为一体。在过去我要求意见一致；我现在则对众说纷纭深感兴趣。过去我一心想让人信服；我现在让人指出错误和无知只有感谢不尽。我现在不再支支吾吾怕说我对哪个问题一无所知；在过去，我习惯装出无所不知的样子，却不得已恼羞成怒地乖乖让人家揭露本来面貌。我觉得我一定一直是一个相当令人不快的年轻人，但我又谨希望我内心还不至于像在人前表现得那么令人讨厌。

多活一把年纪的另一个好处是减少了对习俗的专制。我以前要求做该做的事情，认识该认识的人，参加该玩的比赛。我没有考虑过是不是值得牺牲个人的利益，顺应潮流是不是至关重要。渐渐地，我才发现别人很少费神去琢磨所做的事情；该认识的人往往是最令人讨厌、最入俗套的，而且值得参加的唯一比赛是一个人真心喜欢的比赛。我以前住在不合心意的房子里会忍受痛苦，不会射击却接受了射击邀请而感到痛苦，因为我知道谁要去跳舞我再去而感到痛苦。当然，一个人在任何情况下都要承担许多令人不快的责任。

但是我慢慢地发现，被人说成有趣有益的事情做起来却令人不快，如若采取这种原则会把整个环境误解了。现在，如果有人要我待在一间令人不快的房子里，那我会一口拒绝；我谢绝花园宴会和公共场所用餐和跳舞的邀请，因为我知道它们会让我不快；至于比赛，如果我能躲过，我一概不参加，因为我发现它们不会让我从中获得娱乐。当然，有些场合需要一个人充充数，那么一个基督徒和绅士有责任凑凑数，并且心甘情愿地去做。我不再受小偏见的摆布，像我以前那样偏激。年轻的时候，如若我认为他的举止显得扎眼或者让人不快，如若我对他的题目不感兴趣，我会把他归于讨厌一类，不再打算深交。

现在我知道这些都是肤浅的举动，一颗包容的心和一种令人感兴趣的个性是不会排斥标新立异的样式甚至羊排式络腮胡子的可爱之处。事实上，我认为一些小怪招和小差异也会有显而易见的价值，组成了一种令人愉悦的多姿多彩。如果一个人的行为引不起人注意，我经常发现这不过是害羞行为或者笨拙表现，往往会耽误熟悉沟通的机会。事实上，我的标准降低了，可我更加宽容了。我还算不上，我承认，十分十的宽容，但是我的宽容看重品质，受不了外在的显摆。我见了喋喋不休的人，作张作致的人，轻蔑傲视的人，依然躲避唯恐不及；但是如若他们的陪伴实在回避不了，我至少学会了捆住自己的舌头。

前些日子我在一户乡村人家小住，一个极其让人厌烦的老将军对那次暴动（指印度1857年至1858年的起义。）的话题定了死调，因为他当年是中尉参加过镇压。我分明知道他在发表喋喋不休的怪论，但是我没有处在一种与他争辩是非的地位。接下来这位将军成了殷勤的、疲倦的老绅士，干坐着，两只手指尖对压在一起，时不时冲人微笑，冲人点头。半小时过去，我们点上了蜡烛。将军迈着不可一世的步子睡觉去了。身后留下了一伙打着哈欠蔫头耷脑的人群。那位老绅士向我走过来，头冲着那个离去的身影，说："这位可怜的将军偏听偏信得好厉害呀。我不便开口说什么，可我对这个话题知道不少事，因为我当时是战事大臣的私人秘书。"

这就是一种正确的态度，我认为，一位具有绅士风度的哲学家本该如此；我从我的老朋友那里学会了这套，碰上一个凶强侠气作张作致的家伙对我碰巧熟识的话题发号施令时，我学会宁愿什么话也不多说了。

年长的优势还有另一个收获。我承认青春确实会生出更敏锐的狂喜，更灵敏的感悟，更富有激情的兴奋；然而随后心境也更迅速更无助地陷入泄气、疲惫和绝望的状态。我认为生活不能大喜过望，不过生活确实令人向往，而且怎么向往也不过分。我年轻的时候，许多事情我都不大在乎。我全部心思都在诗歌与艺术上；我觉得历史让人厌倦，科学令人烦恼，政治不能忍受。现在我心存感激地说，一切都反过来了。

青春的光阴向我打开了一扇扇生活的大门。有时，一扇门会在一个神秘与奇妙的地方敞开，例如一片魔宫一样的森林，一条庄严的大道，一汪沉睡的沼泽地；常有的是，一扇门还会开向某个尘封的工作日地点，开向埋头应付难以容忍的差事的种种难以分身的形式，开向吱吱扭扭作响的车轮，开向隐隐闪亮的机器，开向工作和车间的嘈杂。又有时候，一扇门开向一个贫瘠而郁闷的地方，开向一个石块遍布的山坡，开向一片广袤无垠的沙漠；更坏的情况是，敞露的地方有时会充满苦难、烦恼、无望、哀怨，还笼罩着各种惧怕和罪过。我躲离这样的前景有苦难以言说；可是那该死的地方的氛围缠着我几天不散。这些意外事，这些异常的猜疑，迅速地把我团团围住。

这世界与儿童时代不经意的预测所描绘的样子是多么不同啊！多么奇怪，多么美丽，而又多么可怕啊！生活在继续，美丽在增加，一种更平静、更安静的美让自己显露出来；年轻时，我寻找奇异的难忘的、挥之不去的美，寻找也许在深层躁动与活动的东西；但是年复一年，一种更简单、更温馨、更健康的美让自己为人感觉；这样的美就在荒凉的、轻轻洗刷的、淡色轻染的冬季的山坡上，所有精致的青枝绿叶和棕土褐石，全都来自富饶的夏季的奢华，却又显得那么素简，那么纯洁。我也变得热爱五花八门的书了。

青春年少时，一个人会强求一束慷慨的闪亮，一团激情的火焰，一股色彩强烈的情感激流；但是一步步到来的是对审慎的钟爱，柔和的反省，一个更加镇定的世界，一个人在其中如若不能一劳永逸，但起码可以恬静而愉快地旅行，带着范围更加宽阔的经历，一份更大的希望，哪怕更加渺茫呢。我变得要求这个世界更少，要求自然更少，要求他人更少；可是，瞧吧，一大套更纤细更温柔的情感呈现在眼前，宛若远处湛蓝的群山，纯净而低平。世界的全部运动，过去的与现在的，变得明白易晓，一览无余。我看见人性就在政治和立宪问题的后面，强壮的、朴素的力量运动起着作用，像个性的白沫与泡沫下面一条涓涓流淌的溪水。倘若年轻，我相信个性与影响能够左右与改造这个世界，在后来的岁月里我渐渐看出来最强壮最强烈的形质却仅仅是河面上的残存物，折断的树枝，撕断的野草，在缓缓流动的洪水的岬湾旋里打打转，而且在它们后面有一股隐隐约约随波逐流的力量在暗中前进，把它们冲到了大洪水的前沿。过去看似干巴巴理论上的、枯燥的、公理的、陈腐的东西，让它们自己表现出巨大的多种包容的能量，来自一条人类努力和人类抗争的洪流。

因此，所有大量细节和人际关系曾被青年的傲慢的种种偏见打着正事的笼统名字粗暴地抛置一旁，这时却慢慢地产生了一种浓烈而活生生的意义。我无法点滴不漏地追踪这一过程；但是我开始感知到了这个世界的丰富、能量与无与伦比的兴致所在，感受到了成百种曾经在我看来最不吸引人的思想的活力。

还有，所有所得中最大的收获是多了一种耐性。年轻时，一个又一个错误似乎无法弥补，一个又一个灾难好像无法容忍，一个个雄才伟略仿佛无法实现，一次次失望看似不能忍受。焦虑像一块难测的黑色云团悬浮着，失望毒害了生命之泉。但现在我学明白，错误经常可以纠正，焦虑可以消逝，灾难有时反能带来补偿的喜悦，雄才得以展示也不总是令人开心，失望往往本身就是一种再次努力的诱因。一个人学会躲开麻烦，却不学着弄清麻烦在哪里；一个人弄懂希望比忧思更难以遏制。这样，万无一失的心理就乘隙而生了，那就是一个人不能多冒不该冒的险，不能多交没有前程的人，不能多去经受痛苦的经历，不可越过曾经希望过的东西。它也许不是，不，原本就不该是一种过分热烈、过于热血沸腾的精神；它只是一种更平静、更令人感兴趣、更幸福的景色。

所以，像鲁宾逊·克鲁索在自己的荒岛上一样，努力寻求我的种种有利条件与不利条件之间的平衡时，我倾向认为好的论点是占支配地位的。当然，强烈的人类本能依然故我——让道德家们的讲座得以存活；而且吃着碗里占着锅里的欲望仍旧存在。一个人既想保有中年生活的收获，又不想与青年的激情告别。"变老的悲剧，"一位杰出的作家说，"是挽留青春。"也就是说，精神不像肉体衰老得那么快。生活的忧愁在于想象力，在于对生活过的好日子和拥有过的鲜活感情追思的力量；还在于预见缓缓夺取并侵蚀年华的力量。然而，比康斯菲尔德爵士曾经说过：一个人不得不忍耐的最坏的罪过是预测那些不会发生的灾祸；

我敢保证的是，看准不放的事情是过日子并为日子尽可能长久地活着。我不是指一种享乐主义方式，只要能得到便尽情享尽快活，好像要把本来延续一生的幸福挥霍于一时；而是指纽曼诗里表达的一种精神：

我并不要求眺瞩远处的景色；我只想向前一步。

即使现在，我发现我正在本能地获得某种力量，把时光充分利用起来。在过去，如果面前摆着一件令人不快的事务，为此我一想到它就心烦意乱，我当初总觉得它在我的水杯里下了毒药。现在遇到这种情况思想有了一百八十度大转变；在裁定命运的黎明之前不得已迎接一个个安静而平和的日子里，我拥有了突出的快活感。我以前在我惧怕的那天之前仍然属于我自己的日子里早上一觉醒来，觉后返回的意识往往伴随着那种不安的情绪，脑子警觉而失衡，开始预测我害怕的事情，只觉得我不能面对它。现在却通常是一觉醒后跟自己说："嘀，不管怎样，今天依然在我手中啊。"随后，因为觉得不开心的经历摆在前面，这一天本身就具有了一种增值的价值。我捉摸，这正是那些老迈者屡屡表现出来的那种宁静欢乐的秘密所在。他们看似离那道黑色门槛近在咫尺，但是想到这点却完全不当回事；他们怀着顽童般的幸福，对小小不言的闲趣野味乐此不疲。

就这样，在很少给心境带来某种平和的渐浓的黄昏时分，我回到了学院。看门人坐在他那舒适的小屋里，两脚伸在火炉围栏边，读着一份报纸。光亮开始在庭院里闪现，火光活泼地窜向墙壁，而墙壁上映照出青年人生活的快活迹象，那些人群，那些家庭照片，那支悬挂的桨，那顶光荣的帽子。于是，我走进我的书籍成排的房间，听见水壶在壁炉上唱着慰藉人心的歌儿。我想起手头有几封信要写，有一本有意思的书要翻一翻，有一顿可口的大餐厅晚餐企盼；又想起一次谈话后，一名或两名在校学生要来谈一件悠闲的工作，一篇随笔或者一份论文；想起这些，我比以往更愿意默认自己风光不再，更愿意像一只老猫一样呼噜噜假寐，更愿意承认尽管我享到了无价可比的清闲福分，只承担一份小责任，但是对生活的话是说不完的，而且倘若我不能感到心满意足，那我只会是一只可怜虫了。

当然，我知道我没有抓住更亲近的生活纽带，壁炉啦，家庭啦，妻室的陪伴啦；成长的姑娘和男孩带来的欢乐和利益好处啦，等等。然而如若一个男人有慈父情怀，有儿女情长，那他会寻找到许多青年小伙子来享受父亲的情怀，对耐心倾听他们的烦恼、困难和梦想的人的好心看护感激不尽。我有两三位青年朋友，常告诉我他们在干什么和他们希望干什么；我还有许多记者，从小与我就是朋友，一次又一次告诉我那个他们闯荡的更大的世界如何发展，而且反过来又喜欢听听我在干些什么。

我这样坐着，壁炉上方的那只钟滴滴答答地送走了令人愉快的分分秒秒，火光在壁炉里明灭燃尽，这时那个老校工前来敲门，了解我晚间有什么打算；稍后，又一次，我出门走进了庭院，学院楼亮着灯光的窗户映照出古老盾徽的玻璃，一段接一段楼梯上走着三五成群的机警的、身着长外套的身影，而在头顶上方，超越令人心爽的生活的涌动与喁喁碎语之上，在幽暗的天空悬垂着恒定不变的星星。

（辛梅 译）

森鸥外

森鸥外（1862—1922），日本近代小说家。

短篇《舞姬》（1890），系根据留德经历敷演而成，开日本浪漫派文学的先河，

成为传世之作，不朽的名篇。

其他重要作品有《雁》《青年》《妄想》等，

以及历史小说《阿部一族》《山椒大夫》《鱼玄机》《最后一句话》《高濑舟》等。

※ 藏红花

闻其名而不知其人的事，是常有的。非止对人，于物亦然。

据说，我小时候好读书。那时，既没有可供少年阅读的杂志，也没有岩谷小波君写的童话。凡家藏的书，像祖母出嫁带来的《百人一首》，祖父说唱义太夫留作纪念的净琉璃脚本，以及绘有谣曲梗概的连环画等等，有什么看什么，既不出去放风筝，也不玩打陀螺。同邻居的孩子，更谈不上有任何知心的交往。所

以，愈发沉湎于读书，仿佛尘埃附物一般，各种事物的名称也就留存在我记忆之中。于是，成了一个知其名而不知其物的跛子。对物品名称，大体都如此。植物名称，也同样。

父亲是所谓的兰医。说是要教我荷兰文，小小年纪便跟着一点一点学。还看语法书。书分前后编，前编讲词法，后编讲句法。学语法时，借来字典。是兰和对照本，计两册，又大又厚的和式装订。翻阅中间，碰到"藏红花"一词，字典还是风行《植学启源》那个朝代出版的。音译旁边，标有汉字。至今还记得那几个字。这里写出来也不妨，但三个字的头一个字，无铅字，就用偏旁来说明吧。是"水"字旁一个"自"字。其次一个字，是"夫"字。最后是"蓝"字。

"爸爸，藏红花是种草名，但究竟是什么草呀？"

"是一种取其花，晒干后，用来染色的草。给你看看。"

父亲从药柜抽屉里取出一把黑乎乎的东西，又干又皱。新鲜的藏红花，也许父亲也没见过。而我，无意中不但知道了花名，还看到了实物，尽管看到的是干花，这是我初次看到藏红花。

两三年前，一次乘火车到上野，雇人力车回团子坂的路上，从东照宫的石坛下，经过暮色昏暗的花园街，看见路旁有卖草花的，席子上摆着一些球根上开出紫花的草。我从小小孩童到半老年纪，其间对藏红花的知识，竟没有多少长进。只是根据植物图谱，略知花的形状，一见之下，不禁心中惊异："呀，这不是藏红花么？"作为观赏花卉，东京始于何时，倒不很清楚。反正直到那时，方知东京有卖藏红花一事。

那次旅行去往何处，已记不清了。不过，一早离开旅馆时，正值寒霜弥漫的清晓。除却温室，已是百花凋谢的季节。连茶花和山茶花都开过了。

据说藏红花也有多种——不记得几时从什么书上看到的。我所见的藏红花，是花开很迟的一种。但是，花期先后离得很近。也可以说是开得最早。比水仙、风信子都开得早。

去年十二月，白山下的花店里，摆着二三十棵藏红花，上面挂着标签，二分一棵。已经干透的球根上，正抽芽开花。我散步经过，不由得驻足买了两棵回家。我之拥有藏红花，始于此时。我问花店的老头儿："老人家，这花栽在土里，还能开花吗？"

"能。长得可猛哩，明年能结出十棵。"

"是吗？"

买了回去，把院子里的土铲在花盆里，将花栽好，置于书斋。

才过两三天，花就蔫了。花盆也蒙上一层室内的尘埃，那尘屑好似袖兜里脏物似的，也就很久没去看顾。

想不到到今年一月，竟会抽出蓬茸如丝一般的绿叶。一直没浇水，可那一蓬绿叶，却生意盎然，青葱碧绿。植物的生命力，实在令人惊讶。能战胜一切阻力，生存，发展。恰如花店老头所说，想必球根在不断繁殖吧。

窗外，福寿草凌霜傲雪，黄花盛开。风信子和贝母也从花坛里，破土长出新叶。书斋里的藏红花依旧郁郁葱葱。

花盆虽然蒙上一层有如袖兜里脏物似的尘埃，但是，望着那青青的翠绿，就连无情的书斋主人也禁不住时时去洒上一些水。是为求悦目的Egoismus（利己主义）呢？抑或是无私的Altruismus（利他主义）？人做什么事的动机，错综复杂，宛如藏红花的叶子，连自己都不易弄清楚。但是，也不想勉强自己，非去弄个水落石出不可，一似青蛙舐过烟油，便要拉出肠子洗个干净那样。如今我给花盆浇水，动手去管，便说什么瞎忙。袖手不理，又给说成独善其身，残酷，冷漠。一切皆出自人之议论。倘顾忌他人悠悠之口，便会无所措手足了。

这就是我与藏红花的故事，看了此文，便会明白我的藏红花知识是何等贫乏。但是，正如同不论多么违离疏远之物，偶然间也会相逢一样，藏红花之与我，不能说没有交汇之点。要说故事的要义，就在于此。

此前，藏红花归藏红花，我归我，彼此渺不相涉，存于宇宙之间。此后，依旧是藏红花活藏红花的，而我，只管活我的吧。（为尾竹一枝君而作）

（艾莲 译）

列那尔

朱尔·列那尔（1864—1910），法国作家。主要作品有《胡萝卜须》《海蟑螂》等。

※ 一个树木的家庭

我是在穿过了一片被阳光烤炙的平原之后遇见他们的。

他们不喜欢声音，没有住到路边。他们居住在未开垦的田野，靠着一泓只有鸟儿才知道的清泉。

从远处望去，树林似乎是不能进入的。但当我靠近，树干和树干渐渐松开。他们谨慎地欢迎我。我可以休息、乘凉，但我猜测，他们正监视着我，并不放心。

他们生活在家庭里，年纪最大的住在中间，而那些小家伙，有些还刚刚长出第一批叶子，则差不多遍地皆是，从不分离。

他们的死亡是缓慢的，他们让死去的树也站立着，直至朽落而变成尘埃。

他们用长长的枝条相互抚摸，像盲人凭此确信他们全都在那里，如果风气喘吁吁要将他们连根拔起，他们的手臂就愤怒挥动。但是，在他们之间，却没有任何争吵。他们只是和睦地低语。

我感到这才应是我真正的家。我很快会忘掉另一个家的。这些树木会逐渐逐渐接纳我，而为了配受这个光荣，我学习应该懂得的事情：

我已经懂得监视流云。

我也已懂得待在原地一动不动。

而且，我几乎学会了沉默。

（苏应元 译）

※ 散文五章

形象的捕捉者

他大清早就下了床，感到精神抖擞，心情舒适，身体轻快（轻快得像一件夏天的衣裳），他便出去。他没带干粮。他将畅饮路上的凉爽空气，猛吸有益健康的气息。他把猎枪留在家里，只是睁大了他的眼睛；他把眼睛当作网，去捕捉千千万万美丽的形象。

他第一个捕捉到的是那条道路的形象，那些光滑的石子是路的骨骼，那些车辙，是路凹陷下去的筋脉。路两旁边，布满了果实累累的黑刺李树和桑树的浓荫。

然后他看到河流。河转弯处发出炫目的白光，在垂柳的抚弄下睡熟了。一条鱼蓦地跳出水面，肚子上闪着亮光，仿佛谁扔出了一块银币似的。每当细雨霏霏落下，河面上便惊起一阵毂觫。

他又看到一幅图画，不停翻腾的麦浪，鲜嫩可口的苜蓿，无数溪流绕过原野的边缘。他经过时偶尔瞥见一只云雀和一只金翅鸟。

随后他走进树林。过去他从没有想到自己的感觉竟会这样细致。整个人一下子都沉浸在香气之中，他不放过任何低沉的声音；为了与树木共语，他的神经跟树叶的脉络紧紧地联结在一起。

一会儿，他感到战栗，不安，他感受得太多了，他又激动，又害怕，于是他离开树林，远远地跟随着农民翻砂工走回他们自己的村庄。

当他凝眸眺望西下的夕阳时，他的眼睛猛然一亮，太阳正在地平线上脱掉它金光闪闪的长袍，云霞散乱铺满天穹。

后来，头脑里带着这一切景色，他回到屋里，熄了灯，在入睡以前，他久久地回味这些形象以自娱。

这些形象温驯地随着回忆又出现在眼前。一个形象摇曳着，又唤起了另一个形象，新的形象不断来临。这些闪烁生辉的东西越来越多，像一群山鹑整天被追逐、驱散，黄昏时分，没有危险了，这才唱着歌，在田沟里互相召唤。

燕子

她们每天都来给我上课。

一声声呢喃在空中画出无数虚点。

她们引出一根直线，到顶头猛然一顿，蓦地又另起一行飞去。

飞得太快了，花园里的水塘都无法临摹下她们掠过时的影子，她们从地窖一跃就登上阁楼。

她们用轻盈的翎毛笔，把那谁都无法模拟的签名花草，一挥而就。

然后，一对对地，她们括一个大括弧，晤面，聚合在一起，在天空的蓝色底板上，落下墨迹。

可是充满友情的目光还追随着她们，如果你懂得希腊文和拉丁文，而我，我认识烟囱上的燕子在空中描画出来的希伯来文。

燕雀。——我看燕子很蠢：明明是树，她却以为是烟囱。

蝙蝠。——别人说什么都是白费，就拿我跟她比比吧，她飞得最差劲：大白天，她都会迷路；要是她像我一样，夜里飞翔，她随时得摔死。

蜻蜓

她在治疗眼炎这个老毛病。

从小河这边飞到那边，她总要在清水里浸一浸她那红肿的眼睛。

她轻轻发出一点爆裂声，仿佛带电在飞行。

蛱蝶

这一张对折的情书小笺，正寻觅着花的住处。

一个树木之家

穿越过烈日照晒下的一片平原之后，我遇到了他们。

他们因为不爱喧闹，所以不住在大路边沿。他们居住在荒芜不毛的旷野，俯临一泓唯有飞鸟才知道的清泉。

远远望过去，他们仿佛密不透风，无法进入。但等我一走近，他们的树干就豁然分开。他们谨慎地欢迎我。我可以休息，纳凉，可是我仿佛觉得他们在注视我，对我并不放心。

他们聚族而居，最年长的在中间，幼小的，其中有些柔嫩的叶片才刚刚生起，到处都是，从不分离。

他们活得很长，不易死去；即使老死的还挺立着，直至化为灰烬倒地。

他们那些修长的枝柯互相抚摸，像盲人一样，以确信大家都在。每当狂风劲吹，想把他们连根拔起，他们就张拳怒目，挥动手臂。平时他们只是和睦地轻轻细语。

我感到这里才是我真正的家。兴许我将忘记我的另一个家吧。这些树木将会逐渐接纳我，而为了配得上这份雅意，我学会了应当懂得的事：

我已经懂得凝望浮云。

我也懂得了守在原地不动。

我几乎学会了沉默。

（徐知免 译）

巴尔蒙特

康斯坦丁·德米特里那维奇·巴尔蒙特（1867—1942），俄罗斯诗人。

他的诗歌作品具有象征主义色彩，

主要作品有《在北方的天空下》《寂静》《燃烧的房屋》

以及《我们将像太阳一样》等。

※ 生命律

我问那自由自在的风：

"要怎样我才能变得年轻？"

顽皮的风呼呼地回答我：

"只要变做空气，像我一样轻灵！"

我问那强大威猛的海洋：

"生命律是什么？请对我说明。"

澎湃的海洋轰响着回答我：

"像我一样，永远充满着声音！"

我问那高居天空的太阳：

"要怎样我才能比朝露更光明？"

太阳沉默着，没有回答我，

我心中却听见它说："燃烧不停！"

（屠岸 译）

高尔斯华绥

约翰·高尔斯华绥（1867—1933），英国著名作家。
著有《福尔赛世家》等作品。1932年获诺贝尔文学奖。

※ 远处的青山

　　不仅仅是在这刚刚过去的三月里（但已恍同隔世），在一个充满痛苦的日子——德国发动它最后一次总攻后的那个星期天，我还登上过这座青山吗？正是那个阳光和煦的美好天气，南坡上的野茴香浓郁扑鼻，远处的海面一片金黄。我俯身草上，暖着面颊，一边因为那新的恐怖而寻找安慰，这进攻发生在连续四年的战祸之后，愈发显得酷烈出奇。

"但愿这一切快些结束吧！"我自言自语道，"那时我就又能到这里来，到一切我熟悉的可爱的地方来，而不致这么伤神揪心，不致随着我的表针的每下滴答，就又有一批生灵惨遭涂炭。啊，但愿我又能一难道这事便永无完结了吗？"

现在总算有了完结，于是我又一次登上了这座青山，头顶上沐浴着十二月的阳光，远处的海面一片金黄。

这时心头不再感到痉挛，身上也不再有毒气侵袭。和平了！仍然有些难以相信。不过再不用过度紧张地去谛听那永无休止的隆隆炮火，或去观看那倒毙的人们，张裂的伤口与死亡。和平了，真的和平了！战争继续了这么长久，我们不少人似乎已经忘记了1914年8月战争全面爆发之初的那种盛怒与惊愕之感。但是我却没有，而且永远不会。

在我们一些人中一我以为实际在相当多的人中，只不过他们表达不出罢了一这场战争主要会给他们留下了这种感觉："但愿我能找到这样一个国家，那里人们所关心的不再是我们一向所关心的那些，而是美，是自然，是彼此仁爱相待。但愿我能找到那座远处的青山！"关于忒俄克里托斯的诗篇，关于圣弗兰西斯的高风，在当今的各个国家里，正如东风里草上的露珠那样，早已渺不可见。即或过去我们的想法不同，现在我们的幻想也已破灭。不过和平终归已经到来，那些新近被屠杀掉的人们的幽魂总不致再随着我们的呼吸而充塞在我们的胸臆。

和平之感在我们思想上正一天天变得愈益真实和愈益与幸福相连。此刻我已能在这座青山之上为自己还能活在这样一个美好的世界而赞美造物。我能在这温暖阳光的覆盖之下安然睡去，而不会醒后又是过去的那种恹恹欲绝。我甚至能心情欢快地去做梦，不致醒后好梦打破，而且即使做了噩梦，睁开眼睛后也就一切消失。我可以抬头仰望那碧蓝的晴空而不会突然瞥见那里拖曳着一长串狰狞可怖的幻象，或者人对人所干出的种种伤天害理的惨景。我终于能够一动不动地凝视着晴空，那么澄澈而蔚蓝，而不会时刻受着悲愁的拘牵，或者俯视那光滟的远海，而不至担心波面上再会浮起屠杀的血污。

天空中各种禽鸟的飞翔、海鸥、白嘴鸭以及那往来徘徊于白垩坑边的棕色小东西对我都是欣慰，它们是那样自由自在，不受拘束。一只画眉正鸣啭在黑莓丛中，那里叶间还晨露未干。轻如蝉翼的新月依然隐浮在天际；远方不时传来熟悉的声籁；而阳光正暖着我的脸颊。这一切都是多么愉快。这里见不到凶猛可怕的苍鹰飞扑而下，把那快乐的小鸟攫去。这里不再有歉仄不安的良心把我从这逸乐之中唤走。到处都是无限欢欣，完美无瑕。这时张目四望，不管你看看眼前的蜗牛甲壳，雕镂刻画得那般精致，恍如童话里小精灵头上的细角，而且角端作蔷薇色；还是俯瞰从此处至海上的一带平芜，它浮游于午后阳光的微笑之下，几乎活了起来，这里没有树篱，一片空旷，但有许多炯炯有神的树木，还有那银白的海鸥，翱翔在色如蘑菇的耕地或青葱翠绿的田野之间；不管你凝视的是这株小小的粉红雏菊，而且慨叹它的生不适时，还是注目那棕红灰褐的满谷林木，上面乳白色的流云低低悬垂，暗影浮动——一切都是那么美好，这是只有大自然在一个风和日丽的天气，而且那观赏大自然的人的心情也分外悠闲的时候，才能见得到的。

在这座青山之上，我对战争与和平的区别也认识得比往常更加透彻。在我们的一般生活当中，一切几乎没有发生多大改变—我们并没有领得更多的奶油或更多的汽油，战争的外衣与装备还笼罩着我们，报纸杂志上还充溢着敌意仇恨；但是在精神情绪上我们确已感到了巨大差别，那久病之后逐渐死去还是逐渐恢复的巨大差别。

据说，此次战争爆发之初，曾有一位艺术家杜门不出，把自己关在家中和花园里面，不订报纸，不会宾客，耳不闻杀伐之声，目不睹战争之形，每日唯以作画赏花自娱——只不知他这样继续了多久。难道他这样做法便是聪明，还是他所感受到的痛苦比那些不知躲避的人更加厉害？难道一个人连自己头顶上的苍穹也能躲得开吗？连自己同类的普遍灾难也能无动于衷吗？

整个世界的逐渐恢复—生命这株伟大花朵的慢慢重放—在人的感觉与印象上的确是再美不过的事了。我把手掌狠狠地压在草叶上面，然后把手拿开，再看那草叶慢慢直了过来，脱去它的损伤。我们自己的情形也正是如此，而且永远如此。战争的创伤已深深侵入我们的身心，正如严霜侵入土地那样。在为了杀人流血这桩事情而在战斗、护理、宣传、文字、工事，以及计数不清的各个方面而竭尽努力的人们当中，很少人是出于对战争的真正热忱才去做的。但是，说来奇怪，这四年来写得最优美的一篇诗歌，亦即朱利安·克伦菲尔的《投入战斗！》竟是纵情讴歌战争之作！但是如果我们能把自那第一声战斗号角之后一切男女对战争所发出的深切诅咒全部聚集起来，那些哀歌之多恐怕连笼罩地面的高空也盛装不下。

　　然而那美与仁爱所在的"青山"离开我们还很遥远。什么时候它会更近一些？人们甚至在我所偃卧的这座青山也打过仗。根据在这里白垩与草地上的工事的痕迹，这里还曾宿过士兵。白昼与夜晚的美好，云雀的欢歌，香花与芳草，健美的欢畅，空气的澄鲜，星辰的庄严，阳光的和煦，还有那清歌与曼舞，淳朴的友情，这一切都是人们渴求不餍的。但是我们却偏偏要去追逐那浊流一般的命运。所以战争能永远终止吗？

　　……

　　这是四年零四个月以来我再没有领略过得快乐，现在我躺在草上，听任思想自由飞翔，那安详如海面上轻轻袭来的和风，那幸福如这座青山上的晴光。

（高健 译）

高尔基

马克西姆·高尔基（1868—1936），前苏联作家，
前苏联社会主义现实主义文学奠基人。
代表作有自传体三部曲《童年》《在人间》《我的大学》；
长篇小说《阿尔达莫夫家的事业》《福玛·高尔杰耶夫》；
散文诗《海燕》《鹰之歌》等。

※ 时钟

一

滴答，滴答！

夜阑人静，独自一人谛听着钟摆在冷漠地、不停地摆动，不禁毛骨悚然：这单调而精确的声音总是一成不变地表明一点：生命在不息地运动。黑夜与睡梦笼罩着大地，万籁俱寂，只有时钟在冷冷地、响亮地计量着那逝去的分分秒秒……

钟摆滴滴答答地响着，每响一声，生命就缩短一秒——我们每个人所拥有的时间中的一个微小部分，而逝去的这一秒就不再回到我们手中。这分分秒秒来自哪里？它们逝向何方？这一点谁也回答不上来……还有许多问题，其他许多更加重要的、决定着我们能否得到幸福的问题也尚未得到解答。怎样活着才能意识到自己为生活所需，怎样活着才能不丧失信念和希望，怎样活着才能使每一秒钟都不浑浑噩噩地白白流逝？无休止地走动着的时钟能回答所有这些问题吗？对此它能说些什么呢？

二

滴答，滴答！

世上再没有比时钟更加冷漠的东西了：在您出生的那一刻，在您尽情地摘取青春幻梦的花朵的时刻，它都是同样分秒不差地滴答着。人自生下那天起就一天天地接近死亡。而到了您在临终前喑哑地呻吟着的时候，时钟也还将枯燥而平静地计算着分分秒秒。在时钟的冷冰冰的计时声中——您仔细听听吧——有一种无所不知而又对所知的东西感到厌倦的意味。无论什么东西，什么时候，都不能使时钟为之动情或感到可贵。它是那样无动于衷，所以我们若要生活，就该为自己建造另一种充满感受、思索和行动的时钟，用它来代替这个枯燥、单调、以愁闷来扼杀心灵、带有责备意味和冷冷地滴答着的时钟。

三

滴答，滴答！

在时钟的不息的运动中没有静止之点——我们能把什么称作"现在"呢？头一秒钟产生之后，第二秒随即接踵而来，把第一秒推进未知数的无底深渊……

滴答！您成为幸福的了。滴答！痛苦又犹如烈性毒药注入了您的心中，倘若您不努力用某种清新活泼的东西来充实您生命中的每一秒钟的话，这痛苦就可能伴随您一生，乃至您的有生之年的时时刻刻。忧愁是有诱惑力的，它是一种危险的优先权；有了它，我们往往就不再去寻觅别的更高、更符合人的称号的权利了。而忧愁又是如此之多，以致便宜得几乎无人问津了，所以忧愁未必值得珍惜，倒是应该用比较新颖和更有价值的东西来充实自己，不该这样吗？忧愁是贬了值的资本。不要对任何人埋怨生活吧，因为安慰之词很少能包含一个人所要追求的东西。当一个人同妨碍他生活的事物进行斗争时，生活便会比什么都更加充实，更有意义。在斗争中，苦闷无聊的时刻便会不知不觉地飞驰而去。

四

滴答，滴答！

人的生命短暂到了荒谬可笑的程度。该如何生活呢？一些人逃避生活，另一些人则全心全意地献身于它。前一种人到了晚年精神贫乏而且缺少值得回忆的往事，而后一种人则在这两方面都是富有的。两种人都是要死的，倘若谁也不把自己的才智和心血无私地献给生活，那么就没有人会在死后留下什么东西……这样，在您临终之日，时钟将要冷漠地，一秒秒地计量着您弥留的时刻——滴答！而在这几秒钟里还会有新人出世，一秒钟内会有几个新人出世，而您已不复存在了！除去您那将要发散着臭气的躯体外，生活里不会留下您的任何东西。难道您的自尊心能够容忍只是把您抛进生活，随后又硬把您拉出去，使您身不由己地听任摆布而毫不愤慨吗？倘若您有自尊心，并由于屈从时间的暗中左右而甚感羞耻的话，那么您就在生活中留下对您来说永志不忘的东西吧。想想您在生活中的作用吧，譬如，一块砖头制成了，随后它便一动不动地被砌在一幢房子里，然后又化为尘土而消失了……当一块砖头是既枯燥而又卑俗的，不是吗？您若富于理智与感情，而且想要在生活中体验到许多思想感情充盈、奋发有为的美好时刻的话，您就不要像一块砖头那样吧。

五

滴答，滴答！

倘若您深入地思索一下，您在时间的无限运动中是个什么角色的话，您将会由于意识到自己是那样无足轻重而十分沮丧。这种认识定会使您感到屈辱！也定会激发您的自尊，从而使您仇视把您贬低的生活，而您一定将会与它斗争。为了什么而斗争呢？当大自然剥夺了人类用四肢走路的本领时，它就授予他一根拐杖，那就是理想！从那时起，人便开始不自觉地、本能地追求着美好的事物，目标越来越高！让这种追求变为自觉的行动吧，让人们懂得，只有在对美好事物的自觉追求中才会有真正的幸福。不要埋怨自己的力量菲薄吧，什么也不要埋怨。您的牢骚所能给您的唯一东西只是精神贫乏者的怜悯和施舍。所有的人都很不幸，但是最不幸的是那些用不幸来装饰自己的人。就是这些人最希望别人关心他，而同时又最不值得别人关心。追求进步，这才是真正的生活目的。让整个一生都在追求中度过吧，那么在这一生里必定会有许多顶顶美好的时刻。

六

滴答，滴答！

"一个走投无路又被你用黑暗围困着的人要那光明又有何用呢？"这是年老的约伯向上帝提出的质问。如今这种仍记得自己是上帝的孩子、是上帝照他本身的模样创造出来的、敢于像约伯那样质问上帝的人已经没有了，而且一般地说，现在人们对自己估价甚低。他们不太热爱生活，甚至也不善于自爱。与此同时，他们又非常怕死，尽管尽人皆知，谁也不免一死。凡属不可避免的就是理所当然的。须知自从有人类以来就一直存在死亡，应该习惯于这一点了，是时候了。对已意事业的觉悟能消除对死亡的恐惧，走正直诚实的生活道路，必定会有一个问心无愧的归宿。滴答……一个人身后留下的只是他的事业。在他的时辰连同他的愿望一起告终以后，另一种时刻，一种严峻的、评价此人一生的时刻即将到来。

七

滴答，滴答！

其实，在这个矛盾重重、尔虞我诈、互相交恶的世界上一切都很简单。如若人们彼此能作深入的了解，每个人都拥有知己的话，一切就会更简单些。

一个人，即便他很伟大，可归根结底还是渺小的。相互了解是必要的，因为我们讲出来的比我们想到的要模糊些、欠缺些。一个人要向别人打开心扉，往往缺少足够的言语，因此许多对生活有重大意义和至关重要的想法，由于未能及时找到恰当的表达形式而无声无息地消逝了。往往一个思想产生之后很想用言词，用坚定而明确的言语表达出来……可是却找不到字眼儿。

多多重视思想吧！促进思想产生出来吧，思想永远不会辜负您的劳动。思想是无所不在的，如果您愿意，甚至在石头缝里您也会发现思想的。如果人们愿意，他们将得到一切；如果他们愿意，他们将成为生活的主宰，而不是像现在这样的奴隶。只要有生活的愿望和对自身力量的自信，那么人们整个一生将会是一座壮丽的时钟，一座洋溢着精神力量，并以其崇高的业绩使人震惊的、伟大的时钟。

八

滴答，滴答！

精神强大和勇敢刚毅的人——为真理、正义与美服务的人万岁！我们往往不了解他们，因为他们是自豪的、不要求报偿的；我们往往看不见，他们是如何心甘情愿地在呕心沥血。他们用灿烂的光辉照耀着生活，甚至使盲人也见到了光明。应该让如此众多的盲人都见到光明，应该让所有人都怀着沉痛与憎恶的心情来认识他们的现实生活有多么粗鲁、不义和丑恶。作为自身愿望的主宰的人万岁！整个世界装在他的心中，人世间的一切痛苦和一切苦难藏在他的心头。生活中的凶暴与污秽、虚伪与残忍是他的死敌；他把自己的年华慷慨地付与斗争的需要，他的生活充满难以驾驭的欢乐、壮丽的义愤和豪迈的顽强精神……不怜惜自己，这是世界上最值得骄傲，最绚丽的智慧。不会怜惜自己的人万岁！只有两种生活方式：腐烂或燃烧。胆怯而贪婪的人选择前者，勇敢而胸怀博大的人选择后者；每个热爱美好事物的人都明白伟大寓于何处。

我们的生活时钟是一座空虚、枯燥的时钟；让我们不要怜惜自己，用壮丽的业绩把它填满吧，这样，我们就会度过许许多多充满了激荡身心的欢乐和灼热的自豪感的美丽时光！不会怜惜自己的人万岁！

（张佩文　译）

※ 人

一

……每当我心力交瘁的时刻，那如烟的往事便在我记忆中浮现，使我不禁心灰意冷，而我的思想则有如秋天冷漠无情的太阳，照耀着混乱不堪的尘寰，在杂乱无章的尘世上空不祥地盘旋，无力继续上升，更无力向前飞翔。每当我处于这心力交瘁的艰难时刻，我总要把人的雄伟形象呼唤到我的面前。

人啊！我胸中仿佛升起一轮太阳，人就在这耀眼的阳光中从容不迫地迈步向前！不断向上！悲剧般完美的人啊！

我看见他高傲的前额，豪放而深邃的眼睛，眸子里闪耀着大无畏的思想的光辉，雄伟的力的光辉，这力量能在人们疲惫颓唐的时刻创造神灵，又能在人们精神振奋的时代把神灵推翻。

他置身在荒凉的宇宙之中，独自站立在那以不可企及的速度向无垠空间的深处疾驰而去的一块土地上，苦苦地琢磨着一个令人痛苦的问题："我为什么存在？"——他英勇地迈步向前！不断向上！——要把沿途遇到的人间和天上的一切奥秘通通揭开。

他一面前进，一面用心血浇灌他那艰难、孤独而又豪迈的征途，用胸中灼热的鲜血创造出永不凋谢的诗歌的花朵，他巧妙地把发自不安的心灵中的苦闷呼声谱成乐曲，他根据自身的经验创造科学，每走一步都要把人生装点得更加美好，就像太阳那样慷慨地用它的光芒把大地普照。他不停地运动，不断向上，迈步向前！他是大地上一颗指路的明星……

他凭借的只是思想的力量，这思想时而迅如闪电，时而静若寒剑，——自由而高傲的人远远地走在众人的前面，高踞于生活之上，独自置身在生活之谜当中，独自陷入不可胜数的谬误之间……这一切都像磐石一般压在他高傲的心头，伤害他的心灵，折磨他的大脑，使他感到羞愧难当，呼唤他去把一切迷误消灭光。

他在前进！种种本能在他的胸中喧嚣；自尊心令人讨厌地发着牢骚，像厚颜无耻的叫花子在乞讨，七情六欲像藤葛一般把心儿紧紧缠绕，吸吮他的热血，大声要求向它们的力量让步……喜怒哀乐都想控制他；一切都渴望成为他灵魂的主宰。

形形色色的生活琐事犹如路上的污泥，又像丑恶的癞蛤蟆，挡住他的去路。

就像一颗颗行星围绕着太阳，人的创造精神的各种产物也把他层层围绕：他的爱情永远不知餍足，友谊步履蹒跚，远远跟在他的身后，希望疲倦地走在他的前面；而那满脸怒容的憎恨，它手上那副忍耐的镣铐正在丁当作响，可信仰正用乌黑的眸子凝视他焦虑不安的面庞，等待他投入自己宁静的怀抱……

他了解自己这一群可悲的侍从——他的创造精神的各种产物都是畸形的，不完善的，蹩脚的。

它们穿着旧真理的破衣烂衫，被种种偏见的毒药所戕害，怀着敌意跟在思想后面，总也赶不上思想的飞跃，就像乌鸦追不上雄鹰的翱翔。它们同思想争论着谁该领先，却很难同思想融成一股富有创造力的熊熊火焰。

这儿还有人的一个永恒的旅伴，那无声无息而又神秘莫测的死亡，它时刻准备亲吻他那颗炽热地渴望生活的心。

他了解自己这一群永生的侍从，最后，他还了解一个产物——疯狂……

长了翅膀的疯狂像一股强大的旋风，它用充满敌意的目光注视着人，竭力鼓动思想，硬要拖她去参加它野蛮的舞蹈……

只有思想是人的女友，他惟独同她永不分手，只有思想的光焰才能照亮他路上遇到的障碍，揭示人生的谜，揭开大自然的重重奥秘，解除他心中漆黑一团的混乱。

思想是人的自由的女友，她到处用锐利的目光观察一切，并毫不容情地阐明一切：

"爱情在玩弄狡猾庸俗的诡计，一心想占有自己的情人，总在设法贬低别人并委屈自己，而在她背后却藏着一张充满肉欲的肮脏面孔；

"希望是怯弱无力的，而躲在她后面的是她的亲姊妹——谎言；谎言穿着盛装，打扮得花枝招展，时刻准备用花言巧语去安慰并欺骗所有的人。"

思想在友谊那颗脆弱的心里看到它的谨小慎微，它的冷酷而空虚的好奇心，还看到嫉妒心的腐朽的斑点，以及从那里滋生出来的诽谤的萌芽。

思想看到凶恶的憎恨的力量，她明白，如果摘下憎恨所戴的手铐，它将毁灭世上的一切，甚至连正义的幼芽也不放过。

思想发现呆板的信仰拼命地攫取无限的权力，以便奴役一切感情。它藏着一双无恶不作的利爪，它沉重的双翼软弱无力，它空虚的眼睛视而不见。

思想还要同死亡搏斗：思想把动物造就成人，创造了神灵，创造了哲学体系以及揭示世界之谜的钥匙——科学，自由而不朽的思想憎恶并敌视死亡——这毫无用处却往往那么愚昧而残暴的力量。

死亡对于思想就像一个捡破烂的女人，她徘徊在房前屋后、墙角路旁，把破旧、腐烂、无用的废物收进她那龌龊的口袋，有时也厚颜无耻地偷窃健康而结实的东西。

死亡散发着腐烂的臭气，裹着令人恐惧的盖尸布，冷漠无情、没有个性、难以捉摸，永远像一个严峻而凶恶的谜站立在人的面前，思想不无妒意地研究着她。那善于创造、像太阳一样明亮的思想，充满了狂人般的胆量，她骄傲地意识到自己将永垂不朽……

斗志昂扬的人就这样迈开大步，穿过人生之谜构成的骇人的黑雾，迈步向前！不断向上！永远向前！不断向上！

二

他疲倦了，步履艰难，不断呻吟；惊恐的心在寻求信仰，并大声乞求爱情给他以温柔的爱抚。

而软弱所孵育的三只鸟儿——沮丧、绝望和忧愁，这三只凶恶而丑陋的鸟儿，围着他的心灵不祥地盘旋，总在那儿忧郁地对他歌唱。歌中唱道，他是一只渺小的甲虫，他的认识有限，思想软弱无力，神圣不可侵犯的骄傲也滑稽可笑，而且不论他干什么，他终究要死亡！

听到这支虚伪而恶毒的歌曲，他那颗破碎的心不停地颤抖；疑虑像针似的刺痛了他的头脑，屈辱的泪珠在眼眶里闪耀……

倘若他内心的骄傲不被激怒，人就会被死亡的威吓逼进信仰的监牢，爱情将含着胜利的微笑，引诱他投入自己的怀抱，向他高声许诺幸福，为的是掩饰自己无法获得自由的悲哀和那贪婪专横的肉欲……

怯懦的希望与谎言结成盟友，对他歌颂宁静之乐，说什么息事宁人就能安享太平。它们用甜言蜜语为昏昏欲睡的灵魂催眠，把他推入甜蜜的懒惰的泥潭，让他落入懒惰的女儿——苦闷的魔爪。

由于种种浅薄的感情的影响，他急忙把下流无耻的谎言的甜蜜毒药塞满自己的大脑和心田。谎言公然教训他，说什么人除了像牲畜一样搭一个安乐窝，再没有别的出路。

但是思想是骄傲的，人对于她是珍贵的，——于是她同谎言展开了一场恶战，而战场就在人的心上。

思想象冤家对头那样追逐着人，像蛀虫那样不知疲倦地蚕食他的头脑，像干旱那样把他的心田变为一片荒漠，又像刽子手那样将他拷打。思想用对于真理的渴念，用对于严峻而睿智的生活真理的渴念，作为振奋精神的清凉剂，不讲情面地把他的心儿抓紧。那真理的成长虽然缓慢，但透过一片昏暗的迷雾却清晰可见，像一朵思想培育出来的火红的小花。

但是，倘若人已经被谎言毒害得不可救药，并忧郁地相信，世上最高的幸福莫过于脑满肠肥，最高的享受莫过于饱食终日、无所用心、坐享人间安乐，那么思想将悲哀地垂下翅膀，成为欣喜若狂的感情的俘虏，昏昏欲睡，让人听凭他的心去拨弄。

腐朽的庸俗，下贱的苦闷的女儿，犹如传播瘟疫的云雾，从四面八方朝人袭来，用刺鼻的灰色尘埃把他的头脑、心和眼睛蒙住。

倘若没有骄傲和思想，人将不成其为人，他自身的弱点会使他蜕化为禽兽……

但是，一旦怒火中烧，把思想唤醒，人就会独自穿过有如荆棘丛生的累累错误，只身冲进灼人的多如星火的疑虑，踏着旧真理的瓦砾，继续前进！

庄严、高傲、自由的人，勇敢地正视真理，对自己的怀疑说道：

"你说我软弱无力，认识有限，这是一派胡言！我的认识在发展！我知道、看见并感觉到认识在我身上发展！我根据痛苦的轻重程度去探测我的认识的增长，如果认识没有增长，我就不会比从前更感到痛苦……

"但是，我每前进一步，我的需求就更多，感受更多，我的见识也越加深广，我的愿望的迅速增长，意味着我的认识在茁壮成长！现在我的认识好比点点星火，那又算得了什么？点点星火可以燎原！将来，我就是照彻黑暗宇宙的熊熊烈焰！而我的使命就是要照亮整个世界，熔化世上无数的神秘之谜，达到我和世界之间的和谐，创造我自己内心的和谐。我要把人间照亮，而人间的生活乌七八糟，痛苦万状，布满了不幸、屈辱、痛苦和怨恨，犹如布满了疥疮，我要把人间一切可恶的垃圾统统扫进往日的墓穴！

"各种迷误与过错，犹如一条条绳索，把惊慌失措的人们拴在一起，把他们变成了鲜血淋漓、令人厌恶、互相吞食的一群野兽，我的使命就是要解开这些绳索！

"思想创造了我，为的是掀翻、摧毁、踏碎一切陈腐、狭隘、肮脏和丑恶的东西，在思想锻造出来的自由、美和对人的尊重的坚固基础上创造新的一切！

"我是苟且偷安无所作为的死敌，我要让每一个人都成为大写的人！

"一部分人默默无闻地从事力不胜任的奴隶劳动，完全是为了让另一部分人尽情享用面包和各种精神财富，这种生活毫无意义，可耻而又可恶！

"让一切偏见、成见和习惯都见鬼去吧，它们像粘滞的蜘蛛网，缠绕着人们的头脑和生活。它们妨碍生活，强制人们的意志，我一定要把它们铲除！

"我的武器是思想，而且坚信思想自由、思想不朽以及思想的创造能力永远不断增长——这就是我的力量取之不尽的源泉！

"对我来说，思想是黑暗生活中唯一不会欺骗我的永恒灯塔，是世上无数可耻谬误中的一点灯火；我看见它越燃越旺，逐步把无数秘密彻底照亮，我跟随着思想，在她永不衰竭的光芒照耀下前进，不断向上！迈步向前！

"无论在人间还是在天上，没有思想攻克不了的堡垒，也没有思想震撼不了的圣物！思想创造一切，这就使她拥有神圣不可剥夺的权力，去摧毁可能妨碍她自由生长的一切。

"我平静地认识到偏见是种种旧真理的外壳，思想一度创造了旧的真理，正是思想的火焰又把它们烧成了灰烬，如今盘旋在生活之上的重重谬误，都是旧真理灰烬中的产物。

"我还认识到，胜利者并非摘取胜利果实的人，而仅仅是固守在战场上的人……

"我认为生活的意义在于创造，而创造是独立自在而且无穷无尽的！

"我要前进，要燃烧得更加明亮，更彻底地驱散生活中的黑暗。而牺牲就是对我的褒奖。

"我不需要别的褒奖。我认为，权力是可耻而乏味的，财富是沉重而愚昧的，荣誉是一种偏见，它来自人们不善于珍重自己，来自人们卑躬屈膝的奴隶习性。

"怀疑！你们不过是思想迸出的火花而已。为了考验自己，思想才用剩余的力量生育你们，并用自己的力量把你们抚养！

"总有一天，我的感情世界将同我永生的思想在我胸中汇合成一团巨大的创造性的火焰。我将用这火焰把灵魂里一切黑暗、残暴与凶恶的东西烧光。我将同我的思想已经创造出来和现正在创造在的神灵一模一样。

"一切在于人，一切为了人！"

于是他威严而自由地高昂着骄傲的头颅，重新迈开从容而坚定的步伐，踏着已化为灰烬的陈腐偏见，独自在种种谬误构成的灰白色的迷雾里前进。他身后是沉重的乌云般的旧日的灰尘，而前面则是漠然等待着他的无数的谜。

它们像太空的繁星不计其数，人的道路也永无止境！

斗志昂扬的人就这样迈步向前！不断向上！永远向前！不断向上！

（阮江 译）

※ 海燕之歌

在苍茫的大海上，狂风卷集着乌云。在乌云和大海之间，海燕像黑色的闪电，在高傲地飞翔。

一会儿翅膀碰着波浪，一会儿箭一般地直冲向乌云，它叫喊着，——就在这鸟儿勇敢的叫喊声里，乌云听出了欢乐。

在这叫喊声里——充满着对暴风雨的渴望！在这叫喊声里，乌云听出了愤怒的力量、热情的火焰和胜利的信心。

海鸥在暴风雨来临之前呻吟着，——呻吟着，它们在大海上飞窜，想把自己对暴风雨的恐惧，掩藏到大海深处。

海鸭也在呻吟着，——它们这些海鸭啊，享受不了生活的战斗的欢乐：轰隆隆的雷声就把它们吓坏了。

蠢笨的企鹅，胆怯地把肥胖的身体躲藏在悬崖底下……只有那高傲的海燕，勇敢地，自由自在地，在泛起白沫的大海上飞翔！

乌云越来越暗，越来越低，向海面直压下来，而波浪一边歌唱，一边冲向高空，去迎接那雷声。

雷声轰隆。波浪在愤怒的飞沫中呼叫，跟狂风争吼。看吧，狂风紧紧抱起一层层巨浪，恶狠狠地将它们甩到悬崖上，把这些大块的翡翠摔成尘雾和碎沫。

海燕在叫喊着，飞翔着，像黑色的闪电，箭一般地穿过乌云，翅膀掠起波浪的飞沫。

看吧，它飞舞着，像个精灵，——高傲的、黑色的暴风雨的精灵，——它在大笑，它又在号叫……它笑那些乌云，它因为欢乐而号叫！

从雷声的震怒里，——这个敏感的精灵，——它早就听出了困乏，它深信，乌云遮不住太阳，——是的，遮不住的！

狂风吼叫……雷声轰隆……

一堆堆乌云，像青色的火焰，在无底的大海上燃烧。大海抓住闪电的箭光，把它们熄灭在自己的深渊里。这些闪电的影子，活像一条条火蛇，在大海里蜿蜒游动，一晃就消失了。

"暴风雨！暴风雨就要来啦！"

这是勇敢的海燕，在怒吼的大海上，在闪电中间，高傲地飞翔；这是胜利的预言家在叫喊：

"让暴风雨来得更猛烈些吧！……"

（戈宝权 译）

※ 畸形儿的母亲

灼热的太阳，静静的。生活凝固在明朗的安谧中。天空睁着明亮的蓝眼睛，蔼然地俯瞰大地，太阳是它的炎热的眸子。

海好像用青钢柔滑地炼成一般；点点渔舟凝然不动，宛如胶住在天空般澄澈的半圆的海湾里。海鸥懒洋洋地鼓翼飞去——海水中，映出另一种鸟，比空中飞翔的更白更美。

远景是渺茫的，在那儿，紫蔚蔚的岛屿，好像在烟雾中游泳，也好像被太阳白热化而融解了。这岛屿是海中一个孤岩，拿波里丹海湾环抱中的一个天然色的可爱的礁岩。

海边是一级级向海中下去的石滩，整个海岸完全被葡萄、蜜橘、柠檬、无花果之类果木的黑沉沉的叶子，和橄榄树的银灰色叶子遮掩着，显得美丽而华贵。通过一条连接海水的绿树的行列，金色、白色、红色的花，娇媚地微笑着；黄澄澄的果实，叫人联想饱和潮气的暗空中，无月的夏夜的繁星。

空中海中和人们的心中，洋溢着宁静，想倾听那万有生物怎样向神圣的太阳唱着无言的赞歌。

一条小路蜿蜒在果树林里，一个高身干的黑衣妇人，在小路的石径上轻轻地，一步步地向海走去。她的衣服被阳光晒出褐色的斑点，甚至远远可以看到它上面的补丁。她的头上没有遮蔽——白发闪着银光，像一个轮围绕遍她宽阔的脑门、太阳穴和两颐的浅黑皮肤，这种头发是很难梳理的。

她满脸秋霜，第一眼便使人永远不会忘记：在这张枯瘦的脸上，曾经有过深刻的痛苦的经历。要是再看见她那直视的阴沉的视线，就禁不住让人联想到东方

大师谈生命

203

的炎热的沙漠，想起德勃拉和犹狄芙来。

她低着头在编结红的编物，钢的编针闪闪发光，毛线球藏在她的衣袋里，一条红线好像从她的胸中抽出来。小路峻险而曲折，石砾在她脚下转侧有声，但这银发妇人，脚上好像长有眼睛，坦然地向海边走去。

人家说，她是一个寡妇，她的丈夫是渔人，婚后不久，下海去打鱼，丢弃了正在怀孕的新妇，一去不回了。

孩子出生时，她不给人家看。不跟别的母亲一样，把自己的孩子带到大路上阳光下来炫耀一番。她将他用破布包起来，藏在自己屋子的黑角落里。因此有好多时候，没有一个邻人见过这孩子——见过的只是一颗大脑袋，黄皮脸和一对圆圆的一动也不动的大眼睛。同时人家又看出来，她以前强壮活泼，快活而百折不回地跟贫穷战斗，使别人见了心里也增几分勇气，现在却变得默默无言，眼中显出疑虑的怪样子，看一切东西像透过一重悲哀的云雾，苦着脸老在沉思冥想。

不多几时，大家就明白了她的痛苦——这孩子天生是一个废物，所以她将他藏起来，在心里默默地苦恼。

那时候，邻居对她说：我们当然了解一个妇人生出一个废物是多么羞耻；你为什么受到这残酷的耻辱，这种责罚对你是不是公正，那只有马唐娜知道了。但孩子是绝对无罪的，你何必叫他失掉了阳光。

她听从别人的话，将孩子给他们看——他的手腿短得跟鱼鳍一般，一条细弱的脖子，勉强托住一颗大皮球似的臃肿的脑袋；脸和老人一般满是皱皮，一对烂眼圈，一张茫然张开的大嘴。

妇女们流泪了，男子们板紧了脸，不屑地走开。废物的母亲坐在地上，一会儿耷拉着头，一会儿又抬起来望着别人，好似无言地询问这个谁也无法解答的问题。

邻居给废物做了一口棺材似的木箱，里面铺上绒屑和破布，把废物放在这柔软温暖的窝里，再把箱子搁在屋子外的阴影里，心里悄悄期待着，在每天出现奇迹的太阳光下，也许会出现另一个奇迹。

可是，日子一天天过去，他照旧还是一颗大脑袋，一条长长的身体上长着四件软弱的附属品，只有从他的笑脸上，一天天显现出吃不饱的馋相。嘴里长满两排尖利弯曲的牙齿，短短的手学会了抓面包片，几乎毫不偏差地将面包送进贪吃的大嘴。

他是哑巴，但当旁边有人吃东西的时候，便会嗅到食物的香气，张开嘴巴来，摇晃着笨重的脑袋，发出重浊的呀呀声，混浊的眼白上绷满红丝。

他饭量很大，吃得一天比一天多起来，并且不住地发出呀呀声。母亲两手不停地干活，但手工钱总是很少，有时连一个饼子也挣不到。她不出一句怨语，对于邻居的帮助也觉得不好意思——但总是默默地——接受了。有时她不在屋子里，那呀呀的声音使邻居心烦起来，便跑过来，弄一些面包片、蔬菜、水果之类可吃的东西，塞进那张贪馋无厌的嘴里。

"这小东西会连你的骨髓都吃进去的！"他们这样对她说，"为什么不把他送到孤儿院或医院去呢?"

她痛苦地回答道：

"我生了他，就得养他。"

她长得很美，有许多男人向她求婚，谁也没有成功，她对一个最要好的男人说：

"我不能做你的妻子，我怕再生出废物来，这会使你也蒙受羞耻。不，你走开吧。"

他向她解释，使她相信马唐娜对母亲是公平的，她会把她们当自己的姊妹看待。废物的母亲回答道：

"我不知道我犯了什么罪，可使我受到这样悲惨的报应。"

他苦苦哀求，他流泪而且发狂了，那时候她说：

"走吧，我不能做自己不相信的事！"

他便永远走到远远的异乡去了。

这样，她几年几年地填满那张不断咀嚼的嘴。他贪馋地吃进了她劳力的收获，她的血和生命。他的脑袋大起来了，越来越可怕，像个皮球似的，从细弱无力的颈子上耷拉下来，碰到墙角上，懒洋洋地晃来晃去。

过路人从门口往里面张望，不知道自己望见了什么，吃惊地停下来发着怔。在挂满葡萄藤的墙边，一块拜坛似的石头上，放着一口木箱，箱子里竖起一颗脑袋，高颧骨的黄皮皱脸，映在绿色的背景上显得分外鲜明，引起过路人的注目。眼窝里凸出的一对昏茫的眼球，瞪着眼睛望人，使见过的人永远粘在记忆里；扁鼻子微微发抖，特别发达的眼骨和颚骨，颤巍巍地振动着，软弱的嘴唇，露出两排贪馋的长牙齿，轻轻地动着，一对野兽般灵动的大耳朵，好似有着独自的生命——在这张吓人的脸上盖着一头像帽子似的卷曲的黑发，跟黑人一样。

他蜥蜴脚爪似的短短的小手抓着一块食物，像小鸟啄食一般，弯着脑袋用牙齿啃咬，嘴里发出呷巴呷巴的声音，一边吃一边哼着。当他吃饱的时候，他望着人嚼牙齿。他的眼珠埋在这半生半死的脸上的一个混浊的无底洞里，在鼻梁边不住地眨动。他脸上肌肉的运动，使人想起地狱里的痛苦。要是肚子饿了，他的脖子便向前面伸出来，张开血盆大嘴，动着蛇似的细舌，催促地发出呀呀声。

人们画着十字，念着祷告，想起亲身遇到过的一切丑恶，生涯中遭受过的一切灾祸，悄然地走开。

有一位喜欢阴郁沉思的老铁匠常常这样说：

"我见了这张越来越馋的嘴，就觉得有这样一个人来吮我的精力，我想我们所有人的死活，都是为了这种寄生动物！"

这哑巴的脑袋，使所有人引起悲伤的念头和害怕的心情。

废物的母亲听见别人的批评，默不出声，她的头发很快白起来，皱纹出现在她的脸上。她很久以前便忘掉了笑。大家还知道她每天晚上呆呆地站在门口望天，好像等待什么人。他们互相说：

"她在等待什么呢？"

"你把这孩子放在老教堂门外的广场上去吧，"邻居劝她，"那儿常常有外国人走过，他们每天一定会丢一些铜子给他的。"

母亲吃惊得发愣了，她说：

"这不行，外国人见了这孩子——他们心里会怎样想我们呢？"

人家回答她说：

"天底下穷人到处有，大家有什么不明白的。"

她不同意地摇摇头。

可是苦于无聊的外国人，在到处溜达着，向每家门口张望一下，当然他们也望到她的屋子。

她正在屋子里，看见那班装饱肚子的闲汉，脸上现出厌恶的神气。他们歪着嘴、眨着眼在说她的儿子。特别使她刺心的，是他们带着幸灾乐祸的、侮辱而敌视的神气所说的几句说。

她以一个意大利妇人和母亲的心，感到那几句带侮辱性的外国话的意义，默默地在心里念了几遍，记住它的发音。那天她到一位熟识的捐客那边去，问这些话是什么意思。

"那是很无礼的话，"他做着苦脸回答说，"它是说，'意大利将比一切诺曼种族灭亡得更早'，你从哪儿听来这胡说？"

她不回答，回家去了。

第二天，她的儿子被什么东西勒着，抽搐着死了。

她坐在屋外木箱子边，手放在死孩子的脑袋上，眼望着来看死孩子的人们，像发问一般静静地等待着。

大家都不作声，没有人问她一句话，也许许多人想要祝贺她——祝贺她从奴隶制度中解放出来；对她失去儿子说些安慰的话，但是谁也不作声。有时候人们了解，有些话是用不着完全说出来的。

以后很久，她依然询问似的望着别人的脸，可是再以后，也变得跟常人一样了。

（楼适夷 译）

※ 惨无人道殃及下一代

"无产阶级——新文化的创造者"，这句话包含着关于正义、理智、美的良好的愿望，关于人战胜野兽和牲口的愿望；在为实现这一愿望的斗争中牺牲了各阶级的成千上万的人。

　　无产阶级执政了，现在它有了自由创造的可能。这种创造表现在哪里呢？人们提出这样的问题是适时的。"人民委员政府"的法令——报纸小品文，如此而已。这只是些"画饼充饥"的东西，虽然这些法令中也包含有价值的思想，但当前的现实并未提供实现这些思想的条件。

　　革命提供了什么新的东西，它是如何改变俄国野蛮的生活方式的，它给黑暗中人民的生活带来多少光明？

　　在革命时期曾上万次施用私刑。现在来瞧瞧是如何民主审判罪犯的：在亚历山大集市附近抓住一个小偷，人群马上对他进行殴打并举行公决：如何处死小偷——淹死他，还是用枪崩了他？大家决定淹死他，于是把他投进冰河中。但他却挣扎着游上了岸，当时人群中有个人走近他，并开枪把他打死。

　　在我们的历史上，中世纪曾是十分令人厌恶的残酷的时代，但即使在当时，如果被法庭判处死刑的罪犯从绞架上脱落下来，也会让他活下去。

　　私刑对正在成长的一代有什么影响呢？

　　士兵们拖着被打得半死的小偷，要把他淹死在莫伊卡河里，他浑身是血，脸部全被打坏了，一只眼珠掉出来了。一帮孩子跟着他，后来有些孩子从莫伊卡河回来，他们一只脚跳着，同时高兴地喊道："淹死他，淹死他！"

　　这就是我们的孩子，未来生活的建设者。在他们看来，人的生命是不值钱的。可是不应忘记这一点：人是大自然最美好、最珍贵的创作，这是天地间最美好的。战争把人看得比一小块弹丸还贱，这样评价人理所当然地引起大家的愤怒。正因为这样，正因为每日野蛮地屠杀人民，大家谴责"帝国主义分子"，可现在我们要谴责谁呢？

（陈寿朋　孟苏荣　译）

纪德

安德烈·纪德（1869—1951），法国作家，
1947年诺贝尔文学奖获得者。
代表作有《人间的食粮》《窄门》《伪币制造者》等。

※ 沙漠

　　啊！多少次黎明即起，面向霞光万道、比光轮还明灿的东方——多少次走到
绿洲的边缘，那里的最后几棵棕榈枯萎了，生命再也战胜不了沙漠——多少次
啊，我把自己的欲望伸向你，沐浴在阳光中的酷热的大漠，正如俯向这无比强
烈的耀眼的光源……何等激动的瞻仰、何等强烈的爱恋，才能战胜这沙漠的灼
热呢？

不毛之地；冷酷无情之地；热烈赤诚之地；先知神往之地——啊！苦难的沙漠、辉煌的沙漠，我曾狂热地爱过你。

在那时时出现海市蜃楼的北非盐湖上，我看见犹如水面一样的白茫茫盐层。——我知道，湖面上映照着碧空——盐湖湛蓝得好似大海——但是为什么——会有一簇簇灯芯草，稍远处还会矗立着正在崩坍的页岩峭壁——为什么会有漂浮的船只和远处宫殿的幻象？——所有这些变了形的景物，悬浮在这片臆想的深水之上。（盐湖岸边的气味令人作呕；岸边是可怕的泥灰岩，吸饱了盐分，暑气熏蒸。）

我曾见在朝阳的斜照中，阿马尔卡杜山变成玫瑰色，好像是一种燃烧的物质。

我曾见天边狂风怒吼，飞沙走石，令绿洲气喘吁吁，像一只遭受暴风雨袭击而惊慌失措的航船；绿洲被狂风掀翻。而在小村庄的街道上，瘦骨嶙峋的男人赤身露体，蜷缩着身子，忍受着炙热焦渴的折磨。

我曾见荒凉的旅途上，骆驼的白骨蔽野；那些骆驼因过度疲顿，再难赶路，被商人遗弃了；随即尸体腐烂，缀满苍蝇，散发出恶臭。

我也曾见过这种黄昏：除了鸣虫的尖叫，再也听不到任何歌声。

——我还想谈谈沙漠：

生长细茎针茅的荒漠，游蛇遍地：绿色的原野随风起伏。

乱石的荒漠，不毛之地。页岩熠熠闪光；小虫飞来舞去；灯芯草干枯了。在烈日的曝晒下，一切景物都发出劈劈啪啪的声音。

黏土的荒漠，这里只要有涓滴之水，万物就会充满生机。只要一场雨后，万物就会葱绿。虽然土地过于干旱，难得露出一丝笑容，但这里的青草似乎比别处更嫩更香。由于害怕未待结实就被烈日晒枯，青草都急急忙忙地开花，授粉播香，它们的爱情是急促短暂的。太阳又出来了，大地龟裂、风化，水从各个裂缝里逃遁。大地坼裂得面目全非；大雨滂沱，激流涌进沟里，冲刷着大地；但大地无力挽留住水，依然干涸而绝望。

黄沙漫漫的荒漠。——宛似海浪的流沙；不断移动的沙丘，在远处像金字塔一样指引着商队。登上一座沙丘，便可望见天边另一座沙丘的顶端。

刮起狂风时，商队停下，赶骆驼的人便在骆驼的身边躲避。

黄沙漫漫的荒漠——生命灭绝，惟有风与热的搏动，阴天下雨，沙漠犹如天鹅绒一般柔软，夕照中，则像燃烧的火焰；而到清晨，又似化为灰烬。沙丘间是白色的谷壑，我们骑马穿过，每个足迹都立即被尘沙所覆盖。由于疲顿不堪，每到一座沙丘，我们总感到难以跨越了。

黄沙漫漫的荒漠啊，我早就应当狂热地爱你！但愿你最小的尘粒在它微小的空间，也能映现宇宙的整体！微尘啊，你忆起何种生活，从何种爱情中分离出来？微尘也想得到人的赞颂。

我的灵魂，你曾在黄沙上看到什么？

白骨——空的贝壳……

一天早上，我们来到一座高高的沙丘脚下避阴。我们坐下；那里还算阴凉，悄然长着灯芯草。

至于黑夜，茫茫黑夜，我能谈些什么呢？

这是一次缓慢的航行。

海浪输却沙丘三分蓝，

胜似天空一片光。

——我熟悉这样的夜晚，似乎觉得一颗颗明星格外璀璨。

（冯寿农 张驰 译）

布宁

伊万·布宁（1870—1953），俄国作家。文笔细腻，长于抒情。
十月革命后流亡法国，并于1933年以法国作家身份获诺贝尔文学奖。
代表作有《冬苹果》等。

❋ 耶利哥的玫瑰

古代东方人往往在棺内墓中放一朵耶利哥的玫瑰，表示相信生命是永恒的，死者能够复活。

奇怪的是，为什么把一团带刺的枯草叫做玫瑰，而且还是耶利哥的玫瑰？这种干硬的沙漠小灌木，就像我们所谓的风滚草，只有在死海以下的砂石中，荒无人迹的西奈山麓，才能看到。

据传说，这名称是那位把可怕的火谷，即犹太旷野一个寸草不生的死亡之谷选为自己的居所的圣徒萨瓦亲自定的。他把这种刺草奉为复活的象征，并且用他所知道的世上最悦耳的比喻来加以形容。

这种刺草的确神奇。一个朝圣者采了它，带到离它的故土几千里以外的地方去；一年年下来它干枯了，发灰了，没有生气了，可是一放进水中，立刻舒展开来，绽出细小的叶片和粉红色的花朵。可怜的人心便感到了快乐和安慰：世上没有死，存在过、经历过的东西不会灭亡！只要我的心灵，我的爱，我的记忆活着，就不会有离别和失落。

我也是这样安慰自己，在自己心中重现我曾涉足的那些光辉的古国，重现我生命中那些如日中天的美好日子——当时我身强力壮，前程似锦，携带着注定要伴我终生的女子第一次远游，既是新婚旅行，也是朝拜我们主耶稣基督的圣地。眼前是处在长年寂静和忘怀的伟大安详中的圣乡——加利利地、犹太众山、五城的盐和硫磺火。

那是春天，路上处处欢快祥和地开着拉结（据《圣经》传说，拉结是亚伯拉罕的孙子雅各之妻）在世的时候开过的同样的银莲花和罂粟花，大地装点着同样的野百合花，天上也同样是《福音书》的比喻所说的那些无忧无虑的飞鸟在歌唱……

耶利哥的玫瑰，我把我的往昔的根和茎浸入心灵之中，浸入苦恋与柔情的清纯甘露中，于是我珍藏的小草重新令人惊异地吐出嫩芽，推迟了那不可回避的时刻——这甘露会干，这心会衰，我的耶利哥的玫瑰也将永远被忘尘掩埋。

普鲁斯特

马塞尔·普鲁斯特（1871—1922），法国小说家。
1912年起不断地致力于13卷小说《追忆逝水年华》的创作。
他去世前终于在巴黎完成了这部巨著。1919年获龚古尔奖。

※ 遗忘之河

"据说死神会美化她要打击的那些人，夸张他们的美德，然而一般来说，伤害他们的恰恰就是活着的生命。死，这个虔诚而又无可非的证人告诉我们，从真、善的角度来看，每个人身上的善通常多于恶。"

米什莱关于死的这番话也许比经历一次不幸的伟大爱情后的那种死更加真切。我们对先前让我们备受煎熬的这个人根本无所谓，用通俗的话来说，这意味着她"在我们心里已经死去"。

我们为死者哭泣，我们仍然热爱她们，久久地为她们无法抵御、使他们虽死犹生的魅力所吸引，为此我们经常来到她们的坟前。相反，使我们体验到一切，从本质上使我们感到满足的那个人现在却再也无法用痛苦或欢乐的阴影来笼罩我们。在我们心里，她死得更加彻底。我们把她当作这个世界上唯一珍贵的东西，我们诅咒她，蔑视她，又无法评价她，她的容貌特征刚刚清楚地展现在我们记忆的眼前，却又因为凝视太久而消失殆尽。然而对挚爱之人的评价变幻莫测，时而她的远见卓识折磨着我们盲目的心灵，时而她的盲目又结束了这残忍的分歧，像这样的评价应该解决这最后的摇摆。

由于这些景色只能从山顶上发现，于是在该饶恕的高度便出现了那个货真价实的她，她成了我们的生活本身，从此之后她在我们心中死得更加彻底。我们仅仅知道她不会把我们的爱情归还给我们。现在我们才明白，她对我们有一种真正的友谊。记忆没有美化她，爱情使她备受伤害。对于那个想得到一切的人来说，得到一点似乎只是一种荒唐的残酷。假如他得到了一切，这一切也远远不够。我们现在才知道，我们的绝望、我们的嘲讽、我们无止无休的暴虐没有让她失去勇气，实在是她的慷慨所致。她始终温情脉脉。

如今援引的几句话我们看来带有一种宽容的准确而且充满魅力，她的这几句话我们好像无法理解，因为她不爱我们。相反，我们却带着那么多不公正的私心苛刻地谈论她！难道我们亏欠她的还少吗？如果这阵爱情有高潮一去不复返，那么，我们在散步的时候，也会捡到一些奇异迷人的贝壳，把它们贴近耳边，我们会听见往日的喧嚣，心里充满一种忧郁的喜悦却又不再为之痛苦。于是，我们动情地想到她，我们的痛苦在于我们爱她胜于她爱我们。对我们来说，她也"已经死去"。然而我们却情深意切地回忆起死去的她。

正义要求我们纠正对她的看法。她借助于正义这种无所不能的美德让她的精神在我们心中复活，显现在由于我们的缘故而离她十分遥远的这个最后评价面前，她表情安详宁静，眼里饱含泪水。

※ 珍贵的纪念品

我买下了她用过的、所有正在拍卖的东西。我曾经想成为她的朋友，可她甚至不肯与我交谈片刻。我手上有她每天晚上都玩的小纸牌，还有她的两只猕猴，盘子里的三本小说上放着她的武器，她的一条小雌狗。

噢，你们该有多快乐，你们曾经占有过她一生中宝贵的闲暇。你们占有过她最逍遥、最不可侵犯、最隐秘的全部时刻却没有从中得到快乐，甚至对这种快乐没有欲望，换了我就会充分享受这些时光；你们感觉不到自己的幸福，所以你们也无从谈论这种幸福。

她每天傍晚都跟她的好友一起，用手指摆弄这些纸牌，在这些人的眼皮底下烦恼或者嬉笑。他们亲眼目睹了她欢乐的开端，她摆好姿势拥抱这个每天晚上都来同她一起玩耍的男人。床上放着她兴之所至或疲倦时翻开或合拢的小说。她根据自己的一时冲动或者梦选择小说。她把自己的这些梦托付给小说，小说把梦讲述的那些故事揉进小说，帮助她更好地做自己的梦，你们对她难道丝毫也不了解吗？对此你们真的无可奉告吗？

小说呀，她总会想起你们的人物和诗人的生活；纸牌呀，她以自己的方式跟你们一起感受宁静——有时则是内心深处的狂热。你们使她的精神得到娱乐或者充实，你们打开或者抚慰了她的心灵，对此你们难道丝毫没有印象吗？

纸牌、小说经常被她捧在手中，久久地滞留在她的桌子上；贵妇人、国王或仆从是她在最疯狂的节日里一成不变的宾客；小说的男女主人公在她床边的灯光与眼睛的交叉火力下梦见你们那个宁静而又充满声音的梦。你们无法让她屋子里的气息从她的裙袍、她的手或膝的触摸中散发出来。萦绕你们的芳香从你们面前飘走。

你们还保留着被她欢快或神经质的手要揉皱的褶痕。书本上或生活中的忧伤让她落泪，也许你们还会把这些眼泪当作战利品；她的眼睛为之闪亮或者伤感的那一天曾经给你们带来这种温暖的色调。我颤抖地触摸你们，迫不及待地期待着你们的揭示，为你们的沉默感到不安。

可惜呀！也许像你们一样娇媚脆弱，无意之中不知不觉地成为自己那份优美雅致的见证。她那名副其实的美也许就是我的向往。她度过了自己的一生，也许梦见她的只有我一个。

瓦雷里

保尔·瓦雷里（1871—1945），法国后期象征主义的代表诗人。
主要作品为《旧诗集》《年轻的命运女神》《诗集》。

※ 水仙辞

Narcissae Placandis Manibus

（以安水仙之幽灵）

哥呵，惨淡的白莲，我愁思着美艳，

把我赤裸裸地浸在你溶溶的清泉。

而向着你，女神，女神，水的女神呵，

我来这百静中呈献我无端的泪点。

无边的静倾听着我，我向希望倾听。

泉声忽然转了，它和我絮语黄昏；

我听见银草在圣洁的影里潜生。

宿幻的霁月又高擎她勤古的明镜

照澈那黯淡无光的清泉的幽隐。

我呢，全心抛在这茸茸的芦苇丛中，

愁思，碧玉呵，愁思着我的凄美如梦！

我如今只知爱宠如幻的渌水溶溶，

在那里我忘记了古代蔷薇的欢容。

泉呵，你这般柔媚地把我环护，抱持，

我对你不祥的幽辉真有无限怜意。

我的慧眼在这碧琉璃的霭霭深处，

窥见了我自己的秀颜的寒瓣凄迷。

唉！秀颜儿这般无常呵，泪涛儿滔滔！

间乎这巨臂交横的森森绿条

昏黄中有一线脴腆的银辉闪耀……

那里呵，当中这寒流淡淡，密叶萧萧，

浮着一个冷冰冰的精灵，绰约，缥缈，

一个赤裸的情郎在那里依稀轻描！

这就是我水中的月与露的身，

顺从着我两重心愿的娟娟倩形！

我摇曳的银臂的姿势是何等澄清！……

黄金里我迟缓的手已倦了邀请；

奈何这绿荫环抱的囚徒只是不应！

我的心把幽冥的神号掷给回声！……

再会罢，悠悠的碧漪中漾着的娟影，

"水仙"呵……对于敧旎的心，这轻清的名

无异一阵温馨。请把蔷薇的残瓣

抛散在空茔上来慰长眠的殇魂。

愿你，晶唇呵，是那散芳吻的蔷薇

抚慰那黄泉下彷徨无依的阴灵。

因为夜已自远自近地切切低语，

低语那满载浓影与轻睡的金杯。

皓月在枝叶垂垂的月桂间游戏。

我礼叩你，月桂下，晃漾着的明肌呵，

你在这万籁如水的静境寂然自开，

对着睡林中的明镜顾影自艾。

我安能与你妩媚的形骸割爱！

虚妄的时辰使绿苔的残梦不胜倦怠，

它欲咽的幽欢起伏于夜风的胸怀。

再会罢，水仙……凋谢了罢！暮色正阑珊。

憔悴的丽影因心中的轻喟而兴澜。

蔚蓝里，袅袅的箫声又恻然吹奏

那铃声四彻的羊群回栏的怅惘。

可是，在这孤星掩映的寒流潸潸，

趁着迟迟的夜幕犹未深锁严关，

别让这惊碎荧荧翠玉的冥吻销残！

一丝儿的希望惊碎这融晶。

愿涟漪掠取我从那流逐我的西风。

更愿我的呼吸吹彻这低沉的箫声，

那轻妙的吹箫人于我是这般爱宠！……

隐潜起来罢，心旌摇摇的女灵！

和你，寂寞的箫呵，请将缤纷的银泪

洒向晕青的皓月脉脉地低垂。

（梁宗岱　译）

大师谈生命

阿罗宾诺

室利·阿罗宾诺（1872—1905），印度英语诗人、哲学家。
主要作品有《神圣的生活》《莎维德丽》等。

※ 人：一种无常的存在

人是一种非终极的无常的存在。高处的圣光照耀着我们的身心；那里才是我们神往的终极所在，那里昭示着我们从有限的、苦难的尘世走向自在的解脱之道。

我是说人的心灵被禁锢于肉体之中，而在可能存在的意志力之中，心灵并不是至高无上的；因为心灵并不占据着绝对的真理，而只是绝对真理的天真的探索者。绝对真理被人的心灵之外的某种超智性的或说是神秘的意志力占据着。这个超智性与神圣的知者和创世者那无穷的智慧和无尽的意志力不可分割，它自在自为，是充满活力的意志之源。超智性便是超人，人类下一个非凡的进化便是走向超人的存在。

从人走向超人是我们生命进化中下一个能够达到的成就，其必然符合于我们内在精神的意向与自然生命进化的逻辑。

从物质世界和动物界进化到人，这种可能性既已实现的事实是降临中的圣光之第一次闪现，是神性诞生于物质之中的第一个遥远的兆示。从人类世界中诞生出超人将是这种神圣兆示之希望的圆满实现。从我们被肉体束缚着的灵魂中正在出现与力量、幸福和知识连为一体的神秘的日之光晕，超智性将会是那闪耀着的光彩之形成。

超智性的存在并不是将自身的天性发展到顶峰的人，也不是比人类的伟绩、知识、权力、智性、意志、性情、天才、活力、神圣、爱恋、纯洁或完善更高一级的限度。超智性是超越于人的灵性与人的有限性之外的某种存在；它是比人类天性中可能出现的最高意识更伟大的意识。

人是一种智性的存在，其智力的显现因和物质性的大脑联为一体而受制、而含混、而贬抑。即使是处于最佳的状态，智性也只是通过大脑这个附属物而对至高的力和自由之可能性做出较为清晰的闪现；如果与神圣的力量隔绝，它便不可能超越某些狭隘而可怕的限制而对我们的生活做出改变。这是一种受制的力，常常表现为利益的仆人或侍者，用以满足我们的生命或肉身的种种娱乐性欲望。而神圣的超人则是神秘的精灵，其超智性虽在上方却也能洞察下界的一切，它将把握我们的智性与肉身，它将使我们的心灵、生命与身体发生本质性的变化。

心灵体现着存在于人身上的最高的力，但这是一种求知中的、迷茫的、本身在不停地挣扎着的力。即使心灵极其明亮之时，它也不过是一线微光的折射罢了。闪耀着圣光的、自由的超心智将是超人的主脑，其自在的知识之轮的无限运转，其自发的力量源泉，其永恒的喜悦将使俗界的众神之生命达到和谐的境地。

人不过是虚无而已，但人充满了欲望，他是着迷于高度的侏儒，卑微地要达到那高不可攀的富丽与堂皇。

他的心灵在宇宙神灵的万般光彩中是一束黑色的光线。他的生命是奋斗、兴奋和苦难，他受激情摆弄、被悲伤折磨，盲人或哑巴似的渴求着宇宙神灵的一瞬间。他的身体是物质世界中劳作着的、易逝的尘埃。这不可能是那神秘的大自然之造化的终点。超越于人的某种生灵存在着，那将是人类的未来；否认其可能性、否认其存在的偏见像大墙一样挡在面前，我们只能通过大墙上的裂口对比依稀而见。一个不朽的灵魂存在于人身上的某个地方，显示出一些存在的火花；某种永恒的精灵从上面遮庇着人，同时保持着人的天性中灵魂的延续性。然而这个更伟大的精灵由于他自塑人格的硬壳的限制而不可降临，这样，内在的明亮的灵魂被包扎压抑于厚厚的外表之中。总的来说，有一些灵魂鲜于动，大多数灵魂更是看不见的。人身上的灵魂和精灵，看来与其说是人们永恒或看得见的真实的一部分，不如说它们存在于人的天性的背后或上方；与其说它们诞生于肉体，不如说它们处于生的过程；与其说它们是现实的存在物，不如说它们代表了人类意识的可能性。

人的伟大不在于他是什么，而在于他可能做什么。他的荣耀在于他是一个封闭的地方和神秘的劳工车间，在这里神圣的"人家"正在培育着超人。同时人也被赋予一种比其自身更伟大的属性：非低级的创造，正是这种属性使得人本身部分地成为制造这种变更的匠人；要使降临于人的肉体之中的荣耀代替人本身，需要人对其间的参与、需要人在意识中有认可和献身的意志，人在世间的渴望正体现了大地对超智慧的创造者的呼唤。

如果人人都在呼唤并且得到了至高无上的回答，那么无量而辉煌的变更时代便在目前了。

（石海峻 译）

罗素

伯特兰·亚瑟·罗素（1872—1970），英国著名哲学家、数学家。

主要作品有《数学原理》《哲学论文》《神秘主义与逻辑学》《记忆中的画面及其他》等。

1950年获诺贝尔文学奖。

大师谈生命

227

※ 论老之将至

　　虽然有这样一个标题，这篇文章真正要谈的却是怎样才能不老。在我这个年纪，这实在是一个至关重要的问题。我的第一个忠告是，要仔细选择你的祖先。尽管我的双亲皆属早逝，但是考虑到我的其他祖先，我的选择还是很不错的。是的，我的外祖父六十七岁时去世，正值盛年，可是另外三位祖父辈的亲人都活到八十岁以上。至于稍远些的亲戚，我只发现一位没能长寿的，他死于一种已罕见的病症：被杀头。我的一位曾祖母是吉本的朋友，她活到九十二岁高龄，一直到死，她始终是让子孙们全都感到敬畏的人。我的外祖母，一辈子生了十个孩子，活了九个，还有一个早年夭折，此外还有过多次流产。可是守寡之后，她马上就致力于妇女的高等教育事业。她是格顿学院的创办人之一，力图使妇女进入医疗行业。她总好讲起她在意大利遇到过的一位面容悲哀的老年绅士，她询问他忧郁的缘故，他说他刚刚失去了两个孙子。

"天哪！"她叫道，"我有七十二个孙儿孙女，如果我每失去一个就要悲伤不止，那我就没法活了！"

"奇怪的母亲。"他回答说。

但是，作为她的七十二个孙儿孙女的一员，我却要说我更喜欢她的见地。上了八十岁，她开始感到有些难于入睡，她便经常在午夜时分至凌晨三时这段时间里阅读科普方面的书籍。我想她根本就没有功夫去留意她在衰老。我认为，这就是保持年轻的最佳方法。如果你的兴趣和活动既广泛又浓烈，而且你又能从中感到自己仍然精力旺盛，那么你就不必去考虑你已经活了多少年这种纯粹的统计学情况，更不必去考虑你那也许不很长久的未来。

至于健康，由于我这一生几乎从未患过病，也就没有什么有益的忠告。我吃喝皆随心所欲，醒不了的时候就睡觉。我做事情从不以它是否有益健康为根据，尽管实际上我喜欢做的事情通常是有益健康的。

从心理角度讲，老年需防止两种危险。一是过分沉湎于往事。人不能生活在回忆当中，不能生活在对美好的往昔的怀念或对去世的友人的哀念之中。一个人应当把心思放在未来，放到需要自己去做点什么的事情上，要做到这一点并非轻而易举，往事的影响总是在不断地增加。人们总好认为自己过去的情感要比现在强烈得多，头脑也比现在敏锐。假如真的如此，就该忘掉它；而如果可以忘掉它，那你自以为是的情况就可能并不是真的。

另一件应当避免的事是依恋年轻人，期望从他们的勃勃生气中获取力量。子女们长大成人之后，都想按照自己的意愿生活。如果你还像他们年幼时，那样关心他们，你就会成为他们的包袱，除非他们是异常迟钝的人。我不是说不应该关心子女，而是说这种关心应该是含蓄的，假如可能的话，还应是宽厚的，而不应该过分地感情用事。动物的幼子一旦自立，大动物就不再关心它们了。人类则因其幼年时期较长而难于做到这一点。

我认为，对于那些具有强烈的爱好、其活动又都恰当适宜、并且不受个人情感影响的人们，成功地度过老年绝非难事。只有在这个范围里，长寿才真正有益；只有在这个范围里，源于经验的智慧才能不受压制地得到运用。告诫已经成人的孩子别犯错误是没有用处的，因为一来他们不会相信你，二来错误原来就是教育所必不可少的要素之一。但是，如果你是那种受个人情感支配的人，你就会感到，不把心思都放在子女和孙儿女身上，你就会觉得生活很空虚。假如事实确是如此，那么当你还能为他们提供物质上的帮助，譬如支援他们一笔钱或者为他们编织毛线外套的时候，你就必须明白，绝不要期望他们会因为你的陪伴而感到快活。

有些老人因害怕死亡而苦恼。年轻人害怕死亡是可以理解的。有些年轻人担心他们会在战斗中丧生。一想到会失去生活能够给予他们的种种美好事物，他们就感到痛苦。这种担心并不是无缘无故的，也是情有可原的。但是，对于一位经历了人世的悲欢、履行了个人职责的老人，害怕死亡就有些可怜且可耻了。克服这种恐惧的最好办法是——至少我是这样看的——逐渐扩大你的兴趣范围并使其不受个人情感的影响，直至包围自我的围墙一点一点地离开你，而你的生活则越来越融合于大家的生活之中。每一个人的生活都应该像河水一样——开始是细小的，被限制在狭窄的两岸之间，然后热烈地冲过巨石、滑下瀑布。渐渐地，河道变宽了，河岸扩展了，河水流得更平衡了。最后，河水流入了海洋，不再有明显的间断和停顿，而后便毫无痛苦地摆脱了自身的存在。能够这样理解自己的一生的老人，将不会因害怕死亡而痛苦，因为他所珍爱的一切都将继续存在下去。而且，如果随着精力的衰退，疲倦之感日渐增加，长眠并非是不受欢迎的念头。

我渴望死于尚能劳作之时，同时知道他人将继续我所未竟的事业，我大可因为已经尽了自己之所能而感到安慰。

（申慧辉 译）

加布里埃尔·西多尼·科莱特（1873—1954），法国女作家。
主要作品有《动物对话》《亲爱的》《克洛迪娜之家》等。

※ 松鼠

战前，我有一只松鼠。它的旧主人在我上车的时候，很巧妙地把它作为礼物悄悄塞进我的大衣口袋里，当时我已经相继欣赏然而谢绝了一头滑头滑脑、气味浓重的北美浣熊，一只年满一岁的豹猫，一头四个月大的小母狮和一只像生菜盆一般大、人家向我保证会伸出爪子的名叫阿纳托尔的癞蛤蟆。

我曾在别处说起过这头松鼠，它全身呈深铜绿色，翘起的尾巴顶端和腹部则是红色的。兴许我这样描绘它还早了点儿，其实我对它并没有一个基本的了解，因为，那时我把它叫做"母松鼠"和丽科特。比我聪明的人恐怕也会弄错的……

我一开始就觉察到皮蒂里基确实野性十足，换句话说，它对于人一无所知，竟以为可以无所顾忌。它的身上燃烧着一个海盗和山大王的灵魂，并在它那站起来才二十二公分长的身体内随意地表现出来。

第一天，它就把波斯猫吓得直哆嗦，而巴儿狗在它面前竟说不出话来。瞧着这个快快活活、疯疯癫癫的家伙一本正经地坐在椅子靠背上，瞪着那双像羚羊般椭圆形眼睛盯着每一样东西，谁不会发抖呢？它一边口中哑哑作响，一边摇晃它那镶有一条"绦带"的可爱的圆耳朵，把榛子壳和它的威风胡乱撒向我那些惊愕不已的小动物。

第一天，它喝牛奶，在我的头发上蹭干净两只手，然后模仿松鸦的叫声，往空中蹦跳。它沿着天花板的突饰奔跑，过一会儿，又趴在一块路易十六时代的地毯上，把一个戴头盔的半裸人物的鼻子吃掉。不过，它并不认为我会惩罚它，又回到我的肩上，梳理我的头发，把冰冷而友好的小鼻子、肉乎乎的舌头在我耳朵下方蹭，它那独特的气息散发出麝香的芬芳。

"它挺好看，可是……它对人亲热吗？"我的男女朋友们这么问道。

我觉得，他们这样直截了当地提出问题真放肆，他们的问题总是同样的问题。多么苛刻，而且，对待动物多么卑劣……"有来有往"，可我们又给了些什么呢？一些儿食物，一和一条锁链。

"拴住它，它抓了一团毛线！"

一条在皮蒂里基童年时就箍在它腰周围的锁链磨损了它的毛皮。它那如羽毛般轻盈、如火焰般闪烁、翘在空中的尾巴在跳来跳去时便发出一种如苦役犯戴的镣铐的声音。

"抓住它，把它拴住，它把糖果盒拿走啦！"

它被缚住以后，就把手指长长的手，那一天要洗十次，保养得很好的手塞进钢制腰带和肋部之间，陷入沉思。当我带它去乡间时，我恍然大悟，直到那时，它一直过的是沉闷的城市生活。它没有立刻走出敞开的笼门。它把一双手紧紧贴在胸前，出神地凝视着由花园、草地和大海构成的一片无边的绿色，身体则有规律地战栗，我只能把这种战栗比作生命垂危的蝴蝶的抖动。它的美丽的如一颗泪珠般凸起的眼睛里映出一片绿色，不过，皮蒂里基已经与我们一道生活了相当的时间，并不指望有过分的恩赐。我牵住链子的另一端，它便随我一起在草坪上行走。在草地上，它干净利落地小便，采摘一粒粒黑色的野果籽。然后，它用前肢攫住一棵鲜花盛开的女贞树底部的枝丫，发疯似的摇晃它，咬住它，仿佛要看看这树枝是不是活的。

这时，它瞧见空中飞过的鸟儿，便伸长脖子向鸟儿致意，这一举动几乎使它离开了地面。

然而，那时候它只有一条稍长的锁链。难道不该提防野猫、狗、寒夜，尤其是我放养的四只来回盘旋瞭望的雀鹰吗？那些自由自在地走动的动物渐渐走近它，有时使它亢奋，有时惹它恼怒。它遇见一条脆蛇蜥，耳朵之间的前额上便立即堆起皱纹，竖起了脖子和尾巴的簇毛，血丝也蒙上了暗色水晶一样的眼睛。在我赶来调解之前，皮蒂里基已经翻了个空心斤斗，像只好斗的公鸡在空中打了个旋，那蠕蠕而动、并不伤人的小蛇已然躺在地上，断成两截……

但是，对癞蛤蟆，松鼠只是表现出相当反常的厌恶。有时，它向表皮长满疙瘩的、肥肥的雌性癞蛤蟆伸出爪子，显得挺友好地搔它那脓疱状的脑袋，但是，癞蛤蟆却鼓起了肚子，表示抗拒，皮蒂里基气得眼都红了（确实如此），发出刺耳的喊杀声。

它度过了愉快而又充实的复活节假日，它发胖了。除了我敞开给它的榛子、核桃、杏仁外，它还咬了窗帘，镜框的一角，凿穿了一个银匙，整天把一根葡萄枝搂在怀里走来走去，用嘴唇舔着。它轻盈地在我双肩之间窜来窜去，往我耳朵里吹气，可是，我讨厌它身上那条链子的声音和它柔软光滑的肋部的周围那一小圈被磨损的皮毛。

五六月间，在巴黎我那小小的园子里开满了白洋槐花、杜鹃花和葵花。皮蒂里基关在笼子里，把它的可爱的鼻子挤在两条栏杆之间……我知道，我终将打开笼子，解开它的锁链，而且我会想它的。

我给皮蒂里基以自由的时候，我回想起来正是六月，温煦的微风轻轻吹拂，洋槐花和双瓣樱桃花如一条条雪白色的斜线在空气中摇曳，而自由了的松鼠却一动也不动。它两只手交叉，久久地、全神贯注地坐在窗台上。它开始做它的习惯动作，把手塞进腹部和链子之间，但它没找到链子。它笨拙而轻轻地跳了一下，估量那根原先拴它的断链带的确切长度，然后，又试着跳了一下，那时，它只是瞅着我。

最后，它不安地咳嗽，急急地奔跑起来，然后，消失得无影无踪。

暮霭降临时，我叫唤它的名字，但没有用。可是，夜色深沉时，窗台上却响起了松鼠那轻轻的、朴实的干咳声，它呼唤着我，皮蒂里基像主人似的回到房间。它步履蹒跚，因户外的空气、树木、鲜花和海拔高度而为之心醉。它就着盥洗盆的水嘴畅饮，用一双手梳洗一番，准备床铺——那个它每天晚上打开，然后又裹在身上的毛线团，像粗汉那样嘟囔："我的床！他妈的，我的床！"夜里，它乱梦萦绕。

第二天，我又见到它自由自在地坐在窗边，等待着折断那条其实已不再存在的链子……

那天，它没有离开花园。在杜鹃花、洋槐花丛中，在我那低矮的房子的天沟里，重又开始像人间天堂一般的生活。一群飞来飞去的燕子和麻雀围着皮蒂里基，对它鸣叫，时而用喙啄它，它便咕唧不休，并开始蹦蹦跳跳，鸟儿们见它这样，劈劈啪啪地像鼓掌似的舞动翅膀。它欣喜若狂，忘乎所以，追逐我那宝贝猫，把猫从洋槐树那儿撵走，它得意洋洋，像洗瓶毛刷那样蹲在洋槐树枝上，一脸满不在乎、睥睨万物的神态："现在，该轮到谁啦？"

放假了，我们管不着它啦……皮蒂里基来到花园，在三条小径环绕的几幢住房附近玩耍。它还没失去爱交际的性情，甚至还向那儿的居民施展自己的社交影响，于是，便有人来告诉我：

"皮蒂里基在尼古罗街午餐，吃了高脚盘里的核桃和一些葡萄干……"

"皮蒂里基在维塔尔街耽了两个小时。它坐在钢琴上，听小姑娘学唱歌……"

"有人从埃格隆·勒鲁太太家来，说要看看皮蒂里基有没有带来一把镶银的玳瑁小梳子，它是从小梳妆台上拿走的。埃格隆·勒鲁太太说，如果找不到，也没关系……"

它每天早出晚归，精力充沛，皮毛光亮，因为获得自由的缘故，甚至因为感恩的缘故，它显得神采奕奕，它从不忘记回家，从不忘记向我滥施松鼠式的爱抚和亲吻。这重新开始的世界，这一平衡状态，这野生动物和我们之间的纯洁关系，持续了两三个星期。一天晚上，皮蒂里基没有回来，后来的晚上也没有再回来。

我确信，人类的双手又重新攫住了它，攫住它的毛皮、它用来滑跳的柔软的后爪，它那为了伸出脑袋让人抚摸而贴在两侧的耳朵。

可是因为想起皮蒂里基，想起那些生活在我们中间感到别扭，因而悲伤地隐居起来的其他野生动物，我才那样经常地感到我"厌恶"人。

（谭立德 译）